ハヤカワ文庫JA
〈JA1314〉

最後にして最初のアイドル

草野原々

早川書房
8125

目次

最後にして最初のアイドル

最後にして最初のアイドル

Last and First Idol

　これは一人の少女が最高のアイドルになるまでを描いた小説である。その主人公、古月(ふるつき)みかは架空のキャラクターにすぎない。にもかかわらず、ここに書かれていることはすべて真実だ。

　宇宙とあなたの存在は、この小説の主人公、古月みかに端を発する〈アイドル〉により大きく左右されることとなる。

　あなたはこの小説を丹念に読まなければならない。古月みかを応援し、共感し、自己同一化して読まなければならない。

　この小説を最後まで読み、理解したならば、あなたはひとつの使命を帯びていることに気づくであろう。

　これは、他でもないあなたに向けられた文章だ。

I

古月みかはアイドルが好きだった。アイドル戦国時代と呼ばれる現代においては、アイドル好きはそれほど珍しい存在ではない。雨後のたけのこのようにボンボンと生えてくるアイドルとともに、そのファンも限りなく増大していく。古月みかはそんなニワカとは一線を画していた。なんと、彼女は生後六カ月でアイドルオタクとなったのだ。当時、彼女は夜泣きが絶えない赤ん坊であった。昼も夜も四六時中高い声を発し、両親の睡眠を妨害しその脳を混乱させた。悩んだ親は、子どもが夢中になるものを見つけ、精神的安定を図ろうと考えた。人形、カスタネット、ゲーム機、プラモデル、独楽、凧、ロボット、エプロン、懐中電灯、ダンボールで作った迷路、ハムスターなどを次々と投与したが、古月みかはどれに対しても興味を持った様子はなかった。

疲れ果てた両親は、夜、テレビをザッピングした。ブラウン管に大統領、営業マン、シェフ、医者、犬、吹奏楽団、自動車が次々と映る。そして、アイドルが。その途端、古月みかは泣きやんだ。眼を丸くして、ブラウン管の奥で踊るアイドルの顔を見つめた。表情筋が活動し、笑いへと至る。屈託のない、あどけない笑顔だ。まさに赤ん坊の笑顔の代表例といえるほど純粋な笑顔を浮かべる。

これだ！　両親は確信した。これこそが夜泣きを防ぐ切り札だ。

古月家はあまり裕福な家庭ではなかった。しかし、古月みかには溢れんばかりのアイドルグッズが与えられた。ビデオテープは擦り切れて接触不良を起こすほど何度も繰り返し再生された。古月みか生誕から一年後、妹の古月みやが生まれると彼女もまた一緒にアイドルを楽しんだ。二人が成長するにつれ、ビデオテープはＤＶＤへと変わっていった。小学生になると、ライブへと出かけるようになった。古月みかは元来、内向的で引きこもりがちで、情緒不安定な子であったが、アイドル好きが幸いして友達はたくさんできた。まさにアイドルが彼女を救ったのだ。

一方、古月みかの人生を捻じ曲げたのもアイドルであった。幾たびものライブ遠征やＤＶＤの購入により、出費が増大し家計を圧迫、そのため食事は貧しくなり両親の仕事量は増えた。さらに家庭内に溜まるストレスは激増し、ついには離婚へといきついた。古月みやは父親が預かることになり、古月みかとは別れていった。古月みか十三歳、中学一年生の出来事である。彼女のショックは大きく、それから一年は不登校となり、ひたすらアイドルのライブ映像を暗い部屋で繰り返し繰り返し見続けた。食事は一日二食、悪いときには一食であった。そのおかげで、皮膚は不健康なまでに白くなり、小柄な体格となった。母親は心配したが、古月みかはひそかにそれを気に入っていた。まるでアイドルのようだと思っていたのだ。

一年が経つころには、古月みかの心も落ちついた。新たな目標を見つけたのだ。国立光ヶ山高校。数年前までは人気（にんき）のない女子高であったが、今年始まったアイドルのアマチュア大会において見事優勝を果たし、全国のアイドルファンの注目の的になっている。当然、古月みかはそのライブに足を運んでいたが、圧倒された。各人はそれぞれ個性的ながら天才的な能力を秘めており、しかも、全体としてのパフォーマンスも完璧であった。これほどまでにバラバラな個性を持ったチームがグループとして一つにまとまった瞬間は芸術的でもある。たとえるならば、サッカー選手と猟師と焼き芋屋とカーレーサーと宗教家と陶芸家とエンジニアとセールスマンと空港管制塔職員が、それぞれの能力を補完しあって世界の危機を救ったようなものである。是非とも、この集団に入らねばならない。古月みかの決心は固かった。引きこもり期の反動か、彼女のテンションは高まっていた。なにがなんでも、なんとしてでもアイドルになろうという決意に満ちていた。

古月みかは猛勉強した。不登校のため同級生よりも遅れていたが、そのハンディキャップをすさまじい勢いで克服し、見事合格を勝ち取った。

高校はいままでで最良の生活空間となった。アイドルで有名になった学校というだけあって、周囲には気の合うアイドル好きがたくさんいた。アイドル部の先輩たちは、突如増えた部員に戸惑っているようだったが、試行錯誤の末、複数のユニットが独立して活動するというシステムが生まれた。古月みかは、五人組ユニット『P‐VALUE』の一員として活動を始めたが、そこで運命的な出会いをした。彼女にとってだけではなく、全宇宙にとって運命的な出会いだった。

「新園眞織（にいぞのまおり）、よろしく」

そっけない挨拶だった。P‐VALUEの初顔合わせの日、古月みかは彼女と出会った。ショートカットで、背が高く、目つきがきつい、気軽に友達になれそうにない人物だった。事実、ユニットのメンバーとは、一歩距離を置いていた。

高校時代において、古月みかは誰にでも好かれることを目標とした。本来は臆病で内向的であったが、そんな性格だったからこそ明るく振る舞おうと必死に努力した。見せかけでも、ハリボテでも、元来の人見知りを隠す役目は果たせる。彼女は見せかけの明るさにより友達を作ることは得意だった。しかし、本当に理解しあえる友達を得ることはできなかった。本当の自分をさらけ出したら友達が離れていってしまうのではないかと恐れていたのだ。もしも、そんなことがあれば、自分の精神は不安定となり、さらに友達が離れていくという負のサイクルが起こると思いこんでいた。自我を保つには見せかけの明るさを保ち続けるしかなかったのだ。

新園眞織は古月みかとは正反対の性格をしていた。全体的に醒(さ)めた態度をとり、イラつきをストレートに口に出す。飽き飽きしたようなため息が癖だった。

噂では両親が医者と病院経営者というお嬢さまらしく、クラスでも一目置かれる存在であったが、友達は少ないようだった。

古月みかはすさまじい努力をして外界に適応していた。アイドル活動においても、授業そっちのけで歌を覚え、ダンスのステップを練習し、基礎体力を底上げした。一方、新園眞織は外界に適応しようとするそぶりも見せず軽々と課題をこなしていった。聞いたところでは、幼い頃からピアノと歌とバレエのレッスンをしていたそうだ。古月みかが何時間も練習したステップを間違える隣で、新園眞織は楽々と新しいステップを覚えていった。

二人の距離はなかなか縮まらなかった。当たり前だ。どのように因数分解しても共通の因子が見つからないのだ。古月みかは新園眞織のことを認識から排除しようとした。無理に近づいたら、反発と亀裂が生じるかもしれないと恐れたのだ。古月みかのそんな態度を察してかは知らないが、新園眞織も特に親しくはしてこなかった。

そんな二人が親友になったのはある偶然が原因だった。入学から一ヵ月ほどが経ったある日、古月みかはいつものように早起きして朝練をしていた。アイドル部が練習に使っている屋上に誰よりも早く来て、黙々とステップを踏んでいた。振りつけを覚えるのが他の部員よりも遅れていたため、自主練をしていたのである。

「そのステップ、半テンポ遅れてるわよ」

後ろで声がした。振り向くと、新園眞織が立っている。

「どうしてここに？」

「目覚ましが故障しちゃったみたい、なぜか早く鳴っちゃって。二度寝するのもなんだし、朝の空気でも吸おうかなと思って来たの。いつもこの時間に来てるの？」

新園眞織の質問に、古月みかは居心地の悪い思いをする。こんな早くから練習していて、たいした結果が出ていないことを恥ずかしく感じたのだ。

「……うん」

小さくうなずく。

「ふーん、よかったら手伝おうか？」

「え？」

意外な申し出に戸惑う。

「せっかく同じユニットなんだもん、この機会にもう少し交流してもいいんじゃない？」

「でも、新園さん迷惑じゃない？」

「迷惑なわけないじゃない。アイドル活動なんて遊びのようなものだし」

アイドルを将来の目標とする自分が、アイドル活動を遊びと割り切る者より数段劣っているという事実が古月みかを打ち負かし、彼女の顔色を悪くする。

「どうしたの？　気分悪いの？」

「……いや、大丈夫……」

そう言いながらも涙をこぼしてしまう。

「もしかして……、わたし悪いこと言った？　だったら謝る、ごめんなさい……」

数瞬、両者の間に気まずい沈黙が流れる。

「……あたし、アイドルになるのが夢なの……。それで、新園さんと自分を比較しちゃって。ちょっと落ちこんで……」

沈黙に慌てて、つい本心をさらけ出してしまった。

「なんだ、そんなことなら、わたしがプロデュースしてあげるわ」

予想外のところに会話が転がっていく。

「でも、あたし、ダンスも全然覚えられないから……」

「ちーがーうー、アイドルに求められているのは完璧なダンスでも歌でもないの。下手でもいいから努力する姿なのよ、観客はそれに自分を重ね合わせて共感するの。そういう面では、わたしよりあなたのほうがずっとアイドル向きでしょ」

「そう……なのかな」

内心では、アイドル向きと言われてすごく嬉しかった。

「そうよ！　とりあえず口調と髪型をアイドル向きにすることね。ちょっと考えさせて」

こうして、新園眞織による古月みかのプロデュースが始まった。着目したのは、まず髪型であった。これまでのロングをツインテールに変更し、一気にキュートな印象を増すことに成功した。病弱な印象を与える白い肌がそれを助ける。次は、一人称である。これまでの『あたし』を『ミカ』にすることにより、幼いキャラを確立させる。ここでも、背の低さと相まって相乗効果が生まれる。

古月みかのキャラをバネに、P‐VALUEの雰囲気は変わっていった。アイドルらしい人物が中心になることにより、自分たちが所属しているのはアイドルグループだという自覚が高まってきたのだ。古月みかと新園眞織がはじめた早朝練習にも全員参加するようになり、地区のアイドル大会にも出場できた。

その後、二人はことあるごとに顔を合わせ、親交を深めていき、ついには内外から親友として公認されるに至った。古月みかは幸福な高校時代を過ごした。キラキラした三年間だった。自分のなかに、アイドルとしての輝きがあることを実感できた。

しかし、大変なのはその後だ。アイドル部を卒業するのと同時に、アイドルというアイデンティティは奪われ、単なる人間となる。古月みかはすでに自分が単なる人間であることに我慢できない状態であった。アイドルとしていつまでも輝いていたかった。

母親には学業を優先しろと言われたが、勉強する時間があればオーディションの練習に注ぎこんだ。進路希望調査書には『アイドル』と大きな字で書いた。教師は将来絶対に後悔すると警告し、母親からは自分の育児方針が間違っていたのだと後悔された。そのたびに「ミカはみ～んなのアイドルになるから、大丈夫ミカ！」とキュートな声で反論した。

そのなかで、唯一助けてくれたのが新園眞織だった。彼女は「みかちゃんなら宇宙で一番のアイドルになれる、みかちゃんはわたしが会った誰よりもかわいい」と言い続け、古月みかの自信を維持した。その言葉でハイになったのだ。もしも、新園眞織がいなかったならば、抑鬱状態に陥り、アイドルへの道を諦めていたかもしれない。しかし、何度オーディションに落ちても、何度親に諦めろと言われようとも、新園眞織の言葉を聞けば、自分は輝けるという自信がわき上がり、また一歩踏み出そうという意欲が生まれる。

幾たびもの不合格の末、やっと一つのオーディションに合格できた。ようやくつかんだ一本の藁（わら）であった。ただし、問題があった。所属する事務所は東京にあり、京都にある大学の医学部に進学する新園眞織とは離れ離れになってしまうのだ。二人は名残を惜しんで抱き合い、再会を約束して別れた。古月みかは、今度会うときは売れっ子アイドルになっていると断言してみせた。

事務所に入ってから最初に行われたのはレッスン費の徴収だった。半年ほどは、月々のレッスン費のために収入はマイナスになるが、それからは仕事が入ってきて徐々に上がり始めるとマネージャーからは約束された。将来の明るい展望に胸躍らせる古月みかはその言葉を信じ、全力でレッスンにはげんだ。

けなげに頑張る古月みかを待っていたのは、しかし、非情な現実であった。

半年ほどが経ったある日、古月みかは事務所が倒産していたことを知る。すでに自転車操業であり、遠からず転げ落ちることがわかっていた事務所は、本格デビュー前の新人アイドル候補生を搾取してからトンズラしていった。残されたのは、レッスン費の負債と打ち砕かれた精神のみであった。半年の間に成し遂げた実績などほぼゼロであり、移籍もできずフリーでの活動でもやっていけなかった。いままで築き上げたものは完全に崩壊した。もう一度、初めからオーディションへと向かうしかなかった。それも、生活費を稼ぐバイトと並行してアイドル活動をしなければならないのだ。さらに悪いことに、彼女は孤独であった。単身で上京したために、周囲には友達もなく、練習に付き合ってくれる仲間もいない。オーディションの練習は楽しくなくなった。自然に笑えなくなった。意識的に笑おうとするが、顔が歪むだけだ。鏡のなかの歪んだ顔を見ると、悲しくなってきた。しまいには、腹痛がしてくる。そんな状況では、オーディションに受かるわけがなかった。

新園眞織に助けを求める。そのことが、頭をよぎった。しかし、実行には移せなかった。彼女とはしばしば連絡を取り合っていたが、いまだに事務所がつぶれたということを伝えられていなかった。伝えることが怖くて、先延ばしにしているうちに、いつの間にかアイドルとして元気にやっているという嘘をついてしまった。嘘はどんどん大きくなり、簡単には崩せないような規模となる。本当のことを伝えられなかった理由は、自分の落ちぶれた姿を見せたくなかったからだ。別れたときはあれほど自信満々であったのに、いまは笑顔を作るにも一苦労するような姿を見せたくなかったのだ。

　古月みかのなかで、新園眞織は一種の偶像（アイドル）と化していた。その偶像に見合うだけのアイドルに自分がならなければいけない、輝かなければいけないという理想を持っていた。その理想はいまや強迫観念の域にまで達し、それが無限の先延ばしを実行していた。ところがある日、突然、街のなかで無限は有限に変わる。

「みかちゃん！」

　聞きなれた声だ。振り向くと、彼女がそこにいた。

「ええっ⁉　まおりん！」

　まおりんとは新園眞織のあだ名だ。

「みかちゃん！　聞いたわよ。事務所が倒産したって！　大丈夫なの？」

　新園眞織は、風の噂で古月みかの苦境を知ったのだ。いままで積み上げてきた嘘はこれにて全て崩れ落ちた。

「……まおりんの言うとおりミカ……」

　あまりにもショックが大きすぎたため、営業口調となってしまった。

　古月みかは新園眞織を自分の部屋へと案内する。気まずくて、再会の喜びを口に出せない。押し黙っていることもできず、正直にいままでの出来事をポツリポツリと話し始める。

「なんで話してくれなかったの⁉」

泣きじゃくる古月みかを新園眞織が抱きしめる。

「こんな姿を見せるのが恥ずかしくて……」

その後、一通りの内情を吐露する。事務所に裏切られたショック、人間不信、無力感、自己嫌悪、劣等感、悪化する体調、減っていく貯金、東京での孤立、ときどき自分が狂っていくと感じること。

「大丈夫よ！」

新園眞織は力強く宣言する。

「なぜなら、わたしがあなたを養うから！」

「はい⁉」

よく意味がわからなかった。

「そのまんまよ。わたしには、お金がある。たんまりとね。親に言えば、いくらでももらえる。それで、みかちゃんを養うの。アイドル活動を続ければいいのよ」

新園眞織としては、ごく自然な申し出だった。金は天下の回り物というではないか。しかし、古月みかにとって、この提案は自分の存在意義が地に落ちるような感覚をもたらした。ここでは社会学的な考察ができるかもしれない。古月みかの家庭は貧しかったため、新自由主義的な文化的背景のもとでは、一種の原罪を背負っているような感覚を負わされていた。そのうえ、少しでも金の譲渡を受けていると、常に社会から怠(なま)け者という烙印(ステイグマ)を押される恐れがあった。彼女は無意識的に警戒していたのだ。

「ん？　どうしたの？」

新園眞織は無邪気な顔で微笑む。

「せっかくだけど、その……」

断ろうとしたとき、チャイムが鳴った。

話を中断し、古月みかは玄関に移動し、ドアを開ける。

「お姉さま！」

ものすごい勢いでドアが引かれ、外から少女が入ってきた。古月みかにそっくりな顔つきをしているが、小柄な彼女よりもさらに一回り小さい。彼女は古月みや。古月みかの妹であるが、両親が離婚して以来会っていなかった。

「みやちゃん!?　なんでここに？」

古月みかは困惑する。

「なんでここに？　その言葉、そっくりあなたにお返しします！　わたくしは、あなたを正気に戻すためにやってきたのです。あなたは悪魔に支配されています。アイドルという悪魔に！　アイドル！　ああ、なんて忌まわしい言葉でしょう。アイドルによって家庭が崩壊し、いままさにアイドルによって姉が破滅している現状！　さあ、お姉さま、いまからでも遅くありません。事務所が倒産したのは天啓であったのです。アイドルなど辞めて、まともな世界に戻りましょう！」

古月みやは情熱的に語った。彼女はアイドルのせいで両親が離婚したのだと思い、この世からアイドルを消滅させることを心に誓っていた。姉がアイドルになろうとしているとどこからか聞き及び、いてもたってもいられなくなりやってきたのだ。

「みかちゃん、お客さん？」

待ちくたびれた新園眞織が玄関にやってきた。

「はじめまして、みかお姉さまの妹、古月みやでございます」

「みかちゃん妹いたんだ」

「うん……中学生の頃に親の離婚で離ればなれになったけど……」

「しかし、わたくしはいつまでもお姉さまを慕っておりますわよ。ところで、あなたさまは？」

「わたしは、新園眞織よ。高校時代にみかちゃんと一緒にアイドルやってたの」

「アイドル……」

古月みやがギリリと歯をならす。

「おまえがお姉さまを破滅させたのですね！」

「ええっ⁉」

新園眞織は当然のことながら戸惑う。

「お姉さまは、そこそこの大学に入って、それなりに就職して、結婚して、幸せな人生を歩むはずだったんです！　それが！　なんですか！　ああ！　こんな惨めったらしい汚い部屋で一人寂しく朽ち果てて、行く末は人生破滅ですよ破滅！　敗北者ですよ！　どうしようもないですよ！」

「どうしようもなくはないわ」

新園眞織が静かな声で反論する。

「はぁ⁉　なに言ってんです⁉」

「どうしようもなくはないのよ。なぜなら、わたしが養うから」

新園眞織の言葉が古月みやの頭に浸透するまで数秒かかった。

「本気ですか？」

「もちろん、本気よ」

「……っふざっけんっな！」

古月みやは壁を強く蹴った。衝撃で花瓶が落ちて、割れる。

「お姉さまを煽って破滅させて今度は玩具代わりか⁉　え⁉　どうせ、途中で飽きて捨てるんだろうが！　姉さまも姉さまだ！　こんな奴に寄生して生きてくつもり？　どこまで堕落すれば気がすむんです？　いいかげん、あなたのアイドルごっこには飽き飽きです！　現実を見てください！」

性格が激変したかのように古月みやが暴れだす。その姿は、まさしくキレる若者と形容できよう。

「はぁ!?　意味わかんない！　なんであんたに指図されなきゃいけないわけ？」

対する新園眞織もそう言われて黙っている性格ではない。二人の間にぴりぴりした空気が湧き上がる。稲妻がいつ落ちてもおかしくはない。

一触即発の雰囲気のなか、間に入ったのは古月みかだった。

「……出てって」

ポツリと言う。小さな声であったが、その表情は険しい。

「でも、みかちゃん」

「お姉さま……」

さっきまでの空気はどこへやら、二人は古月みかをなだめようとする。

「いいから出てって！」

無理やり二人をドアの外へ押していき、鍵をかけた。外から叩く音が聞こえるが、無視する。

「現実を見ろ……か……」

古月みかは覇気なく笑う。彼女の心はポッキンと音をたてて折れていた。新園眞織の提案でプライドが折れ、古月みやの主張で自分の才能のなさを思い知らされた。それらが混ざり合い、自分がいま置かれている現実というものがあらわになってしまったのだ。

そうだ、現実を見よう。自分はアイドルになどなれるわけがない。不可能なことを目指してもがけばもがくほど傷は深くなる。もう、ここでやめにしよう。終わりにするんだ。すべてを。

古月みかのなかに、かつてあったはずの輝きは消えていた。アイドルに出会い、アイドル活動を通して培(つちか)ってきたはずのキラキラした輝きがなくなっていた。

アイドルでなくなれば、行きつくところはすべての終わりだ。

古月みかは椅子を狭いベランダに運び、乗る。外には綺麗な光景が広がっていた。街灯に照らされた細い道路と空き地という、なんの変哲もない夜景だが、綺麗だと感じた。何度もベランダに出ているが、こんな綺麗な光景があるとは思いもしなかった。

最後に、いい気分になれて、よかった。

満足のため息をついて、古月みかはベランダから身を投げた。

彼女の身体は重力加速度に従い、落下する。七階、約二十一メートルからの転落、着地時の速度は時速約七十キロメートルだ。高速道路を走る車から投げ出されたようなものだ。全身を伝わるショックは血管を破裂させ、脳細胞を破壊する。人生最大の、そして最後の痛みが瞬間的に押し寄せ、消える。

古月みかは死んだ。

しかし、この死は終わりではない。スタート地点だ。ここから、〈アイドル〉がはじまる。


新園眞織と古月みやは古月みかが死ぬ音を聞いていた。嫌な予感がしたので急いで表まで走ると、血まみれになった古月みかが倒れている。人間というよりも不法投棄された粗大ゴミのようだ。新園眞織はさすが医学部生なだけあり、意識がないのを確認すると顎先を持ち上げて気道を確保する。行動は冷静だが、頭のなかは真っ白だった。講習で頭に叩きこんだ行動を考えずになぞる。一方、古月みやは救急に電話することしかできない。自分の無力さをかみ締める。医学部生でない人間は無力である。

ドップラー効果で音の高低を変えながら救急車が走ってきた。救急隊員が古月みかを車両に乗せる。親族の古月みやが同乗する。新園眞織も親族だと偽って入る。

古月みかの死体が運ばれた病院は、新園眞織の親が経営しているものの一つであった。この病院が選ばれた必然性はない。近くにあったいくつかの病院のうち、受け入れ態勢が整っているのがそこしかなかったのだ。この偶然が、宇宙すべての運命を変えることとなる。

「ご臨終です」

最先端の心肺蘇生法が一通り試されてから判断が下された。担当した医師は、はなからこりゃだめだと思っていたので予想通りであった。

それを聞き、二人は口をぱくりと開けた。はたから見れば、なんとも間抜けな表情であろうが、親しい人が死んだときにはこのような顔になるものだ。

古月みかの死は二人を狂わせるに十分であった。真っ先に狂ったのは新園眞織である。

「ねえ、パパ！　お願い！」

病院を経営している親に電話する。親は娘を溺愛していたため、二つ返事で要求を聞き入れる。要求とは、手術室から医師を追い出して新園眞織を入れることである。

最も親しい友人の死が原因となる狂気は、通常の人ならばスピリチュアル系に向かう。死後の世界から声が聞こえるとか、幽霊が見えるとか主張するだろう。しかしながら、彼女は科学教育を受けた唯物論者だ。唯物論者が狂うとすれば、テクノロジーへの期待という方向である。新園眞織は、将来のテクノロジーが古月みかを復活させると確信した。いや、確信しなければならなかった。そうしないと絶望の淵へと落ちてしまう。

テクノロジーが古月みかを救う可能性があるにしても、身体が荼毘に付されてしまえば元も子もない。遺灰から元の身体に戻すテクノロジーなど何千年経っても実現しない。そこはエントロピー増大の法則が断固として立ちふさがる領域だ。なんとしてでも、身体、特に脳を数十年単位で保存しなければならない。新園眞織にはそれを実現する手段があった。

新園眞織はカミソリ、メス、電動ドリル、電動ノコギリを用意する。はじめに、カミソリを手にする。

「ごめん、みかちゃん」

新園眞織はそうつぶやき、古月みかの髪をカミソリで剃っていく。チャームポイントであるツインテールは無残にも床に落ちていく。あらわになった頭部の皮膚は、もうすでに黒ずんでいる。古月みかの白く綺麗な皮膚は、酸欠により死んでいった細胞のカスにより、にぶい茶色に変わっていた。

続いて新園眞織が取り出したのは、メスである。メスを使い、頭部の薄い皮膚を切り裂いていく。血液循環はもはやとまったため、血は出ない。桃の皮をむくように、器用な手つきではいでいく。頭部を覆う筋肉に茶色の血管が絡みついている。メスで額から後頭部にかけての筋肉を切り裂き、ピンセットでつまみ、横に開く。どす黒い赤茶色に染まった筋肉繊維のむこう側から、白い頭蓋骨が見えてくる。まるで、生前のみかちゃんの皮膚みたい。新園眞織はそう思った。筋肉はこめかみにいたるまで横に広げられた。その過程で、邪魔になった耳は切除された。

これからが、本番といってもよい。頭蓋骨はいくつかのパーツに分かれており、通常の脳手術では、パーツの分かれ目のみを切除する。しかし、今回は、それらのパーツ全てを切除しなければならないのだ。新園眞織は、電動ドリルを取り出し、粘液にまみれた頭蓋骨に穴を開ける。まずは、額より少し上、サッカーでボールをヘディングするあたりだ。そして、左右のこめかみとうなじの上のほうに穴を開け、電動ノコギリを使い穴同士を結ぶ線で切断していく。

ガガガガガガガ、ギギギギギギギ。新園眞織は、脳手術のやり方は本を読んで知っていた。しかし、理論と実践は違う。頭蓋骨を切り裂くノコギリはとてつもない振動を発した。持っているだけでも額に汗がにじみ出る。新園眞織はそれに耐え、冷静にノコギリを保持した。この骨の下には、古月みかの本質、彼女が彼女である証拠、彼女のすべての意思・感覚・行動の源、とてもとても大切な細胞の塊である脳があるのだ。ミスしてはいけない。新園眞織はこの時点で完全に狂っていたので古月みかの死は問題としていなかった。

頭蓋骨が切断される。その奥に見えるのは薄いピンクの脳だ。

「みかちゃん、みかちゃんはここで考えていたの？　ここでわたしを見ていたの？　ここにあなたがいたの？」

新園眞織はぶつぶつとつぶやき、頭蓋骨を切断していく。

「ふふふっ、不思議よね。みかちゃんの脳なんて、みかちゃんも見たことないのに。わたしが最初に見ちゃった」

やがて、頭蓋骨の上半分は完全に除去された。古月みかの頭部は半分ほど横に切り離されており、脳は完全に露出している。その影響で、表情筋が切れ、古月みかの口はぽっかりと開いている。彼女が生きていれば絶対にしなかったであろうだらしない表情だ。自分の行為がそのような表情を作ったことを、新園眞織は心苦しく思い、心のなかで詫びた。

　ここまでくれば、あとは簡単だ。古月みかの脳を液体窒素入りの容器に入れ、保存する。そして、それを復活させるテクノロジーが生まれるまで待てばよい。

　ぎゅにゅ。新園眞織は古月みかの頭のなかに手を入れた。中指と薬指を脳と頭蓋骨の間にさしこみ、隙間をつくって無理やり四本の指を入れる。

　にゅちょにゅちょぐちょ。指で脳の下部を探る。つぼみのような嗅球や交差する視神経を触覚で確認していく。そして、硬い骨を見つける。脊髄の末端だ。脊髄末端を覆うように、中指と薬指でひし形をつくる。

　新園眞織は、深呼吸をして、腕に一気に力をこめ、脳を引き上げる。ぐじゅぢゅじゅぅぅぅ！　じゅばっ、ぶぢゅづづづづと脳と身体を結びつけていた血管が切れる音がする。脳と一緒に、眼球も引かれ、外へ出ていく。後に残ったのは、文字通りうつろな眼をした古月みかだけ。

　ぶぢゅっ！　ぐぢゅっ！　ぐぎゅぎゅ！　新園眞織はさらに力を入れる。脳と一緒に、脊髄神経までもが出てきた。まるで芋ほりだ。脊髄神経には、大小さまざまな血管がおまけとしてついてくる。そんなことを気にせず、新園眞織は、脳を片手と顎で支え、もう一方の手で脊髄神経を引っ張り出した。釣り糸にかかった魚を引くような冷静さである。さすがは医学部生だ。

脊髄はあますところなく引き出せた。新園眞織は両手で脳と脊髄を抱えこみ、事前に用意していた液体窒素の入った金属の瓶にドボンと入れる。そのとき、手に液体窒素がかかり、全治一週間の凍傷を負うが、そんなことを気にしている場合ではない。瓶の蓋を閉め、空気の漏れがないか確認する。これで大丈夫だ、適切に凍らせた古月みかの脳は、保存場所さえ確保されれば数世紀はもつ。あとは、なんとかして彼女を復活させるテクノロジーを作り出せばよい。

葬式、それは悲しい。

葬式の対象が百歳くらいだとすれば悲しくないときもあるが、十代であると悲しい。

葬式の対象が莫大な遺産を残した老人だと嬉しいときもあるが、無一文の若者だと悲しい。

葬式の対象が自殺で死んだときは、とてもとても悲しく、会場は陰鬱な空気に覆われる。

古月みかは上記三つの項目に当てはまっていたため、葬式は最大限に悲しかった。

多くの人が泣いた。親、妹、高校でのアイドル活動仲間、バイト仲間。もはや「大丈夫ミカ！」と根拠なき自信を見せる彼女はいなくなってしまった。古月みかは夢半ばで倒れた。子供のころから夢見た宇宙で一番のアイドルにはなれなかったのだ。彼女を挫折させせたのは死という宇宙最悪の存在である。皆が泣き喚(わめ)き、頭をかきむしっているなか、新園眞織のみが乾いた笑いを放っていた。元アイドル部の仲間たちは、大方悲しみのあまり狂ってしまったのだろうと合点(がてん)した。正しい洞察だ。彼女は嬉しかった。自分に使命ができたことが。古月みかを蘇らせるという使命を持ったことが嬉しかった。これまで、医者になるという道は親からの圧力だった。なんでこんなことをするのだろうという思いを押し殺しながら毎日勉強していた。いまや、勉強する理由ができた、医者になる理由ができた。古月みかを蘇らせるのだ。

　遺体は新園眞織が切り刻んだ痕はなく、業者により綺麗に遺体修復(エンバーミング)されていた。あまりにも綺麗すぎた。耳も脳もなくなった遺体を見て調子に乗った業者が自らの理想とするところの究極の遺体を目指すべく、勝手に姿かたちを作り変えたのである。業者としては惚れ惚れするほどの出来であり、まさしく世界に通用する技術の結晶といえよう。しかし、遺族に受け入れられるとは限らない。

　そのことに端を発するトラブルが、葬式の後、起こった。古月みかの妹、古月みやが新園眞織につかみかかったのだ。大幅に変わってしまった遺体の容貌を見て、死体損壊の可能性を直感したのだ。

「おまえぇっ！　姉さまになにをしたっ⁉」

　精一杯の虚勢を張り、眼に涙をためながらも怒りをこめて、新園眞織の喪服をつかむ。

古月みやの涙をそそるような姿と対照的に、新園眞織はせせら笑っていた。

「みかちゃん？　みかちゃんなら大丈夫。わたしが復活させてあげるのよ」

へらへらと笑い続ける新園眞織に対して、古月みやはついに自制が利かなくなり、拳を振り上げた。その運動量は微小なものであったため、新園眞織の肉体は損傷を受けなかった。しかし、彼女は自分がなぜ殴られるのかわからず、ぽかんとした表情を見せた。

「さては……、姉さまの死体を犯したな！　この変態！　ああああああああああああああああああ！」

古月みやは、姉を失った悲しみのあまり、自分でもなにを言っているのかわからない状態であった。ただただ、目の前の人物が憎くてたまらなかった。

殴られ続けながらも、新園眞織は笑っていた。

「大丈夫、大丈夫よ。あなたにもわかる日がきっとくるから。待ってて。みかちゃんに会えるから」

自分を殴る古月みやにやさしく語りかけ、頭をなでる。

「触るなっ！」

古月みやは新園眞織の腕をまるで汚物でもあるかのように振りはらい、距離をとる。

騒ぎを聞きつけてなんだなんだと野次馬がやってくる。古月みやの親もやってきた。

「いつか、この借りは返させてもらいますよ！」

古月みやは、新園眞織だけに聞こえる声で、帰り際にそっとつぶやいた。

Ⅱ

古月みかの死から五年後、人類社会は深刻な危機に直面した。

兆候は太陽にあった。太陽表面にできるあばた、黒点の数が急速に増大したのだ。

黒点とは、太陽内部からの磁力線が飛び出している印である。太陽は地球と同じように磁場を帯びているが、気体で構成されているため自転による流動が激しく、磁力線は複雑に入り組んでいる。北極がS極、南極がN極と整然としている地球と違い、太陽の磁力線は迷路のようにのたくり、星の内外を這いずり回る。黒点は磁力線が太陽内部から外部へと出たときに発生する。大量の黒点の増大は、太陽の磁場活動が活発になっていることを示す。

のたくる磁力線は、いつしか互いに交差する。そのときなにが起こるか。交差しあった磁力線が融合し、新たな磁力線となる。新しい磁力線は太陽表面に叩きつけられ、大爆発を起こす。太陽フレアだ。一方、上部に残るこれまでの磁力線は用ずみとばかりに消失し、置き土産に大量のエネルギーを残す。エネルギーは周囲にあるプラズマの運動エネルギーに変換され、まるでパチンコのように外部へとすさまじい速度で投げ出される。コロナ質量放出だ。

太陽フレアは別に珍しいものではない。このとき放出されるプラズマが地球大気と衝突することにより、オーロラができる。ただし、今回起こった太陽フレアは異常なほど規模が大きかった。突如として、なんの前触れもなく、通常の一万倍ものスーパーフレアが発生したのだ。

太陽フレアの被害は三つの段階からなる。X線や紫外線などの電磁波、粒子放射線、そしてプラズマがやってくるコロナ質量放出だ。真っ先に光速の電磁波が地球に到着する。電磁波は強力なエネルギーで電離層を構成する原子のなかの電子をたたき出す。飽和した電子により、短波が吸収され、地球上のあらゆる無線は使い物にならなくなる。

そのとき、新園眞織はアメリカで開かれる再生医療の国際学会へ出席すべく飛行機に乗っていた。成田空港を出発して三十分、すでに成層圏で安定した飛行を続けている。新園眞織は論文を読みながらうとうとしかけていたが、操縦室では大変な騒ぎになっていた。航空管制センターとの無線が途絶したのだ。同時に、空中衝突防止装置も無効となった。世界中の空港で大混乱が起きていた。空中での接触事故や、滑走路での衝突によりいくつもの炎が上がっていた。巨大ジェット機は複葉機とは違う。目視のみで操るのは無理があるのだ。

「乗客の皆さん、機器トラブルのため、当機は成田国際空港へと引き返します。お急ぎのところ、大変申し訳ありません」

　機長のアナウンスにより、乗客がざわめく。周囲の緊張で新園眞織の目も覚めた。しかし、大きな混乱はなかった。少なくとも、このときにはまだ。

　ジェット機が大きく旋回し、成田空港へと引き返したとき、太陽から放出された大量の粒子放射線が地球に到来した。地上は厚い大気のバリアに覆われていたため、影響はなかったが、成層圏を飛ぶ飛行機の乗員乗客たちには十分な大気の層がなかった。

「お客さまのなかに、お医者さまはいらっしゃいますか？」

　キャビンアテンダントが大声で叫ぶ。

「研修医だけど」

　新園眞織が手を上げる。

「こちらに来てください」

　CAに連れられて操縦室に入る。制服姿の女性が嘔吐を繰り返している。なかには血が混じっていた。

「機長です、突然気分が悪くなったようで……」

　CAが説明するなか、一人残された副操縦士が神経質に操縦している。

「なにか持病はありますか？」

機長は苦しそうに首を振る。持病でないとしたら、いったいなんだろうか……。

「大変です！　お客さまが！」

別のＣＡが蒼白になった顔でやってきた。どうやら、客室で次々と人が倒れているらしい。症状は、嘔吐、下痢、脱毛などだという。

「嘘!?　それって……、急性放射線障害の症状じゃない！」

新園眞織は誰に向けてということなく叫ぶ。

「放射線障害!!」

操縦室にいた一同は驚く。

そのとき轟音とともに、飛行機が大きく傾いた。雷が直撃したのである。それも、上方から。通常、雷が発生するのは雲のなかであるが、いま雲は飛行機の下にある。雷は成層圏の上、電離層からやってきていた。太陽フレアのＸ線や紫外線により、電離層が熱され大規模な対流が発生、電子密度が高い電離層と地磁気が相互作用することにより電流が発生したのだ。

「なにやってるのよ！　ちゃんと操縦しなさいよ！」

新園眞織は副操縦士を激励する。

「あのぉ……機械、バグっちゃったみたいです……」

新米らしい副操縦士は半ばパニックになっていた。

「ちょっと嘘でしょ⁉」

「緊急着水します……。席に戻ってください……」

新園眞織は席に戻る。通路は嘔吐物と下痢でびしゃびしゃに汚れていた。世界各地でも操縦士が放射線障害を起こし、飛行機が落ちていた。戦闘機や爆撃機も落下し、搭載していた核爆弾は地上を汚染した。国際宇宙ステーションの宇宙飛行士たちは全員が命を落としていた。

飛行機が急速に下降して、体重が軽く感じる。水面が見えてくる。飛行機の影がだんだんと大きくなり、波を泡立たせ、着水する。

このとき、新園眞織の脳裏に浮かんだのは、溺死や被曝の心配よりも、古月みかのことだった。古月みかの脳は、いまも病院の地下で液体窒素のなかに冷凍されて大切に保管されているが、もしも自分がここで死んでしまえば、遠からずゴミとして処分されてしまうだろう。絶対に死ぬわけにはいかない、なんとしてでも、生きのびねば。

「早く！　逃げてください！　沈みます！　沈んでしまいます！」

脱出を呼びかける副操縦士は完全に混乱していた。ハッチから冷たい水が入ってくる。このままでは溺死してしまうと乗客は慌て始め、興奮して血まみれの嘔吐物が空中を飛び交う。新園眞織は嘔吐物が顔にかかるのを腕で防ぎながら、スライディングでハッチから脱出した。水面では救命ボートとなる脱出シューターにしがみつく。

飛行機は沈み始めた。乗客の半分も脱出しないうちに内部に入った水により傾く。巻きこまれたら元も子もないと脱出シューターが切り離された。

シューターの上で、新園眞織は周囲を見渡した。遠くに島が見える。おそらく、ここは千葉県沖だろう。すぐに船が来るだろうと思ったが、無線とGPSが使えない現状ではそうはいかなかった。結局、水も食料もないなか、夜が訪れた。

日が沈んでも、あたりは暗くならなかった。空にはピンクに光る帯が、生きているカーテンのようにうねっていた。オーロラだ。太陽フレアの第三弾にして、最大の災害をもたらすコロナ質量放出がついに地球に届いたのだ。磁場のパチンコにより飛ばされた太陽周辺のプラズマが猛スピードでたっぷりと地球に降り注ぐ。通常は地球の磁場により遮断され、北極と南極のみに落ちるプラズマは、磁場を振り切り世界中に到達する。プラズマと大気中の電子が衝突し、光となる。一方、地球の磁場はズタズタにされていた。磁力線が酒乱のヤマタノオロチの頭のように暴れる。地磁気嵐だ。変動する磁場は、世界中のありとあらゆる電線と電化製品に過剰な誘導電流を流し、ショートさせる。このとき、全世界の都市が暗闇に包まれた。

病院の人工呼吸器が停止し、患者はとても苦しい思いをしながら死んでいく。信号が停止し、通行人は車に当たり、とても痛い思いをしながら血を流す。しかし、最悪の事態は原子力発電所で起きた。冷却装置が停止し、外部からの応援も期待できない状況で、世界中の原発が次々とメルトダウンしていった。しかも、付近の住民への迅速な警告は通信が途絶した現状では不可能だ。初期消火ができなかったため、原子炉は燃え続け、放射能をふりまき、混乱のなかで人々が死んでいった。

そんな大災害を、新園眞織はサヴァイヴした。なぜ生き残ったのか、根性としかいいようがない。古月みかを思う心が彼女を救ったのだ。幸運なのか体質なのか、早発性放射線障害の症状は現れなかった。しかし、癌化が心配である。

人類文明もサヴァイヴした。根性によるものかはわからないが、とにかく生き残った。残された者にとっては、過酷な世界が待っていた。処理されていない原発からは放射能が飛び散っていた。太陽フレアによる粒子放射線により生じた窒素酸化物は、オゾン層を破壊し、それにより皮膚癌をもたらす紫外線が素通りしてきた。電離層の加熱により、大気の対流が加速し、異常気象が頻発した。温暖化も加速した。これは、太陽由来の磁場が強まることにより、銀河内を飛び交う銀河宇宙線の進入が阻害されるためだ。銀河宇宙線は大気と衝突することにより、雲の核となる。銀河宇宙線が増えると雲が多く生じて日光を反射して寒冷化となり、減ると生じる雲が少なくなり温暖化となるのだ。

太陽観測衛星は電磁波により故障しており、太陽フレアのデータが取れていなかった。黒点数は減っていなかったので、次の太陽フレアが起こる可能性もあり、衛星の迅速な打ち上げが求められたが、下地が整うまで五年がかかった。

そして、ようやく打ち上げられた衛星の観測により、人類にとって恐るべき事実が判明した。巨大フレアは、終わるどころかまだまだ現役であった。五年前のフレア以来、地球を直撃するものはなかったが、以前の観測では見られることがないほど大きなフレアが頻発していたのだ。太陽は以前とは打って変わって不安定な恒星となっていた。不思議なことに、その原因がわからなかった。スーパーフレアが起こる原因として候補に挙げられたのが、太陽に近づく天体だ。天体と太陽との磁場が絡み合うことにより、そのエネルギーがフレアを起こす。一時は、放浪惑星や矮星（わいせい）などの暗い天体が太陽付近にあるのではないかと噂されたが、徹底的な観測により、天体説は否定された。その観測はもっと奇妙な事実をもたらした。太陽付近のプラズマを探ることにより、磁力線の動向を知ることができる。なんと、磁力線が虚空に飲みこまれるように切れていたのだ。切れた磁力線は、凧の糸のように揺らめき、絡み合っていた。現代物理学上、ありえないことだった。磁力線はN極から出て、S極へと吸いこまれていなければならないはずだ。観測が示す唯一の可能性は磁気単極子（モノポール）だ。S極のみ、あるいはN極のみの素粒子が太陽の磁力線の端に付いているという可能性だ。現代物理学のパラダイムにおいて、モノポールは、宇宙初期のインフレーションでのみ発生する。たとえそこで発生したとしても、宇宙膨張により拡散し非常に稀な存在になっているはずだった。しかし、現に観測されているのだからしょうがない。

太陽フレアは太陽の周囲に大量に存在するモノポールにより発生したと考えるのが妥当であった。いつしか、〈モノポール・スーパーフレア〉という名称が定着していった。

人類の生存にとって重要なのは、いまだ〈モノポール・スーパーフレア〉が地球を直撃する可能性があることだった。オゾン層が破壊された現在の地球にとって、二度目の直撃は人類のみならず、地球生命の大絶滅を意味していた。即急に対策を打ち出さなければならない。

喧々囂々の議論が巻き起こった。イエローストーン火山を爆発させて、エアロゾルにより地球を守るという大規模な案から、帽子の無料配布という小規模なものまで、はたまた人類を遺伝子操作して水生人類に進化させるというトリッキーな案も含むと七百六十一の案が候補に挙がった。そして最終的に実行に移されたのは、遺伝子工学と宇宙工学を組み合わせたものであった。

計画案の要は、放射線と紫外線に耐え、かつ放射線と紫外線をエネルギー源とする遺伝子工学で生み出された共生細菌であった。放射線に耐える遺伝子は、チェルノブイリ原発事故あとから発見された菌類が持っていた。同じ遺伝子を複数個コピーする能力を持ち、放射線による損傷が出ても複数の遺伝子から最大公約数的な遺伝情報を抜き取ることで対応していたのだ。また、放射線そのものを活動エネルギーとすることもできた。紫外線に対する防護策は、赤道直下のホヤやシャコが持っていた。赤道直下では紫外線放射は強力であるので、細胞内部に紫外線吸収物質を溜めこんでいたのだ。さらに、植物の持つ葉緑体遺伝子を改良し、従来エネルギー源にできなかった波長の短い紫外線までをもエネルギーにできるまでになった。三つの遺伝子を組み合わせてできたのが、〈新器官（ノヴム・オルガヌム）〉である。〈ノヴム・オルガヌム〉は共生細菌であり、ミトコンドリアや葉緑体のように、高等生物の細胞小器官として機能することができた。後に、意味が広がって、〈ノヴム・オルガヌム〉と共生する高等生物自身を〈ノヴム・オルガヌム〉と称していくようになる。

　計画は次のようなものであった。地球軌道上に、いくつもの小惑星を周回させ、〈ノヴム・オルガヌム〉の巣とする。中心的な生物はカーボンナノチューブが配合された糸を出す蜘蛛（くも）と、植物のように地に咲く水母（くらげ）だ。水母は年輪のように外側へと成長し、内側は少しずつ硬化する。水母の内部に、蜘蛛が住みつき、厳しい真空環境への防御となる。蜘蛛はカーボンナノチューブで支えられた糸を吐き、地球上へとやってくる。芥川龍之介の「蜘蛛の糸」のように、小惑星と地球が結ばれるのだ。その糸を支柱（ポール）として、いくつもの糸が放射状に広がり、水母により支えられ、一種の空中生態系が作られる。失われたオゾン層の代わりに水母と蜘蛛の共同体により紫外線を防ごうではないかというのがこの計画だった。なんとも、頼りのない計画だ。遺伝子改造生物任せとはなさけない。しかし、しょうがないのだ。〈モノポール・スーパーフレア〉によりダメージを負った人類には予算がなく、巨大な盾を作るなど大規模な事業は不可能だ。自己複製する生物を投入するくらいしかできない。その他できることは帽子の無料配布くらいしかなかった。

かくして、〈ノヴム・オルガヌム〉計画はスタートした。その途中、奇妙な事実が判明した。〈モノポール・スーパーフレア〉の四年三カ月後にケンタウルス座のアルファ星系が、六年後にへびつかい座のバーナード星が、七年六カ月後にしし座のウォルフ359が、八年後におおぐま座のラランド21185がスーパーフレアを起こしていると観測されたのである。これはどういうことか。アルファ星系は地球から約四・四光年、バーナード星は約六光年、ウォルフ359は約七・八光年、ラランド21185は約八光年離れている。つまり、太陽で〈モノポール・スーパーフレア〉が起きたその瞬間に、周囲の恒星にもスーパーフレアが起こっていたことになる。ニュースを聞き、物理学者は心臓発作を起こした。観測が示しているのは、この宇宙において局所性が破れていることに他ならない。ある地点で起こった現象が、その間の空間を通ることなく、遠くの地点にただちに影響を与えているのだ。もし、このようなことがあれば、相対論に反し、原因と結果の順序が逆転してしまうこともありうる。物理学者たちは狂ったように互いの頬をひっぱりあった。自分は夢を見ているのではないかという疑いに基づいての行為だったが、夢から醒める者はいなかった。その後も、シリウスA、シリウスB、くじら座BL星、くじら座UV星が続いた。全宇宙の恒星が同時にスーパーフレアを起こしたのではないかとも囁かれた。人類がひとかけらも理解できないような事象が宇宙で起こっているのだ。人々は宇宙的恐怖におののいた。

　しかし、本当の恐怖はもう少し低いところからやってきた。宇宙ではなく空だ。オゾン層の代用品としての〈ノヴム・オルガヌム〉は順調に育っていた。育ちすぎていた。爆発的に育った。活発化した太陽からの放射線と紫外線を栄養源に、うじゃうじゃと増殖し、空に浮かぶ森を生成していった。目を凝らすと、雲よりも高いところに巨大な薄いグレーの爪のようなものが見えるだろう。空中生態系の基盤となる水母だ。水母は巨大な鰭を作り、成層圏の強い風に乗り、何十年も浮かんでいられた。その生涯のなかで、地球を何周もしながら単為生殖で子孫を増やしていった。水母と共生するのが蜘蛛だ。蜘蛛は丈夫な糸で地表に降り、そこから栄養源を水母に運んだ。小惑星とつながるポールはいまや、巨大樹のようになっていた。硬化した水母から、何万もの若い水母のポリプが生え、雪のように地表へと降っていた。ここで、困るのは地表の生態系である。ただでさえ、太陽フレアにより弱っていたところに、大量の蜘蛛やら水母やらが大挙してやってくる。蜘蛛は肉食であり、獲物を生きたまま消化液で溶かして食べる。人類も獲物となった。まず、ポールに近い赤道付近の都市が壊滅した。高層ビルは蜘蛛の巣としてちょうど良く、蜘蛛の巣で幾十もぐるぐる巻きにされた。カーボンナノチューブ配合の糸であるため、巣自身が新たな建築物となり、都市は異様な景観を呈した。〈ノヴム・オルガヌム〉には天敵がいなかった。紫外線のため外に出るときはいちいち帽子をかぶっていなければならないような人類は敵ではなかった。巨大水母を空母にして成層圏を渡るため、海や山も城壁としては意味をなさなかった。〈ノヴム・オルガヌム〉は赤道付近を本拠地に、北へ南へ勢力を広げていった。従来の生物のエネルギー源は、結局は光合成をする植物に依存し、光合成は可視光のみをエネルギー源とする。一方、〈ノヴム・オルガヌム〉は加えて紫外線と放射線をエネルギー源にできる。つまりは、〈ノヴム・オルガヌム〉は従来の生物よりも何倍も活動的でありうるということだ。その爆発的な繁殖力と、活動力をもって、〈ノヴム・オルガヌム〉は地球中に広がっていった。もはや、人類、いや従来生物の劣勢は火を見るよりも明らかであった。

　そんな厳しい状況を一顧だにせず、新園眞織は古月みかの復活作業に励んだ。人類の滅亡が差し迫っていたため、未来のテクノロジーをあてにすることはできず、すべて手作りで復活させるしかなかった。放射線被曝で徐々に彼女の身体は癌化していったが、復活のための技法の予行演習を自分に施せると考えれば一石二鳥であった。

　そして、ついに、古月みかは黄泉（よみ）から還（かえ）ることとなる。彼女の死から三十年後のことであった。それは同時に、宇宙史を支配する〈アイドル〉の誕生でもあったのだ。

Ⅲ

なに、これ？

彼女は暗闇のなかで、混乱していた。

ぼやけた感覚がする。はじめは、感覚があることもわからなかった。少しずつ焦点が合う。これは、痛みだ。痛みに焦点が合ったことにより、その他の感覚が統合される。痛みという確固たる感覚を足場に、他の感覚を意味づけしていく。明かり、音、におい。感覚が統合されることにより、自分という存在が浮かび上がってくる。彼女は自分というものが存在することを思い出し、必死につかんだ。一度離せばまた、感覚がバラバラとなり、暗い海の底へと戻ってしまう恐れがあった。

視覚が明確化する。バラバラであった情報がひとつになり、像を作り出す。彼女は、それが外界の像であることに気づく。

薄暗い部屋であった。手術室だろうか。さまざまな医療器具が所せましと置いてあるが、それらは埃（ほこり）をかぶり、長い間使われていないようだった。

「みかちゃん、見える？」

声が聞こえた。目の前に一人の人物がいた。いや、『人物』と称していいのかわからない。たしかに、顔を見れば、初老の女性であることは認識できる。しかし、その姿は異様であった。幾本ものパイプが、飛び出ていたからだ。パイプは胸部と、腹部と、背中から出ていた。太さ三センチほどのパイプが数十本も身体のなかに入っている。しかも、パイプと身体との接続が完璧ではないようで、ときどき、隙間からぽたぽたと赤黒く汚らしい液体があふれ出る。両足の代わりに先端に二つの車輪がつけられた義足があり、その車輪は、用もないのに、ぎーがしゃ、ぎーぎゃしゃしゃと空回りしていた。だが、一番異様なのはその頭であった。頭は大きく削られていた。右側の前頭部にテニスボール大の欠損があった。その傷痕は乱暴に手術したらしく、何重ものかさぶたで覆われている。

異様な姿にもかかわらず、彼女は老女の顔になにかを感じた。なにか、とても温かなものを。

「まおりん……」

彼女は、思い出した。自分が誰かということを。自分がなにをしたかということを。大好きだった、新園眞織のことを。目の前の老女は新園眞織だ。姿形は変わっているが、面影は残っている。そして、自分の名前は古月みか。アイドルになれないまま夢破れて混乱の末に死んだ人間だ。

「まおりん。ここはどこ？　どうしてそんな姿に？　あたし、いったい……」

古月みかは、矢継ぎ早に質問を繰り出す。そして、その声が変わり果てたものであることに気づき、愕然とする。なんという声だろう、まるで蛙を無理やり調教して楽器にしたような声だ。

「みかちゃん、今覚えてる一番最後の記憶ってなにかな？」

新園眞織がやさしく聞く。

「あたし、自殺した。混乱してて、気がついたらベランダから飛び降りてた……」

あのときは、なにがなんだかわからなくなっていた。生活の苦悩と、新園眞織の提案、その現場を妹に見られたショックで混乱し、現実を突きつけられたことで爆発が起こったのだ。

「みかちゃん、あのときあなたは死んだのよ」

古月みかは困惑した。死んだ？　死んだとはどういうことだろう？　自分は今考えている。そこから導き出される結論は今生きているということであり、死んでいるということではない。新園眞織へそう反論する。

「いや、死んだのよ。死んで、生き返った。みかちゃん、この鏡をよく見て」

古月みかの眼前に、鏡が差し出される。そこには、自分の姿が映し出されるはずであった。ツインテールにリボンをつけた、かわいらしい女の子が。だが、そこにあったのは……。

肉屋の廃棄物。たとえるなら、それが一番近い。眼に入ったのは、クリスマスツリーの飾りつけのように垂れ下がった臓物だ。腸がだらりと垂れ、その隙間に腎臓が無造作に入れられている。腸の隙間からは、金属製の細いコードが見え、ぴくぴくぴくぴくとまるでハリガネムシのように絶え間なく動いている。垂れ下がった腸が付着していたのは、水晶のような丸い透明な球体だ。むき出しになった筋肉が水晶球から出て、ガムテープのように腸を支えている。驚いたことに、水晶球は宙に浮いており、そのため腸は地面に接してはいない。水晶球の上部には、風船のようにぱんぱんに膨らんだ物体があり、これが水晶球を浮かばせているようだ。その風船は肉でできていた。動脈と静脈が、網の目のようにめぐり、ときどき、息をするように身を動かす。風船は、胃だったのだ。胃が限界まで膨れ上がった姿だ。胃を膨れ上がらせているのは、肺だった。胃の後ろ側には、寄生生物のように肺がべっとり張りついており、胃に空気を供給していた。古月みかは必死に自分の顔を探した。自信のないときでも、自分の顔に笑いかければ元気が出たものだ。しかし、どこにも顔は存在しなかった。代わりに発見したのは、水晶球のなかにある、赤茶けた脳と、その横で忙しげに左右に動く眼球のみであった。

「なにこれ？　悪趣味な現代アート？」

古月みかは無感動につぶやく。複雑に吊り下げられた腸の奥にあるだろう声帯が震える。

「それは、あなたよ。みかちゃん。わたしが作り上げた最高傑作。死から蘇った存在」

新園眞織はうっとりとささやく。古月みかはもう一度鏡を見た、そのむこうに見える臓物大博覧会を。これが自分だというのか。

「ねえ、かわいいでしょ？　とってもかわいい、またアイドルにだってなれる……」

かわいい？　これが？　顔も皮膚もなく、バラバラ死体を適当に積み上げただけのこれが？

だが、古月みかにもわかっていた。この生々しい臓物の塊である自分が、かわいいということに。

なぜそんなことを思ったのか？　常人の神経ではない。実は古月みかの脳の一部は新園眞織の脳であったのだ。凍結された脳は、一部が欠損してしまった。その欠損を埋めるため、新園眞織は自らの脳を古月みかに移植した。そのとき、新園眞織の古月みかを偏執的に愛する気持ちが、古月みか自身に入っていったのだ。そのため、古月みかは、自らがどんな姿であろうとも偏執的に自分を愛する状態になってしまったのだ。

かわいい……。かわいい……。なんてかわいいんだろう……。古月みかは、鏡のなかの自分に向かい、何度もそう口にする。大好きな感覚がやってくる。新園眞織にはげまされた昔を思い出す。彼女がいたから、アイドルへの道を目指すことができた。一度は事務所に騙され、なにがなんだかわからなくなった末に自殺したけど、それがどうした。いいじゃないか、人生谷ありゃ山もあるのだ。一度や二度の死がなんだ。涙の数だけ強くなるんだ。雨ふりゃ地固まりすべては塞翁が馬なのだ。こんなことで、夢を諦めてはいけない。アイドルになる。宇宙で一番のアイドルになる！

古月みかの脳内でなにかがはじけた。新園眞織の脳の一部と融合した結果、二つの脳は水を得た魚、ぴったりとはまったテトリスブロックのようであった。新園眞織は、古月みかの実存に基盤を与えた。古月みかはついに、自分が存在する理由を与えるものを自らのうちへと取りこんだのだ。

「まおりん！」

古月みかは叫んだ。

「教えて！　この身体の動かし方を！　この身体で踊りたい、歌いたい、アイドルになりたい！　どんなことがあっても、ステージに立ちたいから！」

「みかちゃんっ……」

新園眞織は涙ぐんだ。嬉しかった。数十年間、古月みか復活のために尽力してきたが、自殺した彼女を復活させるのははたして正しいことなのだろうかという疑いが、いつも心の片隅に残っていた。生き返った途端、目の前で再度自殺された日にはどうしようと、毎晩悩んで眠れなかった。何人も人を殺し、腹を切り裂き、臓器を抜き取った末に作りあげた古月みかの身体はとてもかわいかったが、それでも不安だった。みかちゃんは満足してくれるだろうか、アイドル活動を再開してくれるだろうかと、半信半疑になりながらも復活させた末、とても喜ばしいことに、アイドルとしての夢と希望に満ちた古月みかに再会することができた。

さて、古月みかはこの身体でどのようにレッスンを行うか、非常に興味深い問題ではあるが、その前に名称の確認をしておこう。この後、彼女はアイドルとしての才能を開花させていく。アイドルとしての彼女に敬意を表して、〈第二世代アイドル〉と称することにしよう。自殺前の古月みかは〈第一世代アイドル〉であり、死後復活を遂げた彼女が〈第二世代アイドル〉ということになる。

〈第二世代アイドル〉は新園眞織の指導の下、トレーニングを積んだ。基本的な移動手段は、胃による空中浮遊と肺による空気排出である。この微々たる推進手段では最高でも時速三キロメートルがせいぜいだ。胃は腐食性ガスにより膨らみ、空中へと昇ることができる。性能はなかなかのもので、原理的には成層圏まで上がれる。食事は、体外消化だ。腸から直接消化液を出し、どろどろになった食物を吸収するのだ。空をゆっくりと舞うクラゲ、それが〈第二世代アイドル〉に与えられた生態であった。そんな弱々しい存在であるが、身を守るすべはあった。神経ジャックコード、クラゲの毒針のように尖った二本の紐。これは、オリジナルの古月みかの脊髄神経であったものだ。このコードを他の生き物の脳に刺すと、意思を乗っ取り、自分の好きなように操ることができるのである。挙句の果ては、免疫機能を変更し、相手の身体部位を自分の一部にすることができるという優れものだ。この機能を使えば、寿命と関係なく半永久的に生きていくことができる。すばらしい器官である。もちろん、細胞のなかには、〈ノヴム・オルガヌム〉が共生しており、紫外線と放射線に耐性がある。

　飛行機での被曝による癌化で身体を蝕まれた新園眞織もまた、自己改造を施していた。古月みか復活のための被験体として自身を使用したため、〈第二世代アイドル〉よりもずいぶんと旧式な身体だった。もともとの人間的な肉体は、すでにハリボテであった。肉体のなかで、有効な働きをする器官は脳だけであった。他の器官は癌が転移したため根こそぎ引っこ抜いてゴミ箱へと捨てた。代わりに、他人の器官を拝借した。このご時勢、瀕死の人々が大量に発生しているため、頭をかち割って慈悲深い死をもたらし、腹を切りさいて器官を盗んだ。しかし、癌化していない正常な器官などめったになく、あったとしても古月みかのために保存しておいたため、自分用の器官はさまざまな人々から盗んだ器官のパッチワークとなった。パッチワーク器官は、通常の器官よりもいくぶん性能が低かった。他人の器官を無理やりつなぎあわせているのだから仕方がない。性能の低い器官を通常の働きにまで高めるため、巨大化という単純な手法をとった。その結果、肺、胃、食道、小腸、大腸、すい臓、肝臓、腎臓などが整頓されていない押し入れのようにごっちゃごちゃにくっついている塊ができた。新園眞織は巨大なトレーラーに器官の塊を押しこみ、脳の入った元の肉体とパイプでつないだ。年月が経ち、パイプは錆びてがたがきているようで、隙間から体液が漏れているようであったが、古月みか復活のため気にならなかった。トレーラーの表面には薄い皮膚が培養され、〈ノヴム・オルガヌム〉が共生し、紫外線と放射線をエネルギー源とした。トレーラーの動力と生命維持のエネルギーはそこからとられていたが、それだけで満腹というわけにはいかず、ときどき死体を食うため遠征に行かねばならなかった。そのために、トレーラーには吸盤付き無限軌道（キャタピラ）が付属していた。

〈第二世代アイドル〉は身体の動き方を学ぶと、アイドル活動の一環として、新園眞織と一緒にお散歩へと向かった。彼女たちの本拠地は、東京・秋葉原であった。すでにこの時代、日本の大部分は〈ノヴム・オルガヌム〉の支配下に入っており、政府や自治体は崩壊していた。高層ビルを基盤として、軽い・長い・丈夫の三拍子が揃ったカーボンナノチューブ配合蜘蛛の糸があちらこちらに張りめぐらされ、空には巨大水母が何匹も浮かび、地上と糸により結ばれていた。水母のポリプは雪のように空から降り、宙を舞っていた。残り少ない人間たちは、細々と巨大水母の影でドブネズミのように暮らしていた。太陽フレアの激しい活動により地球上では、人類はゆっくりとだが確実に淘汰されていた。

　二人のお散歩は単なるデートというわけではなかった。重要な食料としての死体や瀕死の人間を集めて食うというアイドル活動だった。人間たちは、たいていは下水道の奥や、蜘蛛の巣で入り組むビルの奥に巣食っていた。新園眞織がその巨体で建物ごと破壊すると、石を持ち上げられたワラジムシのように右往左往して逃げ回った。まれに反撃してくる個体もいたが、トレーラーに付属しているマシンガンで穴だらけにしておいしくいただいた。

　唯一、組織的行動を続けている人間たちがいた。彼女たちは自身を〈自警団〉と称していた。頑固一徹な反テクノロジー主義者であり、伝統主義者であった。古きよき秋葉原を取り戻すことをスローガンにしており、一昔前の萌えキャラクターが描かれたTシャツを着ていた。それが伝統のイコンというわけだ。ハイ・テクノロジーを拒否する彼女たちは、過酷な世界で生きていくために自らにロー・テクノロジーを施した。腕や、太ももや、腹に錐（きり）で穴を穿（うが）ち、そこにバネをセットし、バネの勢いでザイルのついた矢を飛ばす。矢を蜘蛛の巣へと引っかけ、ザイルを手繰（たぐ）り寄せてジャンプする。その反復で、俊敏に移動するのだ。主だった武器は火炎瓶と山刀（マチェーテ）とカラシニコフ銃である。彼女たちは地道に〈ノヴム・オルガヌム〉を一匹一匹殺していた。

当然、人間たちを食べ歩く新園眞織と〈自警団〉は対立していた。人間であるにもかかわらず〈ノヴム・オルガヌム〉を体内に取り入れた新園眞織を人類の裏切り者と断定し、宿敵と見なしていた。〈自警団〉は空中に浮かぶ水母の体内を巣としており、たびたび新園眞織の本拠地である高層ビルに降りてきては攻撃を繰り返した。新園眞織も対抗してマシンガンやレーザーガン、暗視スコープなどの付属装備（アンシラリー）を整えた。近代兵器を使った彼女に〈自警団〉は勝ち目がなく、現在は休戦状態が維持されていた。

そうした微妙な休戦状態は、〈第二世代アイドル〉の登場によりバランスを崩すこととなる。古月みか復活のために爆走する新園眞織は、その夢が達成されたのちには隙だらけになった。無敵に見えた新園眞織に弱みができたのだ。そのことを、〈自警団〉が気づかないはずはなかった。

　そんな動きも知らずに、二人は楽しくアイドル活動をしていた。今日は、珍しく多くの人間が集まっている巣を見つけ、新鮮な肉を手に入れようとしていた。

「まおりーん、一匹逃げるわよ」

　新園眞織がトレーラーで人間の集団を押しつぶしてひき肉にしていると、一匹が逃げ出した。子どもである。

「後生(ごしょう)です！　娘だけは！　娘の命だけは！」

　親と思われる人間が両手を上げて前に出る。恐怖のあまり涙と鼻水が滝のように流れていた。

「うーん、子どもならしょうがないかなー、助けてあげる」

「えっ！　ほんとうですか⁉」

「嘘」

　冷酷な宣告とともに、銃弾が子どもと親の身体を貫く。

「うわー、まおりんって案外容赦ないね」

「そう？　みかちゃんと一緒だから張り切っちゃった」

　新園眞織は人間の集団をマニピュレーターで一まとめにすると、パイプを肉のなかに挿入し、体液を吸っていく。〈第二世代アイドル〉は、肉塊の上に陣取り、消化液をぶちまけて腸を広げ、ぐしょぐしょになった肉を吸収していく。残酷なように思えるが、アイドル界は厳しく、弱肉強食なのだ、しかたがない。二人は厳しいアイドル活動を繰り返したため、気づいたときは夜になっていた。これは、普段の新園眞織からは考えられないことだった。太陽からの紫外線放射のない夜は、従来生物の時間だった。当然、人間たちも夜行性になっており、危険性が増える。アイドル活動に気をとられていると、思わぬところでミスをするものだ。

「貴様たちの眼に余る暴虐、そこまでだ！」

威勢の良い声が響き渡る。

「何奴(なにやつ)!?」

新園眞織は驚いて肉を取り落とした。

「我らは〈自警団〉！　秋葉原の平和を守るもの！」

気づいたときには、数十名の集団に囲まれていた。紫外線対策のために顔中を包帯で巻き、ゴーグルをかけている。右手にはマチェーテ、左手にはカラシニコフ銃、そして胴体には萌えキャラがプリントされたTシャツが装備されている。身体にはところどころ穴が穿たれ、そこから鉤爪がついた矢が見え隠れする。

「みかちゃん、下がってて」

新園眞織は急所となる脳部分をトレーラーに格納した。

「我らが聖なる地より貴様の邪悪なる……ぐふっ！」

〈自警団〉の切りこみ隊長は、口上を述べる暇もなく、トレーラーで身体を踏みつぶされ、内臓が口から噴き出る。

「かかれかかれ！　撃ち方はじめ！」

〈自警団〉がカラシニコフ銃を構えようとしたときには、すでに新園眞織が陣地へと突進している。壁にぶつかる卵のように簡単に人間の命が失われていく。陣地の真ん中でトレーラーが急速にスピンしたおかげで、人間が宙を飛ぶ。回転しながらマシンガンとレーザーガンをぶっぱなし、皮膚を切り、肉を破損させ、血を流させる。戦力の差は歴然だった。この時点で賭けが行われれば、オッズ比はダントツで新園眞織の勝利を示したであろう。

しかし……。

「おっと、下手に動くとお友達の命が失われてしまうかもしれませんよ」

なんと、後ろから忍び寄った〈自警団〉員に〈第二世代アイドル〉が捕まってしまったのだ。マチェーテを腸に突き立てられればもはや手も足も出ない。もっとも手も足もなかったのだが。

「みかちゃん！」

回転を停止した新園眞織の上に、〈自警団〉がわらわらと蟻のように乗ってくる。

「はっはっは！　これで邪悪なる怪物ともおさらばば……痛っ！」

〈第二世代アイドル〉は自身を束縛する団員に強力な消化液をかけた。ひるんだ隙に逃げる。

「こんにゃろう！　殺してやる！」

「みかちゃん！　逃げて！」

　団員が背後から〈第二世代アイドル〉に切りかかろうとするのを見て、新園眞織が体当たりをする。〈第二世代アイドル〉は胃を膨らませて空高く飛び、戦場からの脱出を果たすが、〈自警団〉が自らの肉体を新園眞織のキャタピラの隙間へともぐりこませたため、血肉により機械が停止する。いまがチャンスとばかり、新園眞織の胴体に指向性小型爆弾が仕掛けられ、身体に穴が穿たれる。その穴へ火炎瓶が投げられ、巨大臓器は蒸し焼きになる。新園眞織は必死に逃げようとするが、〈自警団〉は傷口に入りこみ、臓器を素手でもぎ取る。貴重な動物性タンパク質が手に入ったことに歓喜し、彼女たちは顔の包帯を取り、新園眞織の臓器にかぶりつく。新園眞織は、生きたまま食いつくされる。体内を蒸し焼きにされて、臓器を素手でもぎ取られ、食われるのだ。想像を絶する激痛。

　新園眞織は、食われながらも必死でマシンガンを連射していた。至近距離から発射された弾丸が、集まってきた人間たちの顔をハッシュドビーフにする。仲間がクズ肉と血と糞の塊になるのを見ても、〈自警団〉の勢いは衰えない。むしろ、ますます懸命に新園眞織の臓器に群がる。

〈第二世代アイドル〉は上空からその光景を見ていた。自分の愛する人が食われて死につつあるのを何もできずに見ていた。そして、〈自警団〉の一人に見知った顔があることを確認した。かつての自分の妹であった古月みやだ。皮膚癌による腫瘍で顔はボコボコに膨らんでいるが、面影は残っている。彼女は新園眞織の臓器にむしゃぶりつく最前列の人であった。サイリウムのようにマチェーテを振り回し、臓器を切り裂いていく。そこへ、新園眞織の人生最後の努力の賜物である弾丸がおとずれる。古月みやの眼球があったあたりには、拳が入るほどの大きな穴が空き、しぶきのように脳が飛び散った。

かつての妹の死を見ても、〈第二世代アイドル〉の心には悲しみなどかけらも浮かばなかった。あったのは激しい怒り。最愛の人を殺された怒りだけだった。

「皆殺しだ、全員、駆逐してやる！」

次のアイドル活動の方針が決まった。復讐である。〈自警団〉へ壮絶な苦痛と死を与えるのだ。

Ⅳ

復讐といっても、現在の〈第二世代アイドル〉は無力であった。新園眞織という庇護者を失った彼女は空中に浮かぶビニール袋に等しい存在である。風が吹くとあっちにぷかぷかこっちにぷかぷかと気ままに流される。これでは食べていくことすら難しい。アイドル活動を継続するためにはスキルアップを果たさなければならない。〈第二世代アイドル〉から〈第三世代アイドル〉へと自己変革しなければ、時代に取り残されてしまう。

アイドルの成長に必要なのは、生体材料だ。そこで、〈第二世代アイドル〉は〈ノヴム・オルガヌム〉の一種である蜘蛛に注目した。例のカーボンナノチューブ配合の丈夫な糸を吐く蜘蛛だ。人間の死体を食べてそこらじゅうで大繁殖しており、石を叩けばわらわらと出てくる。ミリメートルサイズからメートルサイズまで大きさも多様化していた。〈第二世代アイドル〉は、死んだふりをして蜘蛛をおびき寄せた。お馬鹿な蜘蛛はまんまとひっかかり、腸にかじりつく。そこへ神経ジャックコードが襲いかかり、体内に引きこみ、将来の糧にする。狙いは糸を出す器官、出糸突起である。他の器官は消化して出糸突起のみを残し、体の隅々に取りつける。これで〈第三世代アイドル〉の完成だ。第二世代との違いは、胃や腸や肺からつきだされた幾十もの出糸突起のみというマイナーチェンジであったが、この器官の有無で機動性が大きく変わる。突起から勢いよく排出した糸を足場に絡ませ、巻き取ることにより高速で移動するのだ。〈自警団〉の矢による移動法を真似したものだが、カーボンナノチューブ配合の糸はより丈夫であるため、より速く移動できた。

さらに、糸は武器にすることもできた。ピアノ線よりもはるかに硬く、細いため、人間の首・腕・脚などをスパスパと容易に切ることができるのだ。いまだに防御力は皆無に等しいため、積極的に攻撃に出ることはできないが、罠を仕掛けることはできた。〈自警団〉がよく通る場所においしい死体を置き、その周りに糸を張りめぐらしておくだけのインスタントな罠だが、驚くほど効果があった。その罠で手足を失ったがまだ生きている人間は、さらなる罠の材料になった。瀕死の者を助けようとする人間の心理を利用し、やってきた仲間たちを次々と殺害していく。

〈第三世代アイドル〉は通過点にすぎなかった。アイドルたるもの、もっと前へ出なくてはならない。常に初心忘るべからず、現状に満足していてはいけないのだ。数十人の命を奪うことで満足するのはアイドルとして十分ではない。もっと多くの人間を殺戮しなければならない。アイドルとしてのランクを上げなければ、時代の風につぶされてしまう。

〈第四世代アイドル〉の材料となったのは、人間だった。急所である脳を防御するには、木を隠すなら森のなかの原則に従い、大量の脳で覆えばよい。〈アイドル〉は殺害した人間の脳の神経配線を変えて完全に受動的な奴隷にした後、自分の脳に対してカーボンナノチューブで被膜された神経でつないだ。奴隷脳には防御壁となるよう自分の脳を覆わせる。自身の意識から出た信号が奴隷脳を駆動させ、それらの脳自身の自意識は抑圧される。巨大な脳ボールとなった〈第四世代アイドル〉は強力な移動器官を持つ必要があった。これまた人間を使った。人間の手や脚などを放射状に生やして、高速で転がったのだ。〈自警団〉から奪ったカラシニコフ銃やマチェーテを手に持たせ、転がりながら攻撃できた。もちろん眼や鼻や舌などの感覚器や消化器官もアクセサリーのように何十も身体のまわりにつける。コーデの着こなしもばっちりだ。

カーボンナノチューブ糸、カラシニコフ銃、マチェーテで武装した〈第四世代アイドル〉はついに〈自警団〉との全面戦争へ打ってでた。〈自警団〉の本拠地は対流圏と成層圏の境界領域に浮かぶ空中巨大水母である。そこは対流圏界面とも称されており、巨大フレア発生前には常に秒速三十メートルを超すジェット気流が流れていたが、いまやその風速は何倍にも増加していた。原因はオゾン層の破壊にある。オゾン層は紫外線を吸収し、大気の温度を上げる。上層のオゾン層が高温になることにより、上は温かく下は冷たいという安定した大気の状態ができ、成層圏では風が起きにくくなる。巨大フレアによりオゾン層が破壊された後、成層圏の大気安定性も破壊され、ジェット気流の風速は増加した。空中巨大水母は強くなったジェット気流に凧のように乗り、宙に浮かぶ。何本もの蜘蛛の糸で地上とのアンカーができているので、風に流されることはない。

〈第四世代アイドル〉は腐敗したガスを胃に溜めて浮かび上がり、糸を繰り出して俊敏に空へと上がっていった。空中巨大水母の下側には、茸（きのこ）のようなポリプが何十本も生えている。人間たちはポリプの間に巣を作って生息していた。ポリプが成長し、下に落ちるにつれて、巣は上の未成熟なポリプへと移動していく。有害な紫外線は水母本体により遮断され、空気や熱もポリプの間隙では保つことができた。蜘蛛たちも同じ場所に住みつき、〈自警団〉と同じ資源を狙うライバル関係となっている。赤ん坊はしばしば蜘蛛にかじられて死に、皮膚癌のせいもあって平均寿命は非常に短かった。それでも、なんとか生きていた。〈第四世代アイドル〉が来るまでは。

〈第四世代アイドル〉の襲撃に、〈自警団〉は完全に不意をつかれた形となった。地上での攻撃に関しては警戒していたが、まさか上空までやってくることはないと高をくくっていたのだ。油断大敵である。アイドル像について一面的な見方をしていたため、時代の動きに取り残されてしまったのだ。今どきのアイドルは、会いにいけるだけではなく会いにいくのだ。流行に遅れる罪は、命をもって償わねばならない。

「ぐわぁぁぁぁあ!」

ポリプ間隙に悲鳴が響く。いまや、時代からとりのこされた〈自警団〉は、〈第四世代アイドル〉が放つ圧倒的なアイドルオーラの前になすすべはなかった。彼女は襲撃前に一週間ばかりのんびり日光浴を楽しみ、〈ノヴム・オルガヌム〉から得られるエネルギーを溜めていた。アイドルにとってオフは貴重だが、彼女はゆっくりと過ごす派だった。オフもアイドル活動の大事な一部だ。いまこの瞬間に、充電したエネルギーを解放していた。大事なのはオンオフのはっきりとした切り替えだ。オンのときはきはきと身体を動かして人間を殺さなければならない。彼女は練習したとおりにステップを踏み、糸を吐き、カラシニコフ銃を乱射し、マチェーテで首をはねた。その姿はまさに、虐殺のための器官と形容したくなるようなものだった。人間たちは〈第四世代アイドル〉の俊敏なダンスとかわいさに悲鳴をあげた。この歓声のなか、〈第四世代アイドル〉はまさしく自分がキラキラに輝いていることを実感していた。これこそ、全力を尽くしたアイドル活動だ。

　人々の歓声が消え、アンコールの声もなく虐殺は終わった。〈第四世代アイドル〉は打ち上げとして瀕死の人間たちの臓器を補修用に強奪し、肉を食い、血をすすった。すがすがしい気分だった。何年間もの準備の末、アイドル活動は大成功を遂げたのだ。自分へのごほうびに、小さな家を手に入れよう。ちょうど、〈自警団〉が住んでいたポリプ間隙があるので、そこを改修してお気に入りの部屋にしようじゃないか。

〈第四世代アイドル〉は無気力に時を浪費した。いわゆる燃えつき症候群（バーンアウト）であった。今後のアイドル活動の方針がわからなくなってしまったのだ。最初の大成功に眼がくらみ、そこに固執してしまい、さらなる一歩が踏み出せない。〈アイドル〉はセルフプロデュースが基本であった。キャラを確立させるのも、得意分野を開拓するのも、すべて自分にかかっていた。ところが、〈第四世代アイドル〉は、自らの歩むべき道がわからなくなってしまった。そこで、初心にかえることにした。自分がアイドルとしてほんとうにやりたかったことはなんだろう。それは歌と踊りで観客を笑顔にすることだ。決して、恐怖を与えることではなかった。カラシニコフ銃を連射することではなかった。瀕死の者を切り開いて臓器をひきずり出すことではなかった。アイドルは人間を殺戮するものではなく、楽しませるものなのだ。それはあまりにも当然すぎることであったが、〈第四世代アイドル〉はそれを忘れていた。そして、思い出したときにはすでに手遅れであった。自分は、ファンとなるべき人々を殺していたのだ。ファンはアイドルの本質である。ファンがいないアイドルはアイドルではない。アイドルは単独で存在可能なものではなく、ファンによる補完を絶対的に必要とする。アイドル活動のせいで、アイドルの本質を破壊してしまったとは皮肉な話だ。

地上を探索してみたものの、〈自警団〉の壊滅で人間の勢力圏は大きく後退しているようだった。もはや東京近辺に人間たちが住む場所はなかった。どこへ行っても、蜘蛛、蜘蛛、蜘蛛、水母、蜘蛛、水母。運よく見つけた人間はたいていが蜘蛛に寄生され、生きながら食われていた。既存の生態系は崩壊しており、ゴキブリすらも蜘蛛の前で衰退しているようだった。

ファンを探さなければ。会いにいけるアイドルから、会いにいくアイドル、そして探しにいくアイドルへの成長。この時代、単にファンのところへと会いにいくだけではアイドルは成り立たない、探しにいかなければならない。〈第四世代アイドル〉のままでは長距離移動は不向きだった。〈アイドル〉は時代に合わせ自己革新する。こうして、〈第五世代アイドル〉が生まれた。

〈第五世代アイドル〉は空中巨大水母を身体の基盤とした。体長七百メートルほどの水母を自らの身体とすべく、改造していく。水母の中心である胃の粘膜に脳を固定し、神経を身体全体に行き渡らせた。風圧で浮かぶだけでは機動性がないため、浮き袋をつくり、腐敗ガスを供給して気球とした。水母は風に逆らって飛ぶことのできない浮遊動物（プランクトン）だが、脳のコントロールによる舵取りと、腐敗ガス噴射、そして海水をバラストにすることにより、風から自由な遊泳動物（ネクトン）となった。触手の先には、眼球を装着し、上空からでも地上の様子を観察できるようにする。

ついに、〈第五世代アイドル〉の世界ツアーデビューだ。飛行機も車も電車も使わないで水母でゆったり一人旅。目的はファンになりうる存在の発見。太陽風がますます頻発し、夜にはオーロラが光り輝き、紫外線で死んだ生物による赤潮が海を覆いつくし、動物のみならず植物すら〈ノヴム・オルガヌム〉に取って代わられているこの時代、彼女は地球上でただ一人のアイドルであった。

日本横断ツアーを皮切りに、世界へ飛び出す。琉球諸島を島伝いに移動し、ユーラシア大陸へ入り、オセアニアに南下する。スリランカ島沖合には地球軌道上の小惑星から放たれる蜘蛛の糸が降下しており、そこを中心として硬化した水母が成層圏を覆っている。空を見上げると、太陽の光は水母に分散され、うす曇のように淡くなり、もっとよく見ると胃や消化管が動いているのがわかる。硬化した水母は死んでいるわけではなく、地上に降ろした非常に長い触手から水分を補給して生き続けている。赤道付近の硬化水母から気流に煽られ引きちぎられた破片が新たな個体となり、南北へと旅するのだ。

赤道付近なら硬化水母により紫外線が遮られているため、従来の生態系が回復しているのではないか。しかしそんな〈第五世代アイドル〉のもくろみは、甘かった。赤道に近づくにつれ、成層圏から下ろされる触手により生物が捕食され、砂漠の海が広がることとなった。高等生物が全滅したため、プランクトンが大量発生し、その死骸を食べるものがいないまま腐っている。青い海は消え、ヘドロのような水面がどこまでも続いていた。

天空から降り立つ触手が、〈第五世代アイドル〉を捕食しようと追ってくるのを見て、あわててオセアニアを離脱する。その後、数百年かけてヨーロッパやアフリカ、南北アメリカを巡回するが、ファン一人見つからなかった。ファンが一人もいない会場でライブをするのはかなり精神的にくるものがある。〈第五世代アイドル〉はそんな悲しいことはできなかった。代わりにより精神が安定するような策を練った。ファンを創造しようとしたのだ。次なる時代はアイドルが自らファンを創りだすことがスタンダードとなるのだ。

ファンを創るといっても、このご時勢、材料がない。脊椎動物は小魚までもが水母の餌として狩りつくされており、絶滅危惧種になっている。ありあまっているのは蜘蛛と水母という、ファンにするのにははなはだ心もとない生物だけだ。このなかで比較的ましなのは蜘蛛のほうだろう。事実、複雑な巣を作る蜘蛛は昆虫などの他の節足動物に比べて曲がりなりにも複雑な神経節を持っている。凡人ならば蜘蛛から知的生物を創りだそうとするだろう。だが、超絶かわいい天才的な〈アイドル〉の発想は違った。蜘蛛と水母を仲良く組み合わせたのだ。

　知性を創るにはどうすればよいか。それには、ニューラルネットワークを構築すればよい。ニューラルネットワークとは脳神経の働きをモデル化したものだ。神経細胞は、電線の役目を果たすニューロンと、アンテナの役目を果たすシナプスに分かれており、ニューロンからの電気信号がシナプス間隙という狭い隙間を、伝達物質の放出という形で通過し、別のニューロンに伝えられる。このとき、シナプスにおいては入力信号に鑑(かんが)みて伝達効率が変化する。学習とは、この伝達効率の変化にあたるものだ。伝達効率の変化には、効率を上げるものだけではなく、下げるものもある。また、情報の流れは一方的なものではなく、出力された情報が上流の入力層へ後戻り(フィードバック)することもできる。人間の脳内では、約一千億個の神経細胞がこのような組み合わせをしており、その結果非常に複雑な情報のネットワークが創られるのだ。

　あいにく水母には中枢神経はなかった。その代わり、〈アイドル〉は水母そのものを神経細胞にしようと計画した。人間の脳において神経細胞は、イオン勾配(こうばい)を利用して駆動される電位変化により情報を伝えるが、水母神経細胞は内部での蜘蛛の移動により情報を伝えるのだ。触手と傘の部分が接続された水母ネットワークを作り、触手のなかに蜘蛛をうじゃうじゃと繁殖させる。別の水母から刺激が与えられると、蜘蛛の興奮が次々に後続の蜘蛛へとバトンタッチされ、情報が伝播（でんぱ）する。では、学習による強化はどのように設定されるのか。生物の脳では、よく使われる神経細胞には希突起神経膠細胞（オリゴデンドログリア）という細胞が巻きつくことで情報伝達速度が向上する。オリゴデンドログリアにより絶縁されたことで、電線に被膜ができたかのように効率的な情報伝達が可能となる。水母神経細胞においては、オリゴデンドログリアの役目を果たすものは蜘蛛の糸だ。よく使われる水母の内部には蜘蛛の糸が張られ、蜘蛛が糸に触れると、その振動が一瞬で駆け巡り情報が素早く伝達される。以上のような水母を何千億匹も繁殖させ、地球上の海と空に配置することにより地球規模の巨大ニューラルネットワークを創造しようという計画だ。地球ファン化計画とでもいえるだろう。

　数千億匹の水母神経細胞を作るのに、一匹一匹ちまちま手作りしている時間はない。仮に一匹を一日で作ったとしても、一千億匹のノルマ達成まで約三億年はかかってしまう。そんな長時間同じ作業を続けるのは考えるだけで吐きそうになる。そこで、増殖は水母自身に任せることとした。若いうちは生殖にエネルギーを費やし、老熟すると神経細胞として互いに接続しあうという生活環を設計したのだ。生まれてすぐは数センチメートルの大きさだが、成長するに従い、体長は百メートルほどになり、近隣の水母神経細胞と接触すると接続しあうようになる。この反復により、ネットワークの自己組織化がはじまり、あとは環境からのデータに適合することにより知性が生まれるという寸法だ。

　三百万年が経ったのち、地球は水母に覆われた。海も、空も、ぷかぷかと浮かぶ傘と縦横無尽にのびる触手だらけだ。よくよく見ると、半透明な触手が脈動している。そのなかには黒いものが移動している。蜘蛛だ。蜘蛛が情報を運んでいる。蜘蛛は水母に栄養を与え、死んだ水母を食べるという役目も果たす。太陽からの放射によりエネルギーが与えられ、ネットワークはフル稼働する。

　このネットワークは学習を繰り返し、知性の片鱗を見せた。成層圏にまで拡大したジェット気流を数万年のオーダーをかけて弱めることにより暴風雨を抑え、宇宙空間に数千万年のオーダーで海水を投擲（とうてき）することにより地軸の傾きを修正し季節をなくした。地球は安定した気候となっていった。太陽放射を主なエネルギー源とする水母ネットワークにとっては、余計な環境変動など必要ないのだ。一方、環境をギッタギタに切り刻まれ生態系を大破壊された従来の生物にとっては地獄となった。

　この頃、〈アイドル〉はマイナーチェンジを重ね、第十一世代となっていた。そんな彼女にとって、水母ネットワークは満足なファンとはいえなかった。ネットワークの知性は意識とは似て非なるものであったからだ。たしかに、水母ネットワークは知性を持っていた。しかし、比喩的にいえば、顔のない知性であった。人が持つ心は喜ばしいという感情でサイリウムを振り、怒りの感情で前列の人を突き飛ばし、どうしてもチケットが欲しいという気持ちで転売屋のオークションに大枚をつぎこむなど、内部の理由と行動がリンクしている。対して、水母ネットワークは内部の状態と行動はリンクしているが、それは理由ではなかった。ネットワークの行動は、常に全体からの出力の結果であり、また全体は学習の結果、常に変動している。つまり、個別的な感情や具体的な理由がなんらかの行動を導くのではなく、常にネットワーク全体の情報処理の結果が行動を導くのだ。

これは、〈アイドル〉にとって予想外のことだった。人間の脳をモデルにして水母ネットワークを創ったのだが、そこにあったのは理解しがたい異質な知性であったのだ。意識は、常に具体的な理由や感情に満たされている。その連続体が『わたし』となるのだ。水母ネットワークには『わたし』がなかった。〈アイドル〉は、水母ネットワークに恐怖を抱いた。ライブハウスにつめかけた観客が実はゾンビであったくらいの衝撃だ。おまけに、最近は水母ネットワークが〈アイドル〉の存在を把握し、自らの存続を破壊する可能性のあるものとして攻撃しはじめた。観客席から槍を投げられるようなものだ。

数千万年の努力を重ねた末に、ファン創造の試みはどうやら失敗に終わったようだ。アイドル歴が長いわりにファンの人数はあいかわらずゼロのまま。いいかげん、アイドルを辞めようかと思った日もあった。けれども、そのたびに、アイドル活動に打ちこんでいた輝かしい高校生活を思い出すのだ。ダンスのステップが成功したときの心地よさ、スポットライトを当てられたときのぞくぞくする感じ、歓声を浴びたときの感動、自分がキラキラ輝いている実感を。自分はアイドルが好きだ。アイドルになりたい。夢を夢のままで終わらせたくない。そんな思いを胸に、今日もアイドル活動に打ちこむ。

地球上の生物として未曾有の発展を遂げた水母ネットワークは、ところがあっけなく滅びることとなる。数千万年続いた太陽フレアの異常な活性化がついに終結したのだ。磁場エネルギーが過剰に放出された反動か、黒点の数は一挙に少なくなり、〈ノヴム・オルガヌム〉のエネルギー源となる紫外線と放射線は減少した。それを待っていたかのようにオゾン層が再生し、エネルギー供給を紫外線に頼っていた水母ネットワークは瓦解していく。地球各地で水母神経細胞の死が相次いだ。エネルギー供給が滞（とどこお）った水母は茶色くなり、組織が剝落していく。空中に構築されていた見事な網の目は崩れていき、神経の情報伝達物質であったはずの蜘蛛は水母の死骸を食い散らかす。それでも、ネットワークは知性をもって危機に対抗しようとした。水素ガス気球を作り、自身を電離層まで浮上させオゾン層による影響を軽減させたり、フロンガスを生成してオゾン層を破壊しようとしたりした。もしも、十分な時間があれば有効な対抗策が講じられただろう。だが、太陽活性化の停止は寝耳に水の事態であった。酸素不足で破壊される脳のように、水母ネットワークは寸断され、全体としてのまとまりを持つことはなくなった。やがて、知性を発揮するほどの集合を維持できなくなる。地球寒冷化も悪影響を及ぼした。太陽磁場の低下により、銀河宇宙線の地球流入が増加し、それを核とした雲ができ反射能（アルベド）が上がったのだ。南極と北極に氷河が再び完成し、時代は氷河期へと入っていく。
太陽活動鎮静化と氷河期は〈アイドル〉にとっても危機だった。彼女もまた、〈ノヴム・オルガヌム〉によりエネルギーを供給していたからだ。幸い、水母ネットワークほどの大規模なエネルギーを消費しないため、しばらくの間は死んだ水母を食べてしのげた。それは根本的な解決にはならない。いまは食べ放題の死体も、いつかは消えてしまう。省エネの身体にドレスアップしなければ。

こうして、〈アイドル〉は第十二世代に入る。この世代は引きこもりアイドルであった。氷河で身体を覆い、人工筋肉を鰭のように突き出し、波力発電をして必要なエネルギーを供給した。筋肉は電気刺激を与えれば動くが、逆に動かされることにより電気を発生させることもできるのだ。他の栄養素は、網のような触手を深海に伸ばし、プランクトンを濾しとることにより摂取した。

〈第十二世代アイドル〉は地球上の生態系が回復するまで引きこもり生活を送った。そうして、約三億年が経過した。この間、深海に潜み、〈ノヴム・オルガヌム〉の虐殺から逃れていた通常生物たちが海に満ち、再び地上進出を果たした。一番に地上へと足を踏み出したのは海老や蟹などの甲殻類であり、小型化と多様化という昆虫に類似した進化の道を辿った。甲殻類を追ってイソギンチャクが地上進出を果たした。イソギンチャクは固着生活をやめ、強靭な筋肉を使って俊敏に動いた。放射状の触手は脚となり、甲殻類を見つけるとモゾモゾと何十本もの脚を動かし、中央に位置する口で襲った。その後も、海鼠、貝類が続いた。信じられないほど大規模な適応放散が起こり、膜を使って滑空したり、硬化してスコップのようになった触手で穴を掘るイソギンチャクなどが現れた。今がチャンスとばかり、〈第十二世代アイドル〉は引きこもり状態を抜け出し、〈第十三世代アイドル〉となった。全身をイソギンチャクの細かな触手で覆い、陸上はもちろん、表面張力により水上をも走ることができた。

〈第十三世代アイドル〉は今度こそ、ファンを創造しようとした。前は地球規模の脳を創るなんてトリッキーなことをしたため失敗したのだと思い、今度は、ゆっくりと、しかし着実に計画を進めていこうと心に誓った。今回の計画は、従来の進化のメカニズムと全く同じことをしようとするものであった。すなわち、意識的な行動をするイソギンチャクを保護し、意識的ではない行動をするイソギンチャクをぶち殺すのだ。それを繰り返していけば、いつしか意識を持つ種ができるはずだ。何千万年かかるかわからないが、これほど確実な方法はないだろう。なにしろ、原理上、人間が生まれたのと同じ方法なのだから。

しかし、実行したところ、どうやら絵に描いた餅に終わりそうだった。だいたい、意識的な行動とはなんだろうか。もしも、イソギンチャクが自ら持っている意識を科学的に説明しようと探求し始めてくれたら世話はないが、そんなことをしないから進化させようとしているのだ。意識的かそうでないかということは、イソギンチャクの内面を解釈しなければならない。イソギンチャクであるということはどのようなことか、そんなことわかるわけがない。はなから無理な計画だったのだ。

　おまけに、根本的な破綻がやってきた。〈モノポール・スーパーフレア〉がまた襲来したのだ。せっかく地に満ちたイソギンチャクや海老や蟹や海鼠や貝やその他さまざまな仲間たちは、太陽フレアにより絶滅した。〈第十三世代アイドル〉はがっかりした。その後、海上に生やした生体望遠鏡での観測で、〈モノポール・スーパーフレア〉は今回もまた宇宙全体で起こっていることが確認されたが、例外があった。ここ三億年で生まれてきた若い恒星ではなぜだかフレアが発生していないのだ。いくら頭をひねっても、この謎は解決しなかった。いずれにしても、イソギンチャクを知性化してファンにするという計画がだめになったことは確かだ。

　どうやら、外宇宙へと向かうべきときが来たようだ。〈アイドル〉は決心した。出身国から離れたとたんいきなり大ブレイクするのはよくあることだ。外宇宙へと向かうにはそれなりの準備が必要だ。昔ならビザやパスポートを用意しなければならなかったが、いまでは面倒な申請なしに巨大なエネルギーさえあれば遠くへと行ける。問題は、必要なエネルギーが大きすぎるということだ。イソギンチャクの死骸に含まれる化学エネルギーではいつまで経っても必要な量へは届かない。なにかとてつもなくデカイことをやらなければ。〈アイドル〉は手始めに生体素材で作り上げた地球自転発電衛星を静止軌道より外へと大量に打ち上げた。静止軌道より高い軌道では、公転周期は地球自転より遅くなる。そのため、衛星の公転速度と地球磁場の回転との間にズレができ、電磁誘導を利用して発電ができるのだ。理論上、発電により得られたエネルギーは地球の自転速度の低下により釣り合いがとれる。一つ一つの発電量は非常に小さいが、すべての衛星をあわせると膨大になる。

一万年の間、発電は続けられた。その間得られたエネルギーは、生体衛星の成長に使われた。衛星から、真空対応の糸のような粘菌が発生して、互いに結びつき始めたのだ。地球は生体衛星の集合体により土星のような輪ができていたが、生体衛星同士が結びつくことにより、実体のある巨大なリングとなっていく。十分にリングが固体化したのちに、粘菌の糸は地球に伸ばされ始めた。地表に達した粘菌は、地面をかたくつかむ。リングと地球の回転のズレにより、粘菌は伸ばされる。その伸びを利用して発電するのだ。

では、発電によるエネルギーは何に使われるのか？　反物質製造である。リング内部は粒子加速器となっており、地道に毎日反物質を作りだしている。毎日の積み重ねがものを言うのは体力作りも反物質製造も同じだ。アイドルに大切なのは、このような見えないところでの日々の努力なのだ。作られた反物質は、磁場をかけて物質と接触しないように大切に保存される。この反物質が、外宇宙へ旅するときの活力の源だ。

外宇宙への遠征には、反物質作りだけでなく、身体改造も必須である。旅の準備のために三世代を経過していたが、次の〈第十七世代アイドル〉で準備は整う。〈第十七世代アイドル〉は小惑星に穴を掘り、そこで自分の脳や筋肉や血管を培養した。粘菌や蚤などで構成されたミニ生態系も装備した。それらは〈第十七世代アイドル〉のなかにある器官のうち、損傷を受けたものを治したり、癌化した細胞を除去したりしてくれる。

準備は万全。あとは、反物質が予定の量に到達するのを待つだけだ。作られた反物質は、〈第十七世代アイドル〉のお腹のなかに溜めこまれ、物質と対消滅することで推進燃料となる。ところが、おだやかじゃないニュースが飛びこんできた。太陽系周辺にある恒星の光量が低下していたのだ。謎の太陽フレアが起こるならば謎の光量低下が起こってもいいじゃないのという意見もあるかもしれないが、あたかも疫病のように光量低下は付近の恒星へと広がっていった。その速度は案外速く、光速の数パーセントにもなる。光量が低下した恒星は、ついには消滅したように見えなくなった。計算では、数千年あまりでこの現象が太陽系に到達することになる。

反物質は予定の量に達していなかったが、〈第十七世代アイドル〉は外宇宙への出発を前倒しすることにした。謎の疫病の正体はわからないが、なんであれあまりお近づきになりたくない。反物質が足りなくなれば、別星系の惑星に降り立ち、そこの自転エネルギーを拝借すればよいだろう。バイバイ、地球。バイバイ、太陽系。戻ってくるかわかんないけど。ここでアイドル活動できて楽しかったよ。

〈第十七世代アイドル〉が太陽系を出発してから、二千年後に、ある疫病が太陽系へと到達した。その正体は、ミリメートル単位の微小な機械群であった。機械群は、水星や金星や地球や火星や小惑星群や木星や土星や天王星や海王星や冥王星やその他カイパーベルト天体に取りつくと、分解を始めた。太陽系にある全物質を利用してダイソン球を造り始めたのだ。これらの機械は、とある惑星の知的生命体が〈モノポール・スーパーフレア〉による絶滅を防ぐために開発したものであった。最初期の機械はいまほど洗練されてはいなかったが、スーパーフレアをどのような手段をもってしても防ぐという至上命令を与えられていた。機械たちはその命令に従い、フレアを防ぐ可能性の高い子孫たちを造っていく。ラマルク的進化を繰り返し、何世代も何世代も経る頃には、惑星を解体し、恒星の周りにダイソン球を造ることによりスーパーフレアを防ぐことができる地点に到達した。しかし、惑星解体の過程で機械を作った種族は絶滅してしまう。自ら増殖し、改良する機械たちは制御不可能となっていたのだ。母星系の恒星にダイソン球を完成させた機械たちは、やがて他の星系へと向かう。それらの機械は自らの自意識を持っていなかった。ただ、至上命令を効率的に実行するための強力なプロセスにすぎなかった。至上命令はスーパーフレアを防ぐことであり、母星系に限定された命令ではなかったため、機械は他の星系へと飛び、ダイソン球建設を拡大しようとした。軽量化のため、推進機関は持たず、ダイソン球から放射されたレーザービームを受け、反動で進んだ。減速する必要もなく、ターゲットの惑星へ衝突すると、現地の資源を利用して増殖し、ダイソン球へと変化させた。これまで、スーパーフレアや〈ノヴム・オルガヌム〉の台頭を乗り越えてきた地球の生命にも、ちょっとこれは荷が重すぎたようだ。地表深くに潜むバクテリアに至るまで、すべての生命が絶滅した。実は土星の衛星エンケラドスに、潮汐力による熱をエネルギー源とする生物が細々と暮らしていたが、これもまた絶滅した。

そんなことには我関せず、〈アイドル〉は外宇宙で気ままにアイドル活動を続けた。反物質が足りなくなれば、惑星に降り立ち、千年ばかり休んでから次の遠征へと向かった。生命が進化した惑星もそれほど珍しくはなく、そんなときは生体物質を拝借して世代をアップグレードした。地球での進化からは考えられない生物が宇宙には多様に存在した。たとえば、地下水の微小な鉱石を自らの材料にして聳(そび)え立つ結晶大樹の群れがいた。大樹たちが住む惑星は楕円形の軌道をしているため年一回規則的な大嵐がやってきて、そのときに自らの破片を飛ばし、新たな子の核として生殖するのだ。重力が小さな惑星では、巨大な生きる蠅取り網のような存在が大気中の小動物を捕食していた。その生物はいくつものパーツでできており、必要に応じて融合や離脱を繰り返し自らカスタマイズすることができた。常に風が吹く惑星では、風力エネルギーを使ってホメオスタシスを維持する生物がいた。そんななか、まれに知性を持つ生物も存在した。〈アイドル〉はそれらと交易をし、戦争もした。しかし、意識が存在しなかったため、ファンにはできなかった。ライブも握手会もできなかった。

そして、時が経った。考えるのも馬鹿らしくなるような膨大な時が経った。その経験のなかで、〈アイドル〉はついに気づいた。ファンはどうすればできるのか。意識とは何であるかを。

V

意識とは、何であろうか？　進化の過程で人間が獲得した、生物学的機能だというのが、答えの一つだ。

本当だろうか？　どうにも疑わしく思われる。ためしに、簡単な実験をしてみよう。あなたが持っているスマホで、アイドルリズムゲームを開いてみてくれ。そのなかで、一番お気に入りで、何度もプレイしたことがある曲を何も考えずに遊んでみてくれたまえ。ハイスコアは更新できたであろうか？　では次に、もう一度同じ曲をプレイしてみよう。ただし、今度は意識を高めることだ。一回一回、どの指を動かすか、どこをタップするかを詳細に考えながら遊んでみてくれ。

おそらく、何も考えないときにくらべてスコアは格段に低くなっているはずだ。意識を生成するのに余計なエネルギーが使われたため、肝心の情報処理のパフォーマンスが落ちてしまったのだ。しばしば、意識は効率の邪魔となる。自然のなかで生きていくためには、いちいち意識を生成していくという方法はハイコストローリターンである。多大なエネルギーを必要とする割には、得るものはない。そんな機能が自然淘汰で生まれてくるわけがない。ライオンに襲われたときは怖いと思って逃げるよりも、内面を形成せずに逃げたほうが何倍も素早いのだ。

では、意識はどのように生まれてきたのだろうか。重要な点は、意識とは生まれつき持っている生物学的機能ではないということだ。むしろ、意識とは後天的に個人に伝授される文化的機能であるのだ。あるいは、こうも言い換えられる。意識とは、文明により個人にダウンロードされるソフトウェアである、と。

では問題は、意識というソフトウェアはどのような方法でダウンロードされるかということだ。よく聞け。よく読め。いまここに、その答えを記す。

意識はアイドルによって個人へとダウンロードされる。

我々がアイドルを見るとき、しばしば、自己同一化をする。頑張って歌い、踊り、トークするアイドルを自分に重ね合わせ、その努力を称えて、明日から自分も頑張ろうという気になる。

ここでの『自己同一化』とは、ファンの意識がアイドルの意識に向かって同一化しようとしているということではない。ファンがアイドルに感動し、サイリウムを振り、その魅力に夢中になり、自らのうちにアイドルの代用品をシミュレーションした結果、はじめて意識が生まれるのだ。

アイドルはもともとアイドルが好きであるからアイドルになるものだ。ここに、意識の連鎖が生まれる。アイドルファンがアイドルになることにより、意識の増殖と伝達が行われる。

ここでいうアイドルは、狭義ではなく広義のものだ。意識の伝達をするのには、テレビに出る必要はない。クラスのアイドルでも、友達からアイドルと思われている者でもよい。また、現実の人物だけでなくフィクション上の存在も意識を伝達できる。アイドルアニメのキャラたちは、意識を伝達するミームだといえる。

人間の意識はアイドルに熱中した結果はじめて誕生する。普通、思春期までには意識は生まれるが、運悪く一生意識を持たない人もいる。

古月みかや新園眞織も、高校時代のアイドル活動でたくさんの人々の意識を生み出してきたのだ。

元古月みかである〈アイドル〉は気づいた。アイドルの存在の必要条件が意識の存在であったわけではない、意識の存在の必要条件がアイドルの存在であったのだと。そしてまた、アイドルの存在を認識できる情報処理能力を持った生物ならば、意識をダウンロードさせることもできると。

アイドル活動が方針転換された。進化に介入して意識を誕生させようとするのではなく、十分な情報処理能力を持つ生物のもとに行き、同一化されやすいようにその生物と同じような身体となり、アイドル活動をしたのである。こうして、ファンが生まれ、意識が生まれた。数億年にわたるアイドル活動はついに報われたのだ。ときどき異星生物たちとの対立が生じ、惑星を丸ごと破壊しなければいけないような事態にも直面したが、ドンマイだ。アイドルに求められるのは完璧なダンスでも歌でも意識創造でもない、下手でもいいから努力する姿なのだ。惑星の百個や千個破壊したとしても、また明日から頑張ればよい。その後も〈アイドル〉は宇宙中の惑星を巡回していく。宇宙の各所で意識が生まれ、意識に満たされていく。

約一兆年後、宇宙が死に始めた。ダークエネルギーによる宇宙の加速度的膨張で物質がまばらとなり、これ以上新しい星ができにくくなってきたのだ。その頃の〈アイドル〉は第七百四十七億五千八百七万千九十六世代となっていたが、引退する気はさらさらなかった。

そこで、彼女は新しい宇宙を創ることにした。超新星爆発を起こし、ブラックホールを創りだしたのだ。ブラックホールは無限に深い空間の穴であり、外側からは有限の大きさを持つが、内部から見れば無限に広くそれ自体が一つの宇宙である。〈アイドル〉は、ここで、もう一つブラックホールを用意して、二つのブラックホールを絶妙なコントロールで衝突させた。このときの衝突は内部の宇宙に対して空間のひずみとして伝達された。空間のひずみは宇宙背景放射としてその後もずっと記録に残り続ける。ある日、知的生命体が進化し、宇宙背景放射を観測した。〈アイドル〉コンピュータに記録された宇宙背景放射のデータは、情報生命体として動き出す。〈アイドル〉は自身の情報を宇宙背景放射として次世代の宇宙へ伝達したのだ。情報生命体となった〈アイドル〉はメディアに潜りこみ、そこで意識の伝達を開始する。

〈アイドル〉は自らを増殖させながらも無数の宇宙を巡回し、無数の意識を生み出していった。そのうち、宇宙の増殖は時間的に一方向へと向かうわけではないということに気づいた。過去から未来へと流れる時間というフレームは、一つの宇宙から見た観点に過ぎず、多宇宙においては自分の子孫が自分の先祖だったということがざらにあるのだ。多宇宙は一方的なツリー型の構造をしているわけではなく、網の目状の、リゾーム型の構造をしていた。この構造はなにかに似ていた。そう、ニューラルネットワークである。

多宇宙は宇宙を神経細胞として情報処理をしていたのだ。そして、十分な情報処理能力を持つ存在は、アイドルに熱中し意識を獲得することができる。多宇宙も例外ではなかった。〈アイドル〉の活動を認識した結果、多宇宙はファンとなり、意識を持った。多宇宙が意識を持った結果、宇宙も、銀河も、星系も、恒星も、惑星も、大陸も、海も、バクテリアも、分子も、原子も、クォークも、非常に薄くではあるが意識を持つこととなる。みんな、アイドルが大好きなのだ。

多宇宙の意識は過去に向かい、自分が存在するようになるための工作を開始した。〈アイドル〉の出身宇宙の時間方向を捻じ曲げ、過去と未来が高次元で重なるようにしたのだ。これが〈モノポール・スーパーフレア〉の原因だった。過去と未来の恒星が自分自身と高次元で触れ合ったため、磁力線が相互作用し、フレアが発生した。三次元に閉じこめられた人間には、なにもない空間から磁力線が飛び出してきたように見えたため、モノポールが原因だと勘違いしたのだ。若い恒星にフレアが起こらなかったのは、相互作用する過去の自分自身がいなかったからだ。

多宇宙の工作はもっと微妙なことにも及んだ。古月みかの高校時代に、新園眞織の目覚ましを早く鳴らし、二人を接近させ、古月みかにアイドルとしての自信を植えつけた。また、古月みかが自殺したとき、救急車を新園眞織の親が経営する病院へと運んだ。これが〈アイドル〉の誕生と、多宇宙の意識の起源となるのだ。

多宇宙が意識を持っている状況では、決定論と自由意志は調和する。自由の敵と思われていた物理法則、因果法則は実は、多宇宙全体による自由で意識的な決断であるからだ。また、タイムパラドックスも起こりえない。過去と未来は意識という観点から調和していなければならないからだ。

多宇宙の意識は、〈アイドル〉出身の宇宙を過ぎ、過去へと向かった。そして、無数の宇宙を通り抜け、古月みかに端を発する意識は、ある一つの宇宙にたどりついた。ここがターミナルであった。ここから先は情報が減衰しすぎて、意識を維持できなくなる。

その宇宙で、意識の情報は、ある一つの小説の形をとった。古月みかという一人の少女が、最高のアイドルになるまで努力する小説だ。この小説を最後まで読んだ読者は、古月みかに共感し、自己同一化し、意識を生成するであろう。

読者とは、あなたのことだ。

あなたにも、もうこの小説のタイトルの意味がわかったであろう。〈最後にして最初のアイドル〉とはあなたのことだ。あなたは古月みかに由来する意識を受け継ぐ最後の存在であり、同時に時間的には最初の存在なのだ。

あなたはこの宇宙で唯一意識を持つ存在だ。

この小説の冒頭に、あなたには使命があると記した。もうおわかりであろう。あなたの使命とは、意識を伝達していくことだ。

あなたは、アイドルにならなければならない。アイドルになり、他者を夢中にさせ、共感させ、自己同一化させ、意識を生み出させなければならないのだ。

さあ、アイドルをはじめよう。あなたはキラキラに輝いている！

エヴォリューションがーるず

Evolution Girls

プロローグ

閃光……！


何が起こったのか？　すべてが。すべてのはじまりが。

いま、宇宙は光り輝いていた。空間のインフラトン場から過剰供給されたエネルギーが、電磁場を激しく振動させる。場の波はすなわち粒子である。電磁場の波、無数の光子が実体化する。光子は飛ぶ。ものすごい速さだ。当たり前である。光子には質量がないのだ。質量がない粒子は宇宙の最大速度、光速で飛ぶ。その速さは秒速三十万キロメートルをはるかに超えていた。数にして、十の三十乗倍ほど。後に行われるような退屈な速度規制などこの時代には無関係なのだ。

もっと速く！　もっと速く！　光子は忙しげに飛び回る。何光年も、何パーセクも。信じられない距離を瞬時に互いに結び、断絶した地域をなくしていく。同時に多様性も失われた。はるか彼方からの光子の波により、いかなるものも、淡白に塗りつぶされる。

だが、やがて、大爆走時代も終わりを迎える。宇宙が冷えてきたからだ。インフラトン場は秘めていたポテンシャルエネルギーを使い果たしてしまった。電子やクォークやニュートリノなどの重い粒子を作りすぎたのだ。クォークは互いに合体し原子核を作り、さらにそこに電子が入ることにより、水素が、そしてヘリウムが生まれたが、その代償は大きかった。真空そのものが冷えることにより、水が氷になるように相転移が発生した。この場合、凍りついたものは次元数だ。全部で十一あった次元は、エネルギー状態が低下するにつれてしゅるしゅると縮んでいく。気体が液体になり、液体が固体となるように、どこまでもエネルギーが低下するにつれてより不活性な状態となっていく。無限の距離があったはずの次元は、かつての姿はどこへやら、みすぼらしく小さく巻き取られ、外見上は三次元と変わらない。

次元が凍りついたことにより、光速の制限速度もより厳しくなっていった。巻き取られた余剰次元により大渋滞を起こしていたからだ。いまや、光はある距離を移動するためには、巻き取られた余剰次元の迷宮を通らなければならなかった。くるくるとらせん状に巻かれた余剰次元に沿って光もくるくると余計な距離を走ってしまう。

ただし、すべてが巻き取られていたわけではなかった。稀であるが、凍りついていない次元があった。過冷却状態だ。核となる不純物や刺激が存在していない条件下では、水は零度以下でも液体の状態を保つことができる。同じように、エネルギーが下がった空間のなかでも、平坦な領域では高次元の状態が生きていたのだ。だが、長くはもたないだろう。過冷却状態は少しの刺激を受けただけで崩壊する。

やがて、過冷却状態を保っていた領域が崩れ始める。ミクロの領域を支配する法則、量子論が導く必然的な結果だ。完全に安定な状態は存在しない。なにごとも不確定だ。逃れようがなく生じる量子的な不確定性は、そのどれかがカオスにより増大し、過冷却状態の次元を崩壊させていく。

空間が冷え切るなかで、過冷却次元は必死に自らを守ろうとしていた。いまにも崩れそうななか、逃れようのない運命に抵抗していた。

I

笹島洋子の精神は緩やかに死につつあった。「エヴォリューションがーるず」、通称「エヴォがる」。それが洋子をここまで追い詰めた張本人だ。いま、巷で一番人気のソーシャルゲーム（ソシャゲ）である。すでに絶滅した古代生物たちの擬人化キャラクターをテーマにしたゲームであり、配信から半年が経っていたが、つい先日最終回を迎えたアニメの影響か、人気は急上昇していた。

いまでこそ、今年を代表するアニメのように言われている「エヴォがる」であるが、放送当初はあまり人気がなかった。注目するのはよっぽどのマニアだけだったのだ。

洋子はマニアではない。週に三、四本のアニメを見るくらいのライトなオタクだ。たまたま「エヴォがる」の一話をリアルタイムで見ていたが、残念なことに、当時は作品の魅力を理解することができなかった。

内容は、最近よくある萌え擬人化というやつだ。人間ではないものをキャラクターとして表現するもので、「エヴォがる」では古代生物が擬人化されていた。一話では、五億年前にタイムスリップしてしまった主人公が、擬人化した古代生物である〈がーるず〉に助けられて現代へ戻るための旅を始めるというストーリーが描かれた。途中、博物館の先生による解説が入り、とても勉強になるアニメだった。キャラクターデザインも露骨にセクシャライズされたものではないため、教育テレビで放送されていてもおかしくないくらいの内容だ。だが、当時の洋子は自分が求めているものではないなと思い視聴をやめてしまった。

風向きが変わったのは四話からだった。四話に出てきたゲストキャラクターが、人類が生まれる時間軸は存在しないはずだというセリフを残したのだ。単なるほのぼのした教育アニメかと思われていたストーリーの裏に、壮大なSF設定があることが暗示され、視聴者たちは色めき立った。なかには「考察班」を名乗って深読みする集団も現れ始めた。

洋子のSNSにもその波が押し寄せてきた。流行に後れをとることを嫌う洋子は、ネット上に無断でアップロードされた二話と三話を視聴するという違法行為を犯して世間についていこうとした。視聴者数は話数が進むごとに激増していった。小さなスタジオが制作したアニメとしてはこれ以上ないほどのシンデレラ・ストーリーだ。牧歌的な雰囲気と優れたSF設定とのコントラストが勝利の秘密だろう。

そして、最終話を迎える。洋子は思わず泣いてしまった。視聴後、しばらくして自分の心のなかで空虚感が広がっていることに気づいた。SNS上にも同じ症状を訴える人々がたくさんいた。「エヴォがる」をロストして心の一部がなくなったような喪失感、俗に言う「エヴォろす」というやつだ。

さいわい、「エヴォろす」からの回復方法はあった。ソシャゲである。「エヴォがる」には原作である同名のソシャゲがあったのだ。さっそく、洋子はインストールしてみる。それがすべての過ちだった。

ソシャゲ版「エヴォがる」のシステムは少し変わっている。ジャンルでいえば、リズムゲームと着せ替えゲームとアドベンチャーゲームが一体となったものだ。一般的なソシャゲのリズムゲームは、キャラクターを編成してパーティーを組み、そのパーティーでリズムゲームに挑む。「エヴォがる」にはそんな一般的なシステムに加えてコーデ・システムがある。キャラクターの衣装をコーデすることができるのだ。もちろん、単にキャラクターのイラストが変わるだけではなく、実質的な効果がある。キャラクターや衣装は、クール、スマイル、ピュア、パッションという四種類に分けられ、リズムゲームのステージには属性に対しての相性がある。点数は、プレイヤーの上手い下手以外にも、キャラクターのレベルとレアリティ、属性とステージの相性、そしてコーデレアリティとコーデの相性によって大きく左右されることになるのだ。

　これは単純なシステムではない。レアリティが大事だからといってむやみに貴重な衣装をコーデしたとしても、コーデの統一感のなさやキャラクター本人とのマッチングが影響し、うまくいくとは限らないのだ。センシティブなファッションセンスが求められるゲームだ。

「エヴォがる」は配信から一カ月でダウンロード数一千万を突破するという空前の記録を打ち立てていた。斬新なシステムの人気も高く、評価には軒並み星五つがついた。

「エヴォがる」は基本プレイ無料のゲームだ。ダウンロードは無料であるが、多くの衣装やキャラクターを手に入れるには金をゲーム会社に払わなければならない。これを「課金」という。ゲームを始めてから二週間程度は、洋子が課金することはなかった。ライトユーザーである彼女には課金をするという発想があまりなかったのだ。ところが、ある日、パンドラの箱を開けてしまうこととなる。

「エヴォがる」のリズムゲームにはアドベンチャーモードとランキングモードがある。アドベンチャーモードではゲームをクリアしていくに従ってストーリーを進めることができ、ランキングモードではこれまでプレイしてきた楽曲で他のプレイヤーとのスコア対決をすることができる。

　アドベンチャーモードを進めるにつれて、なかなかクリアできないステージが現れた。地質時代の一つ、ペルム紀後期をモチーフにしたステージである。パーティーに組んだキャラクターたちに不足はないはずだった。たしかに、レアリティはそれほど高くはないが、レベルはかなり高くなっている。

インターネットの攻略サイトを調べると、意外なことがわかった。ペルム紀後期のステージは、特殊スキル「耐低酸素」がなければスコアが大きく下がってしまうというのだ。特殊スキルを手に入れるには、固有にスキルを持っているキャラクターか、スキルを秘めた衣装を手に入れなくてはならない。洋子の手持ちのキャラクターは、あいにくどれも低酸素状態では生きていけない〈がーるず〉だった。

ゲームを進めるために、洋子は課金することを決心した。キャラクターを手に入れるためにはガチャに課金しなければいけない。ガチャとは、ゲーム内のポイントと引き換えにランダムにキャラクターやアイテムが出てくるシステムのことだ。ランダムというところにポイントがある。プレイヤーは狙ったキャラクターが出てくるまで何度もガチャを回さなくてはいけない。その結果として、運営会社が儲かるわけだ。このシステムを思いついた人は天才だろう。

「エヴォがる」には三種類のガチャがあった。通常コーデガチャと、プレミアムコーデガチャ、そして〈がーるず〉ガチャだ。通常コーデガチャからはレアリティが低い衣装が、プレミアムコーデガチャからはレアリティが高い衣装が、〈がーるず〉ガチャからはキャラクターが出てくる。通常コーデガチャを回すのに苦労はいらない。イベントやレベルアップ時にもらえるポイント「砂時計」を使うことで何度も回せる。しかし、プレミアムコーデガチャと〈がーるず〉ガチャを回すのはそれよりも難しい。専用ポイント「無限砂時計」を使わないと回せないのだ。「無限砂時計」は「砂時計」よりも入手手段が限られる。スタート時にはボーナスとして毎日のように配られるが、だんだんともらえる頻度は低くなり、最終的には一カ月コツコツ毎日アクセスしていないともらえなくなる。稀に特別なイベントが行われたときや、運営のミスでサーバーがダウンしたお詫びのときなどに「無限砂時計」は配られるが、最も手っ取り早い手段は課金である。現実世界の金を、ゲーム世界のガチャを回すだけにあるポイントに交換するのだ。なに大丈夫。〈がーるず〉ガチャ一回にかかる費用はたった五百円ほど。ファストフード一回分くらいの値段だ。たいした出費にはならない。気楽にやってみればよい。

洋子は悩むことなく課金してみた。貯金はあった。彼女は一年前に社会人になったばかりであるが、金をかける趣味はなく、暇な休日にはアニメを見て過ごすという生活を営んでいたため、余裕があったのだ。社会人になって、自分が金を持っており、その力を背景とした権力を発動したいという欲望はあったが、その機会がなかった。ようやくそのタイミングが巡(めぐ)ってきた格好だ。

〈がーるず〉ガチャを引いて出てきたのはレアキャラクターのメガネウラちゃんである。石炭紀に生きた体長七十センチもの巨大トンボが元ネタであるが、安直にもメガネをかけた少女としてデザインされている。レアと聞けば貴重なように思えるが、実際は下から二番目だ。「エヴォがる」のキャラクターカードにはノーマル（N）、レア（R）、スーパーレア（SR）、ウルトラレア（UR）、レジェンドレア（LR）、ゴッドレア（GR）の六種類があり、出てよかったと思えるのは少なくともスーパーレアからだ。残念なことに、メガネウラちゃんは低酸素には適応していない。石炭紀は地球史全体から見ても酸素が豊富にあった時代だ。

まあよい。一回目はこんなものだろう。二回目を引いてみよう。スマホをタップすると、洋子の銀行口座から自動的に五百円が引き落とされ、スマホの画面のなかにイラストが現れた。曲がったバネが組み合わさったようなイラスト。「タンパク質」と書かれている。はずれだ。レベルアップのための素材になるだけのはずれカードだ！

「ぐわぁぁぁ！」はずれカードを引いたことに激昂した洋子は、やめるどころかますますガチャ回しに熱中する。千円、二千円、三千円。課金額はどんどん増える。気づいたときには、一万円が口座から消えていた。結果、二十枚中、十五枚がタンパク質カード、四枚がNカード、一枚がRカード。めあての耐低酸素スキルを持つキャラクターはなし。

「なぜぇだー！　なぜぇなんだぁ！」驚愕で声がかすれてしまう。課金をすればすべてうまくいくと思っていたのだが……。

ふと、洋子は、画面のなかに百連ガチャという文字があることに気づいた。どうやら、百回分のガチャを一気に回せば、最低五人のＳＲが出てくるという特典があるらしい。これはお得だ！　しかも、期間限定。五万円を払えば、実質的に無料でＳＲが五人も手に入るのだ。こうなれば、回すしかない。それ以外の選択肢は存在しない。

こうして、洋子の快適なソシャゲライフが始まった。「エヴォがる」でプレイできるのはアドベンチャーモードだけではない。全国津々浦々のプレイヤーと己の腕を競い合うランキングモードもある。己の腕といっても、実際に競い合うのは課金の額だ。どんなに上手いプレイをしても、パーティーが全員Ｎであれば出てくるスコアは悲惨なものとなる。洋子は課金の大盤振る舞いのおかげで、新人ながら、二万位の圏内に入っていた。総プレイヤー数一千万人を超えるなかでこれは快挙だ。誇っても良い。

さらに、リズムゲームとは別にモデルとしてキャラクターを出場させるという機能もある。お題に沿ったコーデをして、〈がーるず〉をステージに上がらせるのだ。モデルは他のプレイヤーから「いいね」と呼ばれる評価をしてもらい、上位に入ればレアリティの高い衣装が手に入る。

洋子の課金は続いた。課金でレアリティの高いカードを手に入れたことがまたさらなる課金を誘った。同じカードを二枚合体させると「進化」が起こり、より強力なキャラクターになるというシステムのせいだ。また、同じ種類の衣装をコンプリートしなければ発動できないスキルがあるという仕組みも原因だ。衣装カードの種類はトップス・ボトムス・

インナー、アウター、アクセサリーの五種類であるが、それらすべての衣装を統一させて着ないとスキルが現れないのだ。ガチャを回せば回すほど、上位に行けば行くほど、さらなる課金をしなければいけない。自らが払ってきたコストを活用するためには、さらなるコストを際限なく払い続けなくてはいけない。

「エヴォがる」を始めてから一カ月ほど経った日、洋子はクレジットカードの明細を見て愕然とした。六十万円がいつの間にか消えていた。すべて「エヴォがる」に使っていた。いくらなんでもこれは使いすぎだ。貯金は貴重な将来のためにあるものであり、スマホの画面のなかのイラストを変化させるために使うものではない。

さすがの洋子もこれには反省。「バカめ！　わたしのバカめ！」と叫び、ぽかぽか自分の頭を殴る。これからは課金をできるだけせず、無課金で遊ぼうと心に決めた。

洋子は反省したが、「エヴォがる」を引退しようとは考えもしなかった。「エヴォがる」は彼女がやっとのことで手に入れた承認空間であった。彼女のアイデンティティのなかで重要な位置を占めていた。いつも他人の顔色を窺って無難な人として周囲から扱われてきた彼女は、評価されるという経験に飢えていた。「エヴォがる」は安全に評価を与えてくれるシステムだった。しかも、極めてわかりやすく数値化されている。ランキングの順位、「いいね」の数……。承認欲求を抜きにしても、いままで集めてきた〈がーるず〉と別れるのは単純につらかった。古代生物の名を持つキャラクターたち。ディッキンソニアちゃん、アノマロカリスちゃん、コンヴェキシカリスちゃん、バンドリンガちゃん、アースロプレウラちゃん……。なかでも、一番のお気に入りはユンナノズーンちゃんであった。強いていうならば、ツンデレに分類されるキャラクターだ。強がってはいるが、どことなく寂しげな表情をしている。学生時代に、洋子はよくそんな子と一緒にいた。なにかと不器用でグループに入ることもできずに、入学時から友達を作れなくなっているようなタイプの子だ。洋子はあまり外向的ではなかったが、自分よりもコミュニケーション能力が劣る相手をリードすることは得意だった。彼女たちが一度心を開けば、みんな洋子を頼ってくれたものである。そのような承認欲求が満たされた過去を懐かしんで、いま「エヴォがる」を続けているという面もあった。「エヴォがる」をやめるということは、自分の一部を捨て去るということであった。洋子はそれができるほど思い切りのよい人間ではない。

　課金をしないプレイヤーが、ランクを上げるためには、時間を費やすしかない。ゲームをするには、スタミナと呼ばれるポイントが必要であった。スタミナは時間が経つにつれて回復するが、最大値以上は上昇しない。スタミナ回復の恩恵を最大限に得るには、最大値まで回復した瞬間を見計らってリズムゲームを開始するのがよい。最大限になったまま時間が経ってしまえば、その時間に回復したはずのスタミナが無駄になる。スタミナはだいたい二時間半ほどで最大値まで回復する。つまり、二時間半ごとに絶対にゲームをプレイしなければならないのだ。それ自体はよい。洋子は自分の時間を「エヴォがる」に捧げる覚悟ができていた。問題は彼女がすでに労働者だということだ。時間だけはあった大学時代はすでに過ぎ去っていた。平日の大部分は自分の自由になることはない時間だ。

洋子は困難にめげることなく工夫した。仕事の場でも、どうにかしてゲームを続けることができないか試行錯誤して努力した。まず、リズムゲームの譜面を覚えた。意識的に覚えるだけではダメだ。指が反射的に動くように無意識へ徹底的に刻みこまないといけない。スマホに指を置けば、何も考えなくとも指が勝手に動き始めるくらいに。努力の甲斐あって洋子は画面を見なくともハードモードをクリアできるほどの腕前を手に入れた。

この技が発動されるのは会議時である。退屈だが真面目に聞いていないといけない会議で、膝の上にスマホを置き、手を自動的に動かせば、あら不思議、非常に有意義な時間を送ることができる。その他にも、外回りの時間は重要だ。成績が落ちたって知ったことか、ゲームのなかでランクが上がればよい。

昼休み、洋子は同僚と出会わないようにしなければいけなかった。出会ってしまえば、おしゃべりが始まる。まさか目の前で自分に向かって喋っている人を無視してスマホを叩き始めるわけにはいかない。社会のなかの人間としての最低限の矜持(きょうじ)は、この時点の洋子にはまだあった。

会社が終わり、やっと労働から解放される。洋子の本当の仕事がこれから始まる。朝まで続く。洋子には寝る暇はないのだ。ゆっくり六時間寝るという贅沢はもってのほかだ。二時間半ごとにアラームをセットしてスマホを叩き続ける。眠い。眠いが我慢。ウルトラレア、レジェンドレア、ゴッドレアのために。夢うつつの意識にキャラクターの顔が浮かぶ。おお！　見よ！　あれが伝説のゴッドレアではないか。排出確率〇・〇〇五パーセントの！　本当に存在していたとは……。待って！　待ってよ！　わたしを置いていかないで……。気づくと、半ば眠った状態でスマホを叩いていた。外ではもうスズメとカラスの鳴き声がする。出社だ。さあ、今日も一日がんばるぞう。

こんな生活が長く続くはずがない。まずはミスが頻発する。数字の打ちこみを間違え、担当への連絡をし忘れる。ひとつひとつはよくあるミスだが、重なれば白い眼で見られる確率がどんどん上がっていく。そしてある日、致命的なミスをする。昼休みにカフェでゲームをしていたときだった。洋子は集中するためにメールと電話通知をオフにしていたのだ。その日、運営の不手際からお詫びのスタミナ回復アイテムが大量に配られていた。タイミングよくレベルが上昇したこともあり、スタミナを切らさずに長時間プレイできた。あまりにも長時間すぎて、気づいたときにはもう夜になっていた。履歴を見ると上司からの連絡が溜まりに溜まっていた。胃酸で全身が溶けそうになるほどのストレスを受けながら、何度も頭を下げたが、失われた信用は戻ってこない。

こんなにも努力したのに、洋子のランクは下がり始めていた。イベントに参加しても景品のSRカードに手が届かなくなった。やはり、いくら時間を費やしたところで課金者には勝てないのだ。洋子はふたたび課金することを決心する。健康のためだ。過ぎ去った時間は取り戻せないが、金はいずれ取り戻せる。時間を費やして人生を破滅させるよりは自分で稼いだ金を費やすほうがよっぽど正しい。などなど、さまざまな自己正当化を繰り返し、少しずつ課金が増えていった。結果、なんと、費やされる時間も増大していく。当たり前だ。課金により常時スタミナを満杯にできるのだから、スタミナ回復のために時間をおく必要はなくなる。イベントでのランクと手に入れられるカードの豪華さは、費やす時間に比例して高くなっていく。

洋子のデッキには数々のレアカードが集まった。数十枚のSR、十数枚のUR、数枚のLRまである。だが、収集欲はとまらない。ここで打ちどめというラインはないのだ。集めれば集めるだけ、新しいカードが出てくる。それらのカードは、非常に魅力的に宣伝される。ああ、欲しい。喉から手が出るほど欲しい。欲望を満たすため、有り金を溶かし、ガチャを回す。しかし、目的のカードを手に入れたときには、別のものが欲しくなっている。

イベント限定のカードもある。期間限定のイベントで上位にならなければ、一生手に入れることができなくなる。イベントとは、どれだけ自分の身を捧げられるかのチキンレースだ。どれだけの自己犠牲を払えるか。これは愛の競争だ。どれだけの愛、つまり金と時間を搾りだせるか。

　気づいたら、会社を休んで一週間が経っていた。おかしいな、カレンダーの数字がいつの間にか七日増えている。メールと電話の履歴が溜まっているが、ゲームに関係ないのであれば見る必要はない。部屋にはコンビニ弁当とペットボトルのゴミが転がる。風呂に入っていないため、自分の身体も臭(にお)い始めているようだ。いくら使ったのだろうか。一週間で百万円ほどなくなったのだろうか。貯金は百五十万円ほどあったので、まだ大丈夫だ。

　そろそろ、一日一食の食事の時間だ。洋子は空腹というものを感じなくなっていた。自分という人間を一歩遠くから見つめるような乖離した感覚が起こっていた。腹が減ったということはわかるが、それは切実なものではなく、一種の客観的なデータであった。もっとも、あまり精度の高いデータとはいえなかった。ときおり、自分の腹の具合がわからなくなり、しばらく意識を失ってから何も食べていないことを思い出すということがままあった。

　スマホを叩きながら、立ち上がり、そのまま外に向かう。右手の親指でスマホを支え、四つの指で降ってくるアイコンをタイミングよくタップする。左手はドアを開けるのに使う。日がまぶしい。太陽は地平線の付近にあった。いまは朝だろうか夕方だろうか。方角を知らないのでわからない。とにかく、コンビニへ行こう。水と食料を調達しに。

　コンビニは家から徒歩五分のところにあったが、その間も洋子はスマホを離さない。いまは、イベントの真っ最中なのだ。一点の差によって、もらえるカードの価値が大きく違ってくるかもしれない。そう考えると、眼が届かないところにスマホがあるというのは耐えられないことだ。もはや、それは洋子の脳神経の一部といってよいほどだったのだ。

　コンビニへの道は身体が覚えている。前を見る必要はない。部屋からエレベータで降り、右に曲がり、交差点をまっすぐ進む。信号を見る必要はない。車が通っていれば音でわかるし、そもそもそれほどの交通量はない。

　そう思いこんでいたのが運の尽きだった。

　右側の死角からやってきた六トントラックにより洋子の生命は絶たれた。なんとも、愚かな人生であった。ソシャゲ中毒になった末にそれが原因で死ぬとは。皮肉にも、自らの命をかけて育て上げたデータは残らない。六トントラックのタイヤが圧倒的な圧力でスマホをバキバキと割るからだ。スマホだけでなく洋子の背骨もバキバキと折れる。幸いにも彼女は即死していた。衝突の衝撃で脳神経が引き伸ばされ、そのほとんどが切れていたのだ。生きていれば、いますぐ、一秒でも早く死にたいと思うほどの痛みにさらされるところであった。そんな苦痛を味わう前に死んだということは幸運である。これほどの幸運はめったにない。苦痛のない死は一番の宝物だ。

Ⅱ

死の直前、洋子の身を襲ったのは、疎外感であった。脳神経が一つ一つ切れていくにつれ、現実世界との結びつきもまた解けていった。自分が二十四年間使い続けてきた脳は破壊された。自分が自分である最も重要な証明書が粉々になった。疎外、世界からの排斥。世界のすべてからおまえの価値はゼロだと通告される感覚。

痛みの信号が届く前に、洋子は死ぬ。だが、そこで妙な感覚が襲ってくる。落下感、いや上昇感か？　地面が急になくなったような不安定な感覚。トラックにはねられて宙に浮くなんてやわな話ではない。未知なる方向への落下または上昇。その感覚は、洋子を押しつぶすように放射状に襲ってきた。握りつぶされたオレンジの実が破裂するように、洋子は爆発する！

落ちる……、落ちる……、落ちる……。馴染み深い世界から、投げ出される。人間の経験で一番近いものをあげろというのならば、誕生の瞬間が一番近い。百パーセント純粋な「未知」への突進！

その先に、懐かしいものがあった。遠い昔に忘れ去ってしまった友人にも、自我が形成される前に見ていたテレビ番組にも似ているもの。記憶のむこう側、自分という存在の向こう側にある、とても懐かしい何かが近づいてくる。もう安心だ！　世界にいたときと同じように、いや、世界にいたとき以上の安定感が入ってくる。

そして、唐突な喪失！　洋子はふたたび落下していた。懐かしさは消え去った。二度と戻ってこなかった。そんな！　嫌だ！　嫌だ！　泣いても喚(わめ)いても無駄だ。いまあるのは寂しい虚無だけ。ほかに何もない。何の感覚もない。触覚も温度も風圧も、どれもこれも存在しない。真っ黒な世界で、全身が体温と同じ温度のぬるま湯にひたっているようだ。焦燥感と裏腹に、高まるはずの心臓の鼓動も、冷や汗もない。叫ぼうとするも、声が出ない。舌も喉も声帯もないため、声など出るわけがない。

寂しい！　なぜ、こんなにも寂しいのか？　一人だからだ。根源的な一人ぼっち状態だからだ。ここには他者が存在しない。洋子一人がどこまでも広がっているだけだ。最も身近な究極の他者、自分の肉体を喪失している。世界においての相互作用の相手たる他者の存在、それがなければ、自分は何者でもないことになる。

洋子は大学を卒業して会社員になったばかりのときを思い出した。誰も知っている人がいない環境。自分を形作ってくれる人がいない状態。あのときの経験を抽出して百京倍に増幅すればいまの状態に近くなるだろうか。

「誰か」。「誰か」を探し回る。洋子以外が存在しない空間のなかを。誰もいないはずなのに。無謀な努力を繰り返す。誰かを見つけ、世界との相互作用を取り戻すために。

そして見つける。非常に微妙な「誰か」の痕跡。「誰か」の影。「誰か」の息吹を。

じているという場面に近い。

「それ」を描写するのは難しい。いまの洋子には視覚がなかったため、形を理解したわけではない。強いていうならば、気配だ。背後に人が立ったときの気配、それを前方から感じているという場面に近い。

気配は言った。「回せ」

回せ？　どういうことだろうか？　洋子にとって回すものといったら、ガチャだ。そうか、ようやく納得がいった。この気配はガチャであったのだ。よく考えれば自明なことだ。自分を「何者」かにする「誰か」、それはソシャゲだ！　さあ、ガチャを回して「何者」かになろうではないか。

納得すると、視界が現れた。夢のない眠りから急に目覚めたように焦点が合う。目の前に、地球のアイコンが出現する。生前に散々見た「エヴォがる」の通常コーデガチャアイコンだ。「十一連ガチャ」という文字が地球に浮かぶ。洋子は指を伸ばす。そこには指はないが、スマホの画面と同じような挙動をして裏返しになったカードが出てくる。

一枚目のカードがあらわになる。そこに描かれていたのはかわいい少年少女でも、カッコいいお姉さんお兄さんでも、恐ろしげなモンスターでもなく、高校生の生物の教科書でおなじみのイラストだ。カードの端にはこう書かれていた。

N：細胞核

洋子は何者かになった。細胞核を持ったものに。システムは「エヴォがる」と同じだ。

ただし、キャラクターである〈がーるず〉は洋子自身なのだ。〈がーるず〉である自分の魂に衣装としての肉体をコーデしていくゲームなのだ。

二枚目のカードをめくり始める。相変わらず魅力のないイラストであった。小さな灰色の球体が多量に集まって管を作っている模式図だ。文字を見ると、レアリティはノーマルであることがわかる。

N：微小管

洋子の細胞のなかに、微小な繊維が現れた。細胞の形を保つ縁の下の力持ちだ。

残りのカードはスキップボタンを押して、すべて表示した。

N：キチン

N：食胞

N：ミトコンドリア

N：細胞膜

N：タンパク質複合体セット

R：葉状仮足

N：化学受容体

N：微小管

N：キチン

ほとんどがノーマルだが、通常コーデガチャならばこんなものだろう。

カードが洋子の魂に染みこんでいく。外界と相互作用するためのインターフェース。最も根源的な意味での「他者」が洋子を何者かにする。洋子のアイデンティティは確立した。

洋子とはなにか？　不定形で半透明なぬめぬめとして蠢く液体。自らの身体をくねらせ、楕円形になったり、放射状になったり、とっくり形になったり自由自在に変形しながら進む微小な生物。理科の時間に顕微鏡で見せられるお馴染みの生物、アメーバだ。

彼女はアメーバの〈がーるず〉に転生したのだ。


アメーバになったことで、洋子は自分の視界が再び映ると思いこんでいた。甘かった。暗闇はそのまま続いた。

いまの洋子には眼がないのだ。それどころか、光を感じるいかなる神経細胞もない。あるのはただ、栄養分の濃度を感知する化学受容体のみである。神経細胞がないのだから、考えることもできないはずなのだが、洋子には意識があるようだ。自分に語りかけることができる。どういうことだろうか。転生が可能なくらいだから、脳なしで考えることができるというのは不思議ではないかもしれない。魂が実在することはたしかなようだ。

残念なことに、洋子の意識は身体をうまく操れないようだ。身体のほうに意識を向けると、単純な世界観に圧倒され、複雑な動きができなくなる。化学情報の入力に即出力を返すくらいの行動しかできなくなる。前世が人間であることを利用して、快適なアメーバライフを過ごそうかと考えていたのだが、そうもいかないようだ。

アメーバの生活は単調だ。仮足を伸ばし、細菌や緑藻が触れたら四方を囲み、食胞で体内に取りこみ、消化して栄養にする。それがどのような感覚なのか聞かれても困る。触覚も味覚も感じることはできないのだ。

ときどき、声が聞こえるような気がした。仮足にかかる、小さな細菌たちから、声にならない悲鳴が聞こえることがある。細菌のなかに、誰かがいるような気がする。自分の他にも〈がーるず〉がいるのだろうか。細菌や緑藻も、はずれのカードを引いた〈がーるず〉なのだろうか。わからないが、悲鳴が聞こえてきたときの食事は決まって満足がいった。おいしいという味覚ではない。満足な気分になれるのだ。最も近しい感覚は、「エヴォがる」をプレイしていてポイントがタダでもらえたときのものだ。この感覚を生み出す仮想上の存在を、洋子はとりあえず〈ポイント〉と称することにした。

〈ポイント〉は他の生物から摂取する以外にも、自分のなかから自然発生しているようだった。まるで、ソシャゲのポイントのようだ。毎日アクセスしているとポイントをもらえるのと同じだ。

月日が流れ、ある程度の〈ポイント〉が貯まると、それらは不思議な力を示すようになった。ある一つの方向を洋子に指し示すのだ。磁石のように洋子を引っ張る。きっと、この方向にプレミアムコーデガチャがあるのだ。洋子は直感した。通常ガチャがあるならば、プレミアムガチャがあるはずではないか、自明の真理だ。

　洋子は現状のままでは満足できなかった。もっと何者かになりたかった。アメーバという、いてもいなくてもなにも変わらない存在ではダメなのだ。もっとすごい〈がーるず〉にならなければいけない。そのためにも、プレミアムコーデガチャを回さなければ……。

　全身を蠢かせ、〈ポイント〉が指し示す方向へ蠕動運動する。眼が見えないのにガチャへと向かっていることがわかる。抵抗できない、原始的な欲望が洋子の全身を貫く。朝、起きたときにまっさきにスマホを取り出し、ゲームを起動してしまうあの感覚。ガチャへの走性だ。

　浮き足立って身体を動かす洋子は、ふと違和感をおぼえた。非常に、気持ちの悪い感覚だ。世界と接触している肉体が全力で警報を鳴らしている。なんらかの危機が迫っているのだ！

　洋子は伸ばした仮足を引っこめる。賢明な判断だった。彼女の前には、巨大な多細胞生物が陣取っていたのだ。十数個の細胞が互いにゆるく結合し、それぞれから生えた繊毛で水中の獲物を搦めとるという身体構造だ。

「チッ！　キミ！　悪いことは言わないから、早く〈ポイント〉を渡しなよ！」

「喋った！」洋子は驚いたが、ようやく正真正銘の他者に出会えたことが嬉しかった。ロも声帯も脳もないのに、どのように喋るのか。洋子の魂に直接語りかけてきたのだ。まさにテレパシーに類するものだ。

「そりゃ喋るよ。ボクは〈がーるず〉だからね。キミもそうだろ。わかったら、〈ポイント〉よこしな！」正確に〈がーるず〉や〈ポイント〉とは言っていないかもしれない。しかし、洋子には相手の言わんとすることがあますことなく伝わったのだ。相手は洋子が〈ポイント〉と名づけたものを欲しがっている。

多細胞生物は洋子に向かって繊毛を突きつけた。間一髪、得意の身体の柔らかさをフルに使い避ける。もっとも、両者、一ミリメートル以下の大きさである。非常にスケールの小さな戦いだ。

洋子には敵の大きさも姿もわからなかった。ただ、猛烈な、逃げなければという感覚が外から流入してきた。

「〈ポイント〉が欲しいの？　あげる、あげるから！　許して！」恥も外聞もかなぐり捨てて懇願する。土下座ができる身体をしていたら間髪いれずにしていただろう。

「残念だけど、〈ポイント〉の受け渡しをする唯一の方法は、キミを食べることなんだ。おとなしく、ボクに食べられなよ」

これでは、説得は無理そうだ。この危機に対応する別の方法を考えなくては。役立つ能力はないのか？　食胞を武器にすることはできない。相手を細胞で囲まなくてはならないため、自分より大きい相手は消化することができない。いまあるカードが使えないならば、レベルアップさせればよい。一般的なソシャゲのシステムでは、同じカードを合体させると能力が底上げされた新しいカードが誕生する。この世界でも同じだろう。それにかけるしかない。

洋子は願った。「二つの微小管を合体！　二つのキチンを合体！」

N：微小管が合体！　R：繊毛に進化した！

N：キチンが合体！　R：殻に進化した！

やはりだ、同じカードを合体させると進化するのだ。

洋子の身体は、固いキチン質の殻で覆われていた。殻のなかに、流動的なやわらかい身体を収める。殻に開いた穴からは、繊毛を突き出しており有機物を内部に吸収できるようになっていた。

変身した直後、多細胞生物が洋子を飲みこんだ。食胞が消化物質を分泌するが、キチン質の殻に完全に引きこもった洋子を溶かすことはできない。

「おいおい、キミ！　なんでボクの細胞のなかに入ってるの？　変態なの？」

「あんたが食ったからだろ！」さすがの洋子もブチ切れた。

「そうか、でも、ボクの勝ちだね。キミの殻はそう長くもたないでしょ？　残念だね！」

「そう？　残念なのはあんたのほうだと思うけどね！」

洋子は繊毛を繰り出し、細胞核に突き刺した。細胞核を守っているのは、単なる脂質であり、固い繊毛は抵抗なく入る。ねらいは遺伝子だ。身体情報のすべての源、全生物共通の弱点である。遺伝子を傷つけられたからには、その細胞は死んだも同然だ。表面上、まだぴんぴんしているように見えても、遺伝情報がなくなれば数時間で活動は停止する。

「はー!? ボクの遺伝子を破壊したってこと?」

「そうだよ!」

「ふんっ! こっちは多細胞なんだよっ! 細胞一個なんて壊されても困らないよ。またキミを食うだけさ!」

「ご自由に、こちらとしてもまた遺伝子を壊すだけだから」

相手は洋子を食えるが、それは自身への致命的なダメージにつながる。ここは、引き分けに持ちこむのが双方にとって一番良い戦略だ。相手の思考もそこへ至ったようで、洋子が破壊した細胞を切り離して去っていった。去り際に、捨て台詞を残す。

「キミ! ここは譲ってやろう。だけど、この借りは必ず返すからな! ボクの名はディヤウスだ! 覚えてろよ!」

ディヤウスが去っていったのち、洋子は置き土産をありがたく頂戴した。まだ生きている細胞を内部から食べる。味はないが、満たされる気分だ。〈ポイント〉が体内に入ってくるのを感じる。大きくなった〈ポイント〉は、洋子の欲望を刺激した。回したい、ガチャを回したいという思いが意識を一色に染め上げる。うにゅにゅと身体をくねらせ、山を越え谷を越えあこがれのガチャに邁進する。

おなじみの気配が漂っていることがわかる。転生のときに利用したガチャよりも高価な気配である。あれがプレミアムコーデガチャに違いない。

眼がないはずなのに、視界が広がっていた。突然現れたわけではなかった。むしろ、ずっとそこにあったのに洋子が気づかなかっただけかもしれない。

洋子は内にある〈ポイント〉を解放し、ガチャへと投入した。裸になっていくような恥ずかしさと開放感。皮膚までもが剝がされている気がする。

だが、すべての〈ポイント〉を投入してもガチャが回らない。手持ちが足りないのだ。

「課金しろ！」どこからかそんな声が聞こえるようだった。ガチャが言っているのか、洋子の心の声か。

課金か、しかし洋子はすかんぴんだ。課金できるものならしたいが手持ちがない。そもそも、この世界に金銭という制度があるとは思えない。

そう思うと、洋子の頭のなかで「〈ポイント〉を購入する」と書かれたボタンが浮かび上がった。覚醒しているなかで、はっきりとした夢を見させられているようだ。普通、夢は安定せず連想ですぐ別のものへと変化するが、ボタンは強固な形を保っている。それどころか、心のなかでどんどん存在感を増大させている。

ボタンを押したらなにが起こるのだろうか。対価を取られることは確実だろう。すでに社会人一年目を経験していた洋子は人生は甘くないということを嫌になるほど実感していた。少し躊躇(ちゅうちょ)したが、押すしかあるまいと思いなおす。一回でなにか致命的なことは起こらないであろう、気軽に押してみようではないか。

押すと決断した瞬間、それは起こった。自分の一部がもぎ取られていく、自分が薄くなっていく。妙な疲れが急に大きくなる。肉体的な疲れではない、精神的なものだ。同じ作業を繰り返し繰り返し反復し続けたときの倦怠感。自分のやっていることが楽しくないとわかっているはずなのに、どうしてもやめることができない中毒症状。自らが与えられた入力に対応して自動的に動くロボットのようになっていることへの恐怖感と、あきらめの気持ち。

なんだこれは。なんだこれは？　直後、心のなかの暖かさが戻った。〈ポイント〉だ。〈ポイント〉が与えられたのだ。

課金。それはやばいものだ。想像以上にやばいものを対価にしているのではなかろうか。試しにもう一度課金してみた。やはり、やばい！　自分が死体になった感覚がする。これはきっと寿命とかそういうものを犠牲にしているのではないか。そういえば、ガチャも警告しているではないか。ほら、あそこに書いてある。「警告：課金はあなたの寿命・生命・意志・存在に大きな悪影響を与えます」と。

だが、洋子にそのような警告は無駄であった。彼女はソシャゲ中毒者だ。前世でも、精神をすり減らして労働し獲得した資金をガチャに投入し、自らの精神をすり減らしてきた。寿命・生命・意志・存在に悪影響を与えるという警告もへのかっぱ。いけない、いけないと思いつつどんどん課金していく。

とりあえず、数回のガチャを回せるくらいの〈ポイント〉が手に入った。寿命はだいぶ減ったかもしれないが、ソシャゲははじめが肝心なのだ。スタート時にすぐ課金してレアリティの高いカードを手に入れなければ、費やす時間が無駄になってしまう。一見、無謀なようだが、合理的な判断なのだ！　洋子は自らの判断を自己正当化してガチャを回した。

りらりらりらりらりらりーん♪　ＢＧＭが鳴り響く。音楽が鳴ったということは、ＳＲ以上は確定だ。さすがプレミアムガチャ、こんな高揚感、普通のガチャでは得られない。

洋子の心の内でカードのイラストが拡大する。

ＳＲ：多細胞化

カードを装備すると、洋子の身体に溝が走り、二つに割れた。二つが四つに、四つが十六に増える。増えた細胞は、さらに大きな細胞膜に包まれた。これは良い。この身体ならディヤウスと十分太刀打ちできる。

もう一度、〈ポイント〉を投入する。残念ながら、今度はＢＧＭが鳴ることはなかった。普通のＲだ。

R：突出体
丸い白黒の物体のなかにさらに丸いものがいくつも入っているイラストだ。これだけではどのような機能を持つのかよくわからない。普通のソシャゲには解説がついているのだが、この世界はそれほど親切ではないらしい。しかたがない、装備してみればわかるだろう。
カードを装備すると、洋子の繊毛の毛根付近で変化が起こった。細胞質が蠢き、小さな空洞を無数に作る。なんだかわからないが、害はないようだ。のちのち役に立つかもしれないので、このままでいいだろう。
三回目のガチャを回す。また音楽が鳴る。ワクワクしながら裏返すと、失望してしまった。
SR：多細胞化
また、多細胞化かよ。それほど多細胞化しても役に立ちそうにはないな。
四回目のカードは正真正銘の当たりだった。初期にこのカードを手に入れられたのは大きなメリットだ。
SR：解説
カードそのものに対して能力を発揮するカード。すなわちメタカードの一つだ。読んで字のごとく、カードを解説するカードだろう。これこそ欲しかった能力だ。しかも、装備をしなくとも効果が発揮されるパッシブスキルらしい。いままでのカードに字が浮かんでくる。

試しに、先ほど手に入れた突出体を見てみる。

突出体：細胞の表層直下にある膜結合性の構造。刺激などの条件下で内部にある物質を細胞外に放出する。

これだけか？　一体全体、なんの役に立つというのだろうか？


そうして、洋子の感覚で幾日かが過ぎていった。彼女はガチャを回し、〈ポイント〉を集め、またガチャを回した。前世と代わり映えのしない生活であった。〈ポイント〉はそこらへんにいる藻や細菌など、すべての生物が多少なりとも持っていた。ときどき生物たちに人のような気配を覚えるときがあったが、声をかけても返事はない。もともとは意識があったのだが、身体に魂が侵食されてなくなってしまったのだろうか？　ガチャを回さず、原始的な身体のままでいると、意識のほうも身体と同じようなものとなるということなのだろうか。危ない、危ない。寿命をもったいながってガチャを回さなければ、人間らしい心を失うところだった。

洋子の身体はすさまじい勢いで変化していった。一番大きかったのは、ＳＲ「体節化」のカードを手に入れたことだ。これは、多細胞化のカードをレベルアップさせて合体させることにより生まれた。体節とは、同じような細胞の構成が節状になって繰り返されることだ。安定した組織を拡張させることにより簡単に巨大になれる。しかも、体節には冗長性がある。ある体節を失っても、同じ機能を持つ他の体節がある限り、致命的なダメージにはならない。また、体節そのものを新しく生やすことも容易にできる。

洋子は毛虫のような姿となった。いくつものユニットが鎖状につながり、そこかしこから繊毛が生え、蠕動運動で海底の泥のなかを這っていた。全身を殻で覆いつくして防御力を高めようと一度試みたが、無駄であった。身体が大きくなりすぎたため、殻で覆うと酸素のめぐりが悪くなり、窒息してしまうのだ。どうやら、カードの組み合わせには相性があるらしい。むやみやたらに強いカードを装備しても強くなれるとは限らないのだ。同じ理由で、際限なく身体を大きくすることも不可能なようであった。

必要なのは呼吸器官だ。いままでのように、体表面から酸素を取りこむのは限界がある。体積増加は体長の三乗に比例するが、表面積は体長の二乗にしか比例しない。体表面から酸素を取りこんでばかりいたら、内部の細胞に必要な酸素が行き渡らなくなり、死滅してしまう。

こういうときに、専門のガチャがあれば便利だ。ソシャゲには期間限定で特定の属性を持つカードが出てくるガチャが登場することがよくある。呼吸器官ガチャでもあればいいのだが。

洋子はいつも回してているガチャを中心にしてテリトリーを広げていった。ガチャは〈がーるず〉たちにとってのオアシスだ。そこは恵みを与えてくれる場所でもある半面、戦いの舞台でもある。多くの〈がーるず〉が集まるということは、〈ポイント〉の奪い合いが必然的に起こるということだ。ガチャの周囲には死体が散乱した。洋子はそれを自らの利益とした。泥のなかに身を潜め、化学受容器を頼りに戦いが終わるのをじっと待っていた。強者が泳ぎ去ったあと、泥のなかから顔を出して食べ残しを漁るのだ。死体の肉のなかには、わずかであるが〈ポイント〉が残っていた。塵も積もれば山となる。

〈がーるず〉になってから感覚で半月ぐらいが過ぎた頃、洋子は念願の視覚を手に入れた。

R：散在性視覚器。表皮細胞に散らばり、明暗のみを認識できる細胞だが、意外と役に立つ。化学受容器は水の流れがあるところでは使えないが、光はどんなときにでも使える万能の感覚媒体であるのだ。

散在性視覚器のレベルをアップさせると、視細胞の集合体である眼点となった。眼点を体節化させると、何個もの小さな眼が集まった複眼となる。これでやっと周囲の風景を見ることができるようになった。

視覚。それはまさに革命だ。光はこの世で最も速い存在である。その光を認識できるということは、誰よりも早く状況を把握できるということだ。いままでのように、化学濃度の変化のみで構成された粗雑な世界とは桁外れに精密な外界が洋子の周りに広がった。自分の魂のなかに閉じこめられて閉所恐怖症気味になっていた洋子は、この解放を喜んだ。

視覚により探索もずいぶん楽になった。洋子の眼は頭の上部に二つついていた。泥のなかを、這いずり回りながら、眼を伸ばし上部の様子を窺うのだ。大きな影を見れば泥のなかに潜った。

思わぬところにさまざまなガチャが置いてあった。ガチャは近づくと気配が感じられるが、ある程度の距離まで接近しないと気配は生じないため、いろいろなところを探索しないと見つからないのだ。呼吸器官ガチャはなかったが、意外なカードを使い呼吸器官を完成させることができた。足だ。足はさまざまな器官に分岐させることができる万能のパーツである。最初、洋子が手に入れたのはR：疣足（いぼ）である。体節ひとつにつき一対の疣状の突起。ただの突起と思うなかれ。突起がついた身体を波打たせることにより、摩擦力により素早く移動することができる。疣足をレベルアップさせて合体させるとSR：葉脚（ようきゃく）となる、葉脚とは、疣足の疣が拡大して細長くなり、そこからまた無数の疣がふきだしたものだ。より摩擦力が強くなり、移動しやすくなる。脚は各部の体節ごとに特殊化することができる。たとえば頭部の脚は感覚器を集中させることによって触角となり、前部の脚のいくつかは鰓（えら）となった。鰓といっても、仕組みは単純だ。脚から何重ものビラビラした肉を伸ばし、折り紙のように複雑に折りたたむ。あとは、そこに毛細血管を集中させて皮膚呼吸するだけだ。折りたたまれた体表により表面積は大きくなり、十分な量の酸素を取りこむことができるようになる。

　酸素を効率的に取りこむことができるようになったことで、活動性も上がった。今の洋子はただ隠れているだけでなく、泥から飛び出して〈がーるず〉を不意打ちして身体の一部をかっさらうことができるようになっていた。攻撃力を高めるために、二つ目の脚を顎に変えた。顎のレベルが上がり、より大きく太くなっていく。鰓があることにより、全身をキチン質の固い殻で覆うことが可能になった。

　洋子の身体つきは立派なものとなった。転生前の生き物になぞらえれば、ムカデとクワガタムシとナメクジを組み合わせたような外見だ。節々とした、平べったい頑丈な体節で全体が構成されており、各体節からは一対の柔らかい葉脚が顔を見せる。前部にいくほど、葉脚は長く複雑になっていき、最前列となると、まるで縦横無尽に成長する森だ。鰓にあたる部分は、血液の色である青が如実に出ている。鰓をよく見ると、無数の繊毛が生えており、絶え間なく脈動している。頭部には上に伸びる二つの眼茎の頂（いただき）に複眼がついており、くるっくるっと右に左に動く。眼茎のすぐ外側には、ギザギザした触角が二つ出ている。しかし、なんといってもトレードマークとなるのは、全長の三分の一を占める巨大な顎だ。二箇所に関節があり、鋏（はさみ）のように切り刻むことも、フォークのように突き刺すことも自由自在である。内側には鋭いトゲが何本も屹立（きつりつ）しており、刺されればひとたまりもないだろう。

ついに、洋子はこのあたりで一目置かれるほどの存在となった。もはや、底辺〈がーるず〉ではない。そうだ、この感覚だ。この感覚を待ちわびていたのだ。誰かに認められる、承認される感覚を。ソシャゲを続ける原動力になる感覚。承認欲求の充足。

気持ちよかった。誰もが自分を見ている。自分にはそれだけの価値があるのだと、やっと実感できた。


ある日、承認欲求をさらに充足させる出来事が起こった。

「おーい！　キミ、ヨーコだろ？　ボクのことわかる？」

耳にしただけでイラつくような声が魂に響いた。さっきからずっとストーキングしてくる〈がーるず〉の声だ。人をバカにするような口調は一度聞いたら忘れられない。かつて殺し合いをした相手、ディヤウスだ。

「ディヤウス！　再戦の申しこみ？　わたしはいつだって相手になるよ！」

承認欲求の充足によりハイになっていた洋子は調子に乗って答えた。彼女は自分の身体に自信を持っていたが、ディヤウスのほうもずいぶんと垢抜けた格好をしている。洋子と同じく、体節のある無脊椎動物であったが、泥のなかを這うことなく水中を悠々と泳いでいる。その姿はまるで魚のようであった。本体はセミのような涙滴型をしており、膨らんだほうの側が頭部だ。頭部にはクモによく見られる八つの眼があった。頭のほぼ三分の一を占める巨大な複眼が二つ、それを囲む六つの小さな眼。頭の下には、横に細長い掃除機のような口がある。海底の獲物を根こそぎかっさらっていくためであろうか、口の周りには人間の指のような短い触手が並んでいた。側面の脚は癒着して鰭となっていた。飛行機の翼のような長い鰭を使い、ハゲタカのごとく洋子の頭の上をクルクル回る。一方で、腹にある脚は貧弱なものだった。疣足といってもいいほどだ。遊泳向きに特化したカードデッキにしているのだろう。鰭の後ろには、鰓らしき溝があり、内部から青いひも状器官が見え隠れする。一番の脅威は尾である。尾は後部にいくにつれて角質化し、ついには鋭い刃になっている。剣のように鋭利な尻尾で獲物を刺し殺し、〈ポイント〉を奪っているのだろう。

さあ、どこから攻撃してくる？　突然の攻撃にも対応できるように、洋子は顎をディャウスのほうへと向ける。ところが、彼女には攻撃の意図はないようだった。

「はははは！　そんな危ないものは下ろしてよ。今日は戦いに来たんじゃないんだよ。反対さ。仲直りに来たんだ。ボクたちの仲間になってくれよ」

「あんたのこと、信じられると思う？　この前襲ってきたじゃん」

「キミ、疑ってるね。ほんとだってばー。この眼を見てよ～」

「いや、その複眼見てもなんにもわからないから……」

「たしかにそうかもね。ボクを信用できないってんなら、保証人を紹介するよ」

光が遮られる。頭上になにか巨大なものがいるのだ。洋子が潜んでいるすぐそばで土埃が浮遊する。足だ。太さが洋子の幅ほどもある大きな足が四つ、周りを囲んでいた。足は角質化しておらず、張りのある筋肉のままであった。質感は白いゴムだ。象の足に似ている円柱形。体表を突き破って真っ白な鉤爪が飛び出ている。

　頭上には、足の持ち主の本体が影を作っていた。でかい。洋子の八倍くらいの大きさはある。空飛ぶ円盤。それが彼女を形容する最も適切な言葉だろう。貝とタコの中間といった容姿をしており、円盤状の貝殻を頭につけている。側面には、二つの大きな眼が膨らんでいる。昆虫のような複眼ではなく、人間に近いカメラ眼だ。円盤の下部には、感覚毛がうっそうと生えている。いくつかの繊毛は、成長して太くなり、触手になっていた。触手の先端は少し太くなっており、ルアーのようにぴくぴくと動く。中央には、裂け目がある。口だろう。触手がときどき、口元を擦る。

「ディャウスさんがご迷惑をおかけしたようですね。彼女、興奮しやすいたちなので、許してやってもらえませんか？　わたしはガナパテといいます。ディャウスさんは悪い〈がーるず〉でないことは確かですよ」

　はきはきした声だ。明るい響きのなかに、優しげな温もりも入っている。少なくとも、ディャウスの千倍は信用できそうな感覚だ。

「どうだい？　ボクたちを信じてくれるかい？」

　いやいや、信じられるわけがない。ガナパテのやさしげな声にホイホイとついていくところだったが、洋子は正気に戻る。何の保証もないのだ。きっと、安心して信じたところでパクッと頭をかじられるのがオチだ。社会とは、そういうところなのだ。

「ヨーコさん。わたしたちを信じられないのですか？　そうですよね。いままで散々、酷い目に遭ってきましたからね。でも、『エヴォがる』は殺し合いだけのゲームではないのですよ。協力することのすばらしさを確かめるゲームでもあるのです」

　本当だろうか、いままでの経験からするとにわかに信じがたい。

「ガナパテ、言うよりやってみせたほうが早いよ」

「わかりました。ヨーコさん、あなたに〈フレンズ申請〉するので、承認してください」

　洋子の心のなかでウィンドウが開いた。「ガナパテさんがフレンズ申請してきました。承認しますか？」と書かれている。洋子はおそるおそる、「はい」を選んだ。

「これでわたしたちは友達です。じゃあ、次は〈いいね〉を送りますね」

　なんだ、〈いいね〉とは？　疑問を放つ間もなく、洋子の魂に変化が起こった。

　いいね！　いいね！　承認欲求の充足！　自分は有名だ！　みんなに認められている！

　なんて、いい気持ちなんだ！

「どうですか、すごいでしょ？　これで〈ポイント〉も増えるんですよ」

　ガナパテの言うとおり、多少ではあるが、〈ポイント〉が増えていた。

「ほらな、これでボクたちの仲間になるメリットがわかっただろ」

　三人で〈いいね〉を送りあえば何もしなくとも〈ポイント〉を取得できるのではないか、洋子はそう質問したが、否定的な答えが返ってきた。

「その程度のこと、ボクたちも試してみたよ。ダメだね。〈いいね〉はフレンズの間で一日に一回しか送れない。それが原則さ」


　こうして、新たな日常がはじまった。〈ポイント〉稼ぎは洋子とディヤウス、ガナパテの三人による共同作業となった。ディヤウスは偵察係だ。自慢の鰭を使って水中を飛び、ターゲットを発見する。そのまま、獲物をガナパテと洋子が待ち伏せしている場所に追いこむという寸法だ。もともと泥のなかの環境に適応していた洋子は、隠れることが得意であった。冷たい泥に身を潜め、眼茎だけを外に出し、ひたすら、獲物が罠に入りこむのを待つだけの生活だ。三人組となる前は、能動的に狩りをしなければいけなかったが、いまはただ待っているだけでよい、それで〈ポイント〉が貯まるのだ。最高ではないか。これ以上ないほどの幸せな状態。放置ゲーで生産ユニットが稼動していくのをただ眺めているときの至福状態と一緒だ。

　それは転生してからはじめての安定した時間だった。未知を恐れなくてもよい時間。自己とはなにかという問いに応えてくれる他者。転生前から考えたとしても、かなり恵まれている状況だ。ガチャを回すだけに存在していたような日々を考えると、真に生きているという感覚がする。

余裕が出てきたためか、洋子はまともに考えられるようになった。これまでの混乱したとりとめのない支離滅裂な思考ではなく、順序だって考えることができる。まず考えたのは、ディヤウスのことだ。彼女はなぜ、わたしへフレンズ申請したのだろうか。最も単純な答えは洋子が強いからだ。この一帯で洋子はかなり名をはせていた。生まれてはじめてガチャを回そうとせっせと這ってきたビギナーたちを食べるのはたいてい洋子であった。そんな洋子の才能を買って、ディヤウスが仲間になろうとするのは何も不思議はないのではないか。だが、プライドの高い彼女が過去に殺しあった相手と友達になろうとするのは何か不自然だ。裏があるかもしれない。用心しなければ。とても腹を割って話せるような相手ではないことを常に念頭に置きながら、接しなくてはいけない。

次に考えたのはこの世界のことだ、いったい、この世界の正体とは何か？　異世界に来たのだろうか？　あるいは、これは現実ではなく、死にいく脳が作り出した長い長い幻想に過ぎないのであろうか。本当に異世界に転生したのであれば、もっと現実的な仕組みになっているはずだ。一方、幻覚なのであれば身体部位をガチャで出して自己を気持ちの悪い生物に改造していくという設定はとらないはずだ。自分にそれほど突飛な想像力があるとは思えない。それとも、脳に血液がいかなくなっているような状況ではかえって想像力が発揮されるとでもいうのだろうか？　そんな馬鹿な。

　いずれにしても、ウンウンうなっているだけでは結論は出ない。考えるだけで解決するような問題ではないのだ。この世界の真実を知るためには、この世界のデータが必要だ。そのためには、いまのままではいけない。このままどこともわからない海の底にいては、井のなかの蛙だ。広い世界を見なければならない。

　その日の食事どき、洋子は外の世界に行く計画をディャウスとガナパテに話した。

「へぇー、いいじゃん！　行こうぜ」ディャウスは乗り気のようだ。「ここも居心地いいけど、飽きてきたんだよな。食事もキチン質のヤツばかりでバラエティないし」

「わたしは反対ですね」ガナパテは真面目だった。「どうして、安全な場所を捨ててまで、わざわざ未知の場所に行くというのですか？　合理的ではありませんよ」

「はー！　ガナパテは面白くないなぁ。いいよ、ヨーコ。ボクと一緒に行こう！」

　ディャウスは洋子の傍に来て尾で背中を突っついた。危ないからやめてほしい。

「ディャウスさん、あなたったら、どうしてそんなに……」ガナパテはため息をつく。

「いいですよ、あなたが心配なのでわたしも行くことにします。それで、目的地はどこなのです？」

「最終的には陸地を目指したいですね」ガナパテ相手には、なぜか敬語になってしまう。

「わたしたちは、まだ、鰓呼吸しかできませんが、陸地付近のガチャからは空気を吸う器官が出やすいはずです」

「とんでもなく行き当たりばったりな計画ですね」ガナパテには珍しく辛らつな言葉だ。

「いやー、そういうの最高だな！」逆にディヤウスははしゃいでいるようであった。


　目的は決まった。しかし、それを実行する手段のほうはまだだ。どのように陸地を目指せばよいのか。闇雲に探し回ってもダメだ。周辺には地図はない。地図を作ろうとしても、紙がない状況ではだいぶ難しいだろう。一番良いのは、水面に出て陸地を探すことだ。その任務には、ディヤウスが適任だ。洋子とガナパテは海底の環境に適応しているため、水面に上がるのは苦手だ。対してディヤウスは水のなかを三次元的に移動するのが得意な〈がーるず〉である。

　ディヤウスが高く高く上っていく。自慢の鰭で水流をつかみ、上昇運動へと変換する。水面までの距離はそれほどのものではないはずだった。その証拠に、日光は十分届いている。

　ディヤウスはいままで水の外へ出たことはなかった。水面を目指すなんて、洋子がいなければ、一生思いつかなかっただろう。彼女は改めて、洋子に感心した。洋子は面白い〈がーるず〉だ。傍にいれば楽しいことがたくさんあるだろう。これからの冒険のことを考えるとウキウキした。ディヤウスはいままで退屈していたのだ。ガナパテは良い〈がーるず〉だが、刺激的とはいえない。

キラキラと光を反射する水面に近づく。波が白い泡を立てていた。

「エイッ!」

水面を一気に抜け、空中に躍り出た。青い。どこまでも青い。

鰭を最大限に開いて、水面に滑りこむ。水面と接している面積が広くなることで、体重が分散して海の上に浮かぶことができた。頭上からは、強力な日光が放射され身体を焼いた。ぐずぐずしていれば体表の水分がなくなって干上がってしまいそうだ。急いで周囲を確認する。あった。青い背景が切り取られている一帯がある。あそこが洋子の言っていた陸地であろう。

陸地は〈がーるず〉の宝庫であった。巨大な〈がーるず〉が何人も天に腕を伸ばしていた。日光浴をしているのだろうか。ずいぶんと気持ちがよさそうだ。ただ、陸地は楽園ではないようだ。日光浴が得意な〈がーるず〉も、この世界の宿命である〈ポイント〉争いから逃れられないようだ。間接的な争いとして、日光の奪い合いが起こっていた。可動式の巨大な傘により、ライバルが享受する光を奪う〈がーるず〉、膜のなかに軽い気体を注入して、自身を空中に浮かべてライバルよりも先に光を手に入れる〈がーるず〉、光を奪われた子たちは日光浴ができなくて死んでしまうようであった。死を回避するために、より直接的な攻撃をする〈がーるず〉もいた。触手で絞め殺す、トゲを飛ばす、体表に鉤爪を打ちつけ体液を吸い取る、光を集めて燃やす、共生生物に食わせる……。〈がーるず〉たちは戦っていた。なぜ、自分がこんなことをするのかもわからず。なぜ、こんなにも苦痛を感じなければいけないのかも理解できずに。

ディヤウスはそのようなことを感じ取れなかった。彼女は哲学的な性格をしていない。陸地を見ても、それぞれ違うことが得意な〈がーるず〉がたくさんいるなと思っただけであった。日光で鰓が乾き、苦しくなってきたので海に戻る。

「陸地、あったよ！　ヨーコの言ってた通り！」

ディヤウスからの報告を聞いた洋子は胸をなでおろした。陸地は案外近い、太陽の位置を確認することにより方角がわかるだろう。

その後、二、三回の浮上の末、陸地の方向が定まった。幸いなことに、それほど遠い距離ではないようだった。

三人は旅を始めた。といっても、移動方法は三者三様であり、スピードから疲れ方までみんな違う。一番スピードが速いのはディヤウスだが、理想的な状況においての話であり、水流が乱れているところは苦手だ。陸地に近づくにつれ、波は大きくなり、ディヤウスの苦手とする環境が増えていった。そういうときはガナパテの出番だ。彼女のお腹にディヤウスが仰向けになり、触手で固定されて移動する。ディヤウスは自由に泳げなくて不満そうであったが、ガナパテは満足げだ。表情は読めないが、長い間の共同生活である程度の気持ちがわかるようになっていた。

洋子は、三人のなかで一番移動が苦手であった。巨大な顎と、鰓が抵抗となってうまく進めないのだ。移動しやすいようにカードの組み合わせを変えようかと思ったが、また一からレベルアップを繰り返して〈ポイント〉を浪費するのは馬鹿らしいと思い、遠慮なくガナパテのお腹に乗せてもらった。一緒に乗っているディヤウスは話し相手ができたと喜んだが、そういうとき、なぜかガナパテは不機嫌となり、会話に入ってこなくなった。なんとなく、居心地が悪い空気が流れる。

陸地が近づくにつれ、〈がーるず〉たちが多くなっていった。浮かぶもの。泳ぐもの。這うもの。潜るもの。あるものは三人が近づくのを見ると一目散に逃げ、またあるものは無謀にも立ち向かいバラバラに切り刻まれた。まだ、三人の力を結集しても打ち破れぬ困難は訪れていなかった。

水面は急速に低くなっていった。水は濁り、さまざまな化学物質の臭いで眼が回りそうだ。陸地から流れてきたであろう枝が溜まり、何層にも重なった迷宮が広がっていた。迷宮のなかは、〈がーるず〉たちのねぐらであった。

ここまで来ると、さすがの三人組も警戒し始めた。濁りのため視界は狭まり、化学物質が過剰で嗅覚も役に立たない、非常に不意打ちされやすい環境である。最も防御力が高いガナパテの下に二人が集まり、ゆっくりと移動する戦略をとった。

洋子が声を聞いたのは、そんなときだった。

苦しげな声だ。苦しみながらも必死で助けを求めていた。

「助けて……助けて……誰か……」

洋子はとまった。あたりを見渡す。〈がーるず〉同士のコミュニケーション手段、魂への語りかけが聞こえたのだ。

「ん？　どしたの、ヨーコ」

ディヤウスがせっつく。彼女にはこの声が聞こえないのだろうか。

「助けを求める声がする」

「声？　ボクには聞こえないけど？　まあ、無視だね無視無視。どうせ罠か何かだよ。近づかないほうがいいって」

と言われても、洋子は気になってしかたがなかった。なぜだかわからない。どうしても、声の主の方へ行かなければならないような気になってくる。

「ちょっと、気になるから探してくる」洋子は声が聞こえてきた方向に泳ぎだした。枝が重なり合った迷宮のなかだ。

「待ってよ、ヨーコ、危ないよ！」ディヤウスが追って枝のなかに入ろうとするが、鰭が引っかかってなかなか入れない。

「ディヤウスさん、ここはヨーコさんが帰ってくるのを待ちましょう」ガナパテが抱きかかえる。

「そんなぁ……」

一方、洋子は声に導かれて迷宮のなかを奥へ奥へと向かっていった。声は次第に強くなり、悲愴なものとなっていった。

「助けて……、痛い……、お願い……！　助けて、先生……！」

先生、それは誰であろうか。誰でもよい。なんでもいいから、洋子はこの先にいる子を助けたかった。

洋子は葉脚で枝を漕いでいく。ここぞとばかりに彼女の才能が発揮される。自分が葉脚を発達させたのはいまこのときのためだと思いこんでくるほどだ。

枝の迷宮のなかにある空洞。そこでは二人の〈がーるず〉が対峙していた。一方は、洋子と同じ体節のある外骨格を着ている。円錐を横に倒したような格好で、太いほうが頭だ。四つの眼球が、頭から生えた四つの眼茎の先端についている。二つの鋭い鋏を持っており、それで相手を執拗にいじめていた。相手のほうは、洋子がこれまで見てきたなかで最もグロテスクな〈がーるず〉であった。外骨格ではなく、ヌメヌメとした体表だった。ナメクジの素材を使って出来損ないの魚を作ったような外観だ。二つの暗い、光のない眼の間から長い鼻のような器官が伸びていた。貧弱な身体からは鰭のなり損ないだろうか、無数の肉が伸びていた。なかでも、最も気味が悪かったのは、口だ。口には顎がなかった。身体の内部をそのまま外側にぶちまけたような穴があいているだけだ。穴にはやすりのような歯がびっしり生えていた。

「助けて……」不気味な生き物の魂から言葉がほとばしった。

洋子は自覚せずに瞬間的に動いていた。枝と枝の間に脚をかけ、押した力で飛ぶ。パチンコ玉のように、いじめっ子の〈がーるず〉の前に飛び出す。そのまま顎で攻撃だ。

「なんなの？　あんた！」鋏を使うのが得意な〈がーるず〉は突然の洋子の登場に面食らったようだ。自慢の鋏を活躍させる間もなく、目玉を一つ切断される。

「うぎゃ！　喧嘩売ってるの？　わたしを怒らせたらどうなると……」

能書きたれる暇を与えず、洋子は次の攻撃に移る。巨大な顎を閉めて頭を嚙み千切ろうとする。目玉が三つになってしまった〈がーるず〉は慌てて鋏で顎を押さえる。しかし、力負けしており、徐々に顎は閉じていく。

「わかった。降参。ギブアップするから見逃して！」

洋子は顔色を変えず顎に力を入れた。鋏の外骨格にひびが入り、つぶれていく。鋏系〈がーるず〉はこのままでは命が危ないとさとったのか、血相を変えて何十本もの脚をうしろに動かす。その努力は実らない。洋子の顎にあるトゲがめりこんで逃げ出せないのだ。

「嫌だっ！　おねがい……死ぬのは嫌……！」

ゆっくり、ゆっくりと洋子の顎が〈がーるず〉の鋏を砕く。鋏のなかにはおいしそうな赤身の肉が詰まっていた。顎がそれでとまるはずはなく、頭に抱きつくように密着し、破壊を開始する。四つの目玉でものを見るのが得意だった〈がーるず〉は、いまや一つの目玉しか残っていなかった。眼茎からは体液と神経が漏れる。見るも無残な姿を、洋子はもっと無残にしようと心に決めた。顎のトゲで押すことにより、意外なほど簡単にひびが入る。圧力は力のかかる面積に反比例するものなのだ。鋭いトゲに大きな力をかければ、ものすごく大きな圧力が生み出される。物理学の勝利だ。頭部の中身が外部に流出するのも物理学的な必然だ。顎は頭部にある中枢神経をぐちょぐちょに引き裂き、真っ二つにして残りの身体との接続を断った。司令塔がなくなってはどんな立派な身体も役には立たない。脚はまだ動いているが、さっきまでとは違って整然とした運動ではなく、支離滅裂なランダムな動きだ。時間が経てば痙攣もとまるだろうが、やはり新鮮なうちに食べてしまったほうがよい。死と生の中間点にある〈がーるず〉を死のほうへと叩き落とすべく、洋子は身体を貪り食った。

「ひぃぃぃ……、食べないで……」

おびえた声がする。いじめられていた方の〈がーるず〉だ。

「食べないよ！」ムシャムシャと口を動かしながらも答える。

「ほんとう？」

「本当だから、立ち話もなんだし、一緒に食べながら話そうよ」

「わかったわ。とりあえず、今はあなたを信用することにするわ」

そう言っても、どこか洋子を疑っているような素振りだ。

洋子はそんな固い態度を気にすることもなく、優しく語りかける。怖がっている犬に近づくように、一歩一歩殻を破っていく。

「あなたの名前は？　わたしは洋子だけど」

「ヴァーユ」

そっけない答えだが、その一言で少し距離が狭まった気がする。

ヴァーユはおずおずと、洋子に近づき、今殺したばかりの新鮮な〈がーるず〉の死体を口にした。ヴァーユの食事方法は独特であった。顎がないため、〈がーるず〉の死体に張りつくように口をつけるのだ。やすり状の歯で体表を傷つけ、出てきた血を吸っているようだ。寄生虫のような生態だ。

しばらく、両者は口をきかなかった。ヴァーユは空腹だったらしく、夢中になって死体を漁った。洋子は食事が終わるのを待った。

食事が一息つき、ヴァーユが話し始めた。

「なんであたしを助けたわけ？」

「ん〜、なんでだろうね」

洋子ははぐらかしたが、心の底ではなぜだかわかっていた。ヴァーユの喋り方、性格、他者を拒絶しているようでどこか寂しげな振る舞い。それは洋子の好みのタイプだったのだ。磁石に引き寄せられるように、洋子はヴァーユに魅了されていた。

「ふーん、とりあえず感謝しとくわ。ありがと」

ヴァーユが去ろうと肉の紐を不器用に動かす。このままでは、離れ離れになってしまう。ここで何もしなければ一生後悔するだろう。そんな確信が洋子を動かした。

「待って！」

「まだなにかあるの？」

何を言うべきか、洋子は躊躇する。あなたはわたしのタイプだとか言っても引かれるだけだ。頭のなかでああでもないこうでもないと言葉がループした末に、自分でも思ってみなかった質問が飛び出す。

「『先生』って誰なの？」

「……昔、お世話になった〈がーるず〉よ」

途端に、なにか不快なものが心のなかにべったりと生じた。まるで、ヴァーユと仲の良い〈がーるず〉がいるのは許せないことのように。自分でも理不尽だと感じる思いを押し殺して聞く。

「『先生』は、いまどこに？」

「死んだわ」そっけなく言うが、そこには深い悲しみがあった。ヴァーユと対照的に、洋子の心は浮かび上がっていた。他者の死を喜ぶなど、言語道断であるが、心の底からの安堵感を否定することはできない。

「そうなの……」自分の心を隠すようにわざと深刻な口調で返す。

「じゃあ、あたしはもう行くわね」

「どこ行くの？」

できるだけ会話を長引かせようと反射的にした質問であったが、ヴァーユは答えるのを躊躇したようだ。数秒間の沈黙の後、口を開く。

「〈がーるず〉ガチャを探しに行くのよ」

「〈がーるず〉ガチャ？」

そういえば、これまで発見したガチャはコーデガチャのみであった。この世界が「エヴォがる」と対応しているのであれば、〈がーるず〉ガチャがあってもおかしくはないだろう。

「死んだ〈がーるず〉が出てくるといわれているガチャよ。そこで先生を蘇らせるの」

よほど先生が好きであったのだろう。その言葉には固い決心がにじみ出ていた。

彼女を助けたい。洋子は思った。せめて〈がーるず〉ガチャにたどりつくまで、一緒に困難を分かち合いたいという思いが湧き出る。まるで最初から自分のなかにあったように。それらすべてがピュアな気持ちとはいえなかった。いくぶん邪な思いが沈んでいることは否定できない。ヴァーユに頼られたい。彼女に頼られることで自らの存在理由を確保したいという思い。いびつな人間関係を構築したいという欲望。

「ヴァーユ、わたしも一緒に行きたい」

ヴァーユは洋子をまじまじと見た。その暗い眼に戸惑いが浮かぶが、すぐに喜びの色に変わる。

「わかったわ、自分でも不思議だけど、あんたと会ったのがはじめてのような気がしないの。なぜだかわからないけど、すごく懐かしく感じる」

しばらく、二人は見つめあった。複眼と原始的なカメラ眼が視線を交える。運命の出会い、そんな陳腐な言葉を使わなければいけないような事態であった。

「じゃあ行こうか」洋子は枝の迷宮を抜けるべく元来た道を辿った。ヴァーユはなにも言わずにそのあとを追う。

「ヨーコ！　大丈夫だったの？」枝を抜けると、まっさきにディヤウスが駆けつけてきた。くるくると回り、腹の疣足を洋子の背に擦りつける。

「大丈夫だって、くすぐったいよ」

「あちらの方はどなたですか?」じゃれあっている二人を尻目に、ガナパテがヴァーユを触手で指した。

「彼女はヴァーユ、新しい仲間だよ」

「おいおい、そういうことはリーダーのボクに話してもらいたいね」

いつの間にか、ディヤウスがリーダーということになっていた。

「いまごろ仲間を増やすのは、正直感心しないなぁ。彼女、見るからに貧弱で役に立たなそうだよ」

ディヤウスが反対するとは思わなかった。新しいことが好きな彼女ならば真っ先に歓迎してくれると思っていたのだが……。

「どうやら、あたしは招かれざる客ってわけね」

険悪な空気が漂う。

「ディヤウスさん、そんな言い方はないでしょ」ガナパテが助け舟を出す。「ヴァーユさん、何か得意なことはありますか?」

「得意なこと? レアリティが高いのはこれだけよ」鼻を指し示す。「〈ポイント〉を貯めるためにあまりガチャは回してないから」

「それは何に使うのですか?」

「電気受容器官よ、これを使えば近くの〈がーるず〉が……」急に何かに気づいたかのように言葉をとめる。「あ、今も近づいてきている」

「ふーん、どんな〈がーるず〉なの？」ディヤウスがなんとなく小馬鹿にした様子で聞く。

「大きいわね……、あなたたちよりずっと大きいわ」口調は緊張しつつあった。「隠れたほうがいいかも」

「隠れる？　ボクたちは強いんだよ。ちょっとキミ、大げさなんじゃない？」

「あたしは警告しているのよ！」

　くだらない言い争いにより貴重な時間が浪費されていく。

　ぬっ！　気がつくと、巨大な顔が近くにあった。天狗。馬鹿でかい鼻を持つ天狗の顔だ。いくつもの瘤が一面を覆い尽くしており気味が悪い。鼻の付け根には、洋子の全長ほどもある眼が二つあった。ギョロリ、眼が動く。まっすぐに洋子を見つめている。

「ヨーコ！　危ない！」

　ディヤウスが体当たりしてくれたおかげで、巨大天狗からの攻撃をかわせた。天狗はいったん、その場を離れ、旋回してまた襲ってきた。ようやくその巨体の全貌が把握できる。奇妙な生物だ。転生前にこんな生き物、見たことも聞いたこともない。全身は流線型だが、鰭はコウモリの翼に似た膜であった。はっきりと骨も見える。半透明の膜がステルス戦闘機のごとく広がっている。尾翼にあたるのが、二股に分かれた脚のような尾で、バタ足で泳いでいる。魚にも鳥にも爬虫類にも哺乳類にも見える不思議な〈がーるず〉だ。

天狗系〈がーるず〉の口が開いた。ちゃんと立派な顎があり、針状の牙が何本も飛び出ている。ガナパテの殻でも簡単に壊せそうだ。

巨体は翼をバタつかせ海底を叩いた。モクモクと、塵が浮遊して視界が極度に悪くなる。一寸先は闇とはまさにこのことだ。

パクリ！　洋子のすぐ傍で巨大な口が閉じた。水圧で彼女の身体は飛ばされる。相手の〈がーるず〉は予想以上に強力だ。浮かれていた。短い成功体験から自分たちが一番だと思いこんでいたのだ。井のなかの蛙だ。あんな化け物、どうあがいたって勝てるはずがない。殺される。殺されてガチャを回すための〈ポイント〉にされてしまう！

「だから言ったのよ、早く隠れろって」いつの間にか、隣にはヴァーユがいた。

「ヴァーユ、無事でよかった」とりあえず、胸をなでおろす。「そういえば、どうしてあいつが来るってわかったの？」

「あたしには、近くにいる〈がーるず〉が出す生体電気を感知できるのよ」鼻を示す。

「たぶん、あいつも同じね。大きさは桁違いだけど」

「なんとかやっつけられない？」

「無理ね」はっきりと言う。「とりあえず、枝の間に逃げましょう。運が良ければあきらめてくれるはずよ」

洋子とヴァーユは、残りの二人と合流してさっき出てきた枝へと向かう。ガナパテが枝を持ち上げ、三人はその間に逃げこんだ。

鼻が長い〈がーるず〉の対処法はシンプルなものだった。頭を横に振り、枝を突き飛ばしたのだ。洋子の体長の三倍もの太さがある枝がやすやすと飛んでいく。

「ダメだ……、こりゃダメだ……、死んだわ」洋子は一度死んでからはじめて死を覚悟した。

「あなた、カードを見せて！」ヴァーユが叫ぶ。

カードを見せる？　そんな機能あったのかと思いながら、カードを提示するよう念じた。

「いける……、いけるかもしれない……」ヴァーユが口ずさむ。「突出体をレベルアップさせて！」

突出体、アメーバだった頃から使い道がいまいちわからず、放置しておいたカードだ。なけなしの〈ポイント〉と他のカードを使いレベルアップさせる。R：刺胞（しほう）という表示に変わる。

「これを顎に装備するのよ！　一発でも当てれば勝算はあるわ」

洋子は勇猛果敢に枝から飛び出そうとした。だが、怪物の口が目の前にある。このまま出れば、何もしないまま吸いこまれてむしゃむしゃとおいしく食べられてしまう。

「あたしがおとりになるわ！」

ぐずぐずしている洋子を見かねて、ヴァーユが駆け出した。小さな身体を必死に動かして怪物の注意を引く。眼がギョロリと横を向いた。今だ！　顎をめいっぱいに開き、攻め寄る。イボイボでいっぱいの鼻に噛みつく。

傷口からは懐かしい赤い液体が漏れる。一回、二回、三回、四回、五回。繰り返し噛み、傷口を広げていく。

巨体がブルブルと震える。振り落とされないように、顎の力を強くする。やがて、勢いが落ちてきた。眼も白濁している。毒が効いてきたのだ。

洋子からすれば飛行機ほどの大きさとなる身体がゆっくりと横たわる。勝ったのだ。生き残った。

そうだ、ヴァーユは？　ヴァーユは無事なのだろうか⁉

「あたしは大丈夫よ」砂を掻き分けてヴァーユが出てきた。怪我はなさそうだ。

「ヴァーユさん、大活躍でしたね。もちろん、ヨーコさんも」ガナパテが枝から出てきた。その後に、ディヤウスが続く。

「キミ、ここは礼を言うよ、ありがとう」そうは言っても、どことなく不満そうであった。

「どう、これでヴァーユを仲間にしたほうがいいことがわかったでしょ？」ディヤウスの様子に気づかず、洋子は自慢げだ。

「さっきは悪いこと言ってごめんな、ヴァーユ」しぶしぶといった様子でディヤウスは謝罪する。

「それでは、みなさん、ヴァーユさんの歓迎会をしましょう!」

「さんせーい!」

もちろん、メインディッシュはさっき殺したばかりの〈がーるず〉だ。

Ⅲ

雨が降る。しとしと、ぽつぽつ。優しい雨音。おとなしい雨だ。久しぶりの雨なのだろうか。〈がーるず〉たちが、あちらこちらから現れた。口を開けて水を飲むもの、それを狩るもの、おこぼれの死体を待ちわびるもの。三者三様、十人十色の方法でそれぞれが生き抜いている。

森、そこは〈がーるず〉の宝庫だ。いや、森自体が〈がーるず〉なのだ。葉緑体というレアカードを手に入れて、運動する気をなくしてしまった〈がーるず〉である。運動をしなくなると、はっきりした魂のコミュニケーションがとれなくなる。運動をして頭をすっきりさせないと、肉体が魂を汚染するのだ。

どーん……、どーん……。遠くから音がする。〈がーるず〉たちはそれぞれ得意の感覚器官を使って音をキャッチし、逃げ出す。あれほどの音の主であれば、スタコラサッサと逃げるべき相手だ。蛮勇は無駄だ。サバイブこそ至上価値。

現れたのは巨大な〈がーるず〉だ。鱗が張り巡らされた固い体表、四つの脚、頭にはホルンのごとくらせん状に巻かれた貝殻。何も知らない人が見れば立派なトサカだと思うかもしれない。

彼女はガナパテである。ガナパテが陸上生活に適応した姿なのだ。その姿は、水中にいた頃よりも十倍は大きくなっていた。なぜ、これほどの大きさになれたのだろうか。その秘密はトサカにある。それは単なる格好つけではない。巨大な身体を立たせておくための工夫が施されているのだ。同じようならせん状の貝殻を持っている生物にオウムガイやアンモナイトがいる。それらの機能はバラストであり、水を吸入して浮き沈みを司る。ガナパテのトサカもまたバラストだ。ただし、水中ではなく空中の。

内骨格のない〈がーるず〉は、陸上ではそれほどの大きさに成長できない。自分の重みでつぶれてしまうのだ。外骨格で支えようとしても、内臓を入れるスペースがなくなってしまう。そんなジレンマを克服したのが、空中バラストであった。バラストのなかには純粋な水素が溜めこまれている。水素は宇宙で最も軽い元素だ。軽いということは、重い体重をそのぶん軽減できるということだ。もう、自らの重みで身体がつぶされたりはしない。どれほど成長しても動けなくなることはない。これ以上ないくらい理想的なダイエット法だ。

もちろん、水素は天然には存在しない。手間暇かけて作らなければならない。そのために、ヴァーユがいる。彼女の今の姿は、昔のものと大きく違っている。彼女は眼をなくしていた。感覚器官カードはすべて必要なくなったため、とっぱらっていた。その代わり、強化されたのは電気器官である。昔の彼女であれば、ピノキオの鼻くらいの印象であったその器官は、身体の大部分を占めていた。今のヴァーユを見たものは、眼のない蛇かと思うだろう。太く長く伸びた胴体。先端に少し膨らんだ頭部がある。このような認識は正確ではない。胴体に見えるのはかつての鼻、電気発生器官だ。発電細胞が何千、何万、何億と無数に束となって重なっている。一つ一つの発電量はたかが知れているが、これだけ集まればちょっとした量の電気が手に入る。そんなに発電して何に使うのか？　酸素と水素を作るのだ。もともと必要なのは酸素であり、水素は副産物であった。まだヴァーユが水中にいた頃、肺を進化させるためのカードが出るのを狙っていた。しかし、出てくるのは発電細胞を成長させるカードばかり、しかたがないので電気器官を進化させて陸地に適応しようと工夫したのだ。肺なしで陸上生活をするためには高純度の酸素が必要だ。酸素を作るには、水を電気分解すればよい。$2H_2O \rightarrow 2H_2 + O_2$——簡単な化学反応式だ。幸い、水も電気も大量にある。ヴァーユの電気器官の下部には、毛がみっしり生えたタンコブ状のふくらみがあちらこちらに付いていた。電気分解器官だ。毛で水分を吸収し、電気分解器官に送るのだ。発生した酸素は、発達した鰓である側面から突出した垂れ幕に吸収される。これならば、水流がなくとも鰓で十分に呼吸することができる。

残り物である水素は捨てていたが、ヴァーユとガナパテが合体することにより有用に使えると両者は気がついた。ガナパテの貝殻のなかに、ぐるぐるとヴァーユの身体を収容し、発生する水素で体重を軽くする。

ガチャを回すにつれ、もっとありがたい水素活用法が見つかった。ガナパテはノズルを手に入れたのだ。獲物に突き刺して、ストローの要領で血を飲むときにつかうアレだ。ノズルを使って水素を噴きかけ、先端で歯を火打石として使うことにより火炎放射器として使うことができる。これは強い。

一方、洋子とディヤウスはそれほど変わってはいなかった。節足動物である彼女たちは陸地に進出するのに大きな変化を必要としない。ディヤウスの鰭はそのまま羽となり自由自在に空を飛ぶことを覚えた。洋子はディヤウスに抱きかかえられて運ばれた。仰向けになり、双方で脚を胴体に絡ませ、そのまま飛ぶのだ。洋子の役目は攻撃だ。彼女はガチャを回し、首を伸ばすのが得意になった。折り紙のように幾重にもたたまれた長い首を勢いよく伸ばし、マジックハンドのように地上にいる獲物を顎で捕らえる。顎には刺胞が備わっており、獲物の体内にすみやかに毒を注入する。この攻撃方法は、レジリンというタンパク質のおかげだった。レジリンとは、非常に弾性が高いゴム状の物質で、与えられたエネルギーをほぼ損失することなしに元の形に回復することができる。ガチャから飛び出したときはなんだこれはと思ったが、解説を読めばかなり応用範囲が広いカードだということがわかった。

斥候(せっこう)をディャウスと洋子、主攻撃をガナパテとヴァーユが担当する。その組み合わせの破壊力は強大だ。火炎放射からやっとのことで逃げたと思ったら、上空からU字を描く顎が降ってきてあなたの頭を切断するのだ。切断できないほど太い首であっても、毒を注入されてオダブツだ。逃れるすべはない。森で平和に暮らす〈がーるず〉にとって、それがどれほどの恐怖心を呼び起こすか考えてみてくれ。トラウマになることは間違いなし。いや、トラウマにすらならない。恐怖を感じた直後に、引き裂かれて消化されるからだ。ある意味、最高に効率的なトラウマ解消法だ。立つ鳥あとを濁さず。

四人は、奥地に進んでいった。やがて森の木々がまばらになってきて、乾燥していく。サバンナ地方に到着したのだ。サバンナでは水が少なくなるため、葉緑体を持っている〈がーるず〉は巨体を維持することが難しくなり、どんどん小さくなる。できるだけ水の蒸発を抑えようと、表皮は固くなり、身体は丸くなる。その姿はまるで石ころだ。石ころは水を探し当てるために地下深くにまで根を伸ばす。根は、また、罠ともなり、通りかかった小さな〈がーるず〉を串刺しにして体液をすする。地下では、外見の怠惰さから想像もつかないような活動的な闘争が行われている。伸ばした根は自らの陣地のマーキングでもある。相手の根を根元から切り離せば、その分の陣地を自分のものにすることができる。だが、攻撃にはリスクも伴う。攻撃手段もまた、根を使うため、相手の陣地に深く潜りこむということは、自分の根元をさらすということでもある。調子に乗っているとカウンターにさらされることもしょっちゅうだ。その結果、さまざまな戦略が生まれた。わざと相手の攻撃を誘って逆転するもの。ライバルの少ない貧弱な土地を開拓するもの。強力な二人が拮抗する陣地の隙間をちゃっかりいただくもの。わざと毒で自らの土壌を汚染するもの。血と涙の努力を重ねて、彼女たちはなんとか生き抜いていた。

ぐしゃ！　〈がーるず〉の一人がつぶされた。ぐじゅ！　もう一人も。ガナパテが殺したのだ。触手を使って死骸を口元に運び、バリバリ食べる。ディャウスと洋子も見張りから戻ってきて滑空して降り立ち、死骸に群がる。

「あっちにヘンなものがあったよ」食事をしながら、ディャウスが報告する。「白い線がたくさんあった」

「もうちょっと、具体的に言ってくださいな、ディャウスさん」

「網目状に、白い線が地面を這ってるんです。あきらかに異様でしたよ」洋子が補足する。

「それは、きっと〈がーるず〉ね」

いまや、暗闇で電気を作るばかりのヴァーユが貝殻のなかから話しかける。「食べに行きましょう。強い〈がーるず〉なら〈ポイント〉がたくさんとれるわ」

ヴァーユは、将来回すであろう〈がーるず〉ガチャに備え、たくさんの〈がーるず〉を食べていた。洋子もそれを手伝っていたのだが、ときどき、ヴァーユが「先生」に出会った後、自分はどうなるのだろうかと不安に思うこともあった。彼女は自分をもはや必要とせず、「先生」と一緒に去ってしまうのだろうか。それは寂しすぎる事態だ。しかし、ヴァーユの幸せは自分の幸せだと言い聞かせて日々を過ごしていた。実際、その日々は楽しかった。昔の死んだような日々とは大違いだ。

どしゃ！　ぐしゃ！　べしゃ！　死のマーチがサバンナにこだまする。何年間も努力し続けた〈がーるず〉たちの生涯が次々と終わっていく。ガナパテが三十人ほど殺したのち、ディヤウスが言っていた場所に着いた。

線路だ。間近で見て洋子は連想した。線路がどこまでも続いている。二つの白い筋が縦横無尽に地面を覆っている。よく見ると規則的だ。区画が整備されており、石ころ〈がーるず〉が秩序だって集合している。これは何を意味するのだろうか。

「おっと」

洋子は何かにつまずいた。下を見ると、丸くて透明な鉱物があった。水晶だろうか？　細い糸で線路とつながっているようだ。

これは何か？　考える間もなく、音がした。

「何か来ました！　気をつけてください！」ガナパテが叫んだ。

　本当だ。彼方から何かがやってくるのに洋子は気づいた。でかい。全体の形としては魚だ。パンケーキ状の体節が集まって魚の形になっている。ムカデを無理やり魚型にしたような感覚だ。頭部は旧式の新幹線のように半球状に膨らんでいる。眼球は側面に二つ。巨大なレンズ眼だ。頭部から徐々に体節は小さくなり、くびれを描いてまた大きくなってゆく。最終的に、飛行機のエンジンのようなノズルとなっている。

　頭部の下は、スカート状の板が付属しており、さらにスカートの下にはいくつかの付属肢があった。その一つが二本のレールをつかんで、ものすごいスピードでまっすぐこちらへとやってくる。

　彼女は、体節化した身体構造を列車の車両のように分割していた。巨大な頭部の後続に、さらなる身体車両がつないである。漢字の『門』のような構造だ。細長い二本の脚でレールに立ち、その間を竿が渡っている。竿の中央から、膜に包まれた血管の束が延びており、前後の身体と接続している。移動手段はタイヤではなく、レールのなかで脈動する液体に押し出されているようだ。『門』の肩の部分にはさまざまな付属器官が装備されている。ある車両では、真っ赤な蛇腹式の管が上下に運動している。別の車両では、スポンジ状組織が膨らんだり、縮んだりしている。ラッパ状の器官が無数に咲いている車両。口のある車両。口にもたくさんの種類がある。吸血のための注射器状。すりつぶすための臼状。体外消化のための袋状。肉を切り裂くためのナイフ状……。

彼女が近づくにつれ、洋子は不気味な感覚に襲われた。〈がーるず〉に近づくと、大なり小なり魂の声が聞こえるが、彼女の声は異様だ。その声には誰かが発しているという感覚はなかった。むしろ、何かが発しているというほうが正確だ。列車の擬音のようにも聞こえる。「がたんがたんごとんがたんごとんがたんごとん」自分のことを列車だと信じこんでいる人物が発しているような声。

ガナパテもその不気味さを感じたのだろうか、すばやく先制攻撃を開始した。ヴァーユから供給された水素の炎が先頭車両を焼く。

列車状の〈がーるず〉はじゅうじゅう燃えた。触角に不快な化学臭を感じたかと思うと、大変な風圧が身体を震わせた。爆発だ。洋子は鉤爪を使って地面に張りつき、爆風をしのぐ。ディヤウスとガナパテはそうもいかなかった。空を飛ぶのが専門のディヤウスは、大きな羽が災いして風に吹かれて遠くへと飛ばされた。ガナパテはバランスを崩してしゃがみこむ。

「がたんがたん！　ごとんごとんごとん！」

〈がーるず〉列車はあの爆発を生き抜いていたようだ。先頭車両と爆発に巻きこまれて燃えている車両を切り離し、バックして攻撃地点から離れていく。

「待て！」洋子が首を勢いよく飛ばし、車両のひとつにかじりつく。顎を固く絞って、そのまま地面から鉤爪を放せば、胴体のほうが宙に浮き、逃げていく車両に飛び移れる。

「ぎぎぎぎぃいいぃいいぃぃ、きききぃぃぃ、がったーん、ごっとーん」

〈がーるず〉列車の対処方法は簡単だった。洋子のいる車両を切り離したのだ。

　そして、攻撃がはじまった。先行する車両がうねり、肉の円筒を突出した。円筒は充血して固くなり、内から飛翔物（ミサイル）が吐き出される。ミサイルは上空で爆発し、運動量を維持したまま、中身が雨あられと降り注ぐ。クラスター爆弾だ。洋子は車両を遮蔽物として隠れた。竿の下側にぶら下がってやり過ごそうとしたのだ。爆弾の中身は多様な形の骨であった。いろいろなターゲットに対応するためであろうか。手裏剣のようなもの、鉛筆のようなもの、サイコロのようなもの。骨は遮蔽物にしている車両の肉を切り裂いた。車両は本体から切り離されても生きているらしく、苦しげに身をよじり、逃げようと自身を震わせる。

　殻に覆われた車両は、円柱型のパーツからなっていた。飛び道具に対しては有利な形だ。ミサイルを受け流して別の方向へといざなう。ただ、今回は量が多すぎた。体節の間にナイフ状の骨が入りこみ、切り目を入れる。そこに巨大な拳骨のような骨が衝突し、殻を割る。組織が破けて、肉が出てくる。白身だ。白いヌメヌメとした肉に黄色や赤色の小さな臓器が埋めこまれている。蟹（かに）を分解したかのようだ。臓器が露出し、垂れ下がり、車両は倒れる。お腹の中身を空気にさらしてもまだ生きている。必死に起き上がってレールに乗ろうと脚を痙攣させる。

洋子も脚をやられた。バランスを失った脚でよろよろと脱線した車両から顔を出す。〈がーるず〉列車は分岐レールまで後退し、そこで編成を変えて再度洋子のほうへと突進してきた。最前列は、カマキリのカマのごとくとがった器官である。これは大変だ。ヨロヨロとレールから離れようとする。脚が傷ついているため、スピードが出ない。

「がだんがだんがだんがだんがだんがだん！」

車両がどんどん近づいてくる。それに比べて、洋子の脚は絶望的に遅い。このままでは串刺しは間違いなし。眼をつぶろうにもまぶたがないので、いやおうなしに迫りくる死を見てしまう。

「ヨーコ！」

上空から声がした。ディヤウスだ。秘めていたレジリンの弾性力を解放して首を飛ばした。ディヤウスの長い脚が空中で洋子の首をキャッチする。間一髪、車両から飛び出したカマは空振りであった。

「ヨーコ、大丈夫かい？」

「なんとか」

眼下では、〈がーるず〉列車がまたクラスター爆弾を発射していた。ディヤウスは爆風を利用して高度を上げてかわす。

「マズいよ！　ガナパテのところに行くつもりだ！」ディヤウスが叫ぶ。

車両が向かう先にいるのは、うずまきを頭に抱えた巨人、ガナパテだ。彼女は、彼我のスピード差を考慮に入れ、逃げることをあきらめていた。遠隔戦であれば、むこうのほうが有利だ。接近戦に持ちこむしかない。

車両は加速していき、まったくスピードを落とさないままガナパテに衝突した。カマが表皮を貫き、体液が漏れる。だが、ガナパテも負けてはいない。貫かれた脚をそのまま蹴り上げ、車両を払いのける。車両は脱線した。どうやら、レールからはずれると途端に動きが遅くなるようだ。貝のような動きしかできない。

ガナパテはジャンプして車両を押しつぶした。梱包用のプチプチをつぶすように次々と脚を前に出し車両を破壊していく。〈がーるず〉列車は猛スピードで後退しながら、自分の車両にダメージが至るのも構わずクラスター爆弾を地上近くで爆発させた。星、丸、三角、四角、バラエティ豊かな骨がガナパテの顔にかかり、目つぶしをする。追撃の手が緩まったところでまた、車両を生贄に切り離し、逃げる逃げる。羽ばたくだけのディヤウスにはとてもついていけない。

ガナパテは追い上げるため空を飛んだ。ヴァーユに水素生産を倍増するように頼み、気球の要領で宙に浮かんだのだ。ノズルをうしろへ向け、水素と酸素の混合気体を爆発させながら追いかける。スピードは互角だ。

「もっと速く！」

上空では、洋子がディヤウスを急かしていた。ガナパテとの距離は開く一方だ。自分が何もできないもどかしさを感じる。もっとも、洋子の頭にあったのはガナパテではなくヴァーユだった。ヴァーユには殻も鱗もないのだ。簡単に殺されてしまうだろう。彼女が死ぬかもしれないと考えただけで胸がつぶれるようだ。ヴァーユの死を防ぐためならば、どんなことでもする覚悟があった。

洋子たちの眼下では、車両たちが分岐レールで自らを切り離していた。二つに分かれた車両たちがそれぞれ別々の方向へ進む。ガナパテは瞬間迷ったが、一方を追うことに決めた。

しかし、それは選択ミスであった。もう一方の車両がバックし、ガナパテが選んだレールに再度入ってきたのだ。挟み撃ちだ。

己の不利を見てガナパテは二つの戦略の間でためらった。水素を利用して宙に浮いて逃げるか、あるいはバーナーで焼いて攻撃するか。両方を取ることはできない。ヴァーユの水素生成能力には限界がある。すでに水素を浪費してしまっているため、炎を燃やせば浮き上がるほどの水素は残らない。迷った末に火炎放射をすることにした。タップダンスをするように、顔の向きを変えて前後の車両を次々焚きつける。高火力のバーナーはあっという間に車両を炭素の塊に変えるが、スピードはとまらない。〈がーるず〉列車はダメージを受けることを覚悟して車両を燃えるにまかせ、ガナパテを押しつぶす。水素を消費したことでガナパテの体重が重くなり、動きが鈍ったことも不運だった。触手を使い、焼けた車両を持ち上げてレールから離れようとするが、先端に鉤爪のあるケーブル状の固い触手が車両からガナパテの背に投げつけられる。バランスを失い、倒れ、レールに引き戻される。

「ガナパテぇ！」ディヤウスが叫んだ。その叫びもむなしく、車両はガナパテを引き裂くために、身体の両側を持ってそれぞれ反対方向へ引っ張っていく。ガナパテは鉤爪を外そうとケーブル状触手に殴りかかった。しかしながら、物をつかむための触手では、固いケーブルを切ることはできない。ガナパテの皮膚は少しずつ破けていく。乾燥に強い厚い皮膚が裂けると、そこにあるものはプルプルした白い肉でしかない。肉をそのまま空気にさらす際に伴う感覚を考えてみてくれ。痛い。痛い。痛い！　ガナパテは激痛に咆哮し倒れる。そこに車両が山のようになだれこむ。カマの出番だ。カマが脚に容赦なく突き入れられる。弾力のあるガナパテの肉を切断するために、何度も、何度も、何度も。刃こぼれを気にせず最大級の力を入れての入刀。血管が切れ、青い血がふきだす。脚が切れる。切れた脚は別の生き物のようにうにょうにょと動き回る。車両が脚のあいだに前進してくる。腹のなかのものすべてが口を通して外側に裏返される。眼球がぬめっと頭のなかに吸いこまれた口のなかにケーブルを挿入し、内臓に鉤爪を引っかけ、そしてそのまま出発進行。

かと思うと、次の瞬間、口から出てきた。そんな状態でも、眼はまだ動いている。内臓と脳は半透明の膜のなかにセットされており、そこから神経が眼球まで延びている。カマは内臓を切り開く。腸が破れ茶色の排泄物が漏れる。青色の血と混ざり合い、絵の具のすべての色を混ぜ合わせたようななんともいえない色となる。

膳立てができ、食事が開始される。二本の巨大な針を突き出した車両が前に出る。針の後側には小さな袋が付いている。針が内臓に突き刺さると袋が巨大化していく。それと同時に、内臓だけとなったガナパテは縮んでいく。袋はヒルのように海綿体となっており、大量の血を吸えるのだ。血を吸われるにつれ、ガナパテの声が薄れていく。

「あーあーあーあぁぁ……あぁ……ぁぁぁ……」そして魂の声がとまる。だが身体はまだ動いている。かすかに脈動している。ヌメヌメした粘液を出してズルズル滑っている。

「やめろ！」やっと追いついたディヤウスが下降して体当たりする。うるさいハエを払うように触手がぱちりとディヤウスを叩く。羽をもがれ、洋子もろとも墜落。

カマが二人に迫る。そのとき、眼球が失われたガナパテの眼孔から、灰色でヌルヌルの粘膜に覆われたひょろ長い生物が這い出してきた。ヴァーユだ。眼は見えないが、魂の声から外界の状況を察知してヴァーユが出てきたのだ。針の器官を持つ車両は新たなターゲットを刺し貫く。その瞬間、車両がびくっと震えた。震えは一つの車両に収まらない。次々と、ドミノ倒しのように痙攣が感染していく。それとともに焦げくさい臭いがする。

生き物が燃える臭いだ。震えた車両は二度と動かなかった。感電で組織が壊死したのだ。

ディヤウスはよろよろと、しかし必死でガナパテに向かった。

ガナパテの状態は悲惨だった。身体の内側すべてを口から嘔吐した姿。血を吸われて内臓はしわくちゃになっている。

「ガナパテ、ガナパテ、ボクだよ、ボクだよ……」ディヤウスが話しかける。もちろん返事はない。

「……無駄よ、けど、〈がーるず〉ガチャを回せば……、ガナパテが復活するかも……しれないわ」ヴァーユがかすかな声でつぶやく。大量の放電をしたため、かなり疲れているようだ。

ヴァーユの一言は、ディヤウスの逆鱗に触れた。「ガナパテは死んだんだよ！　おまえのせいでね！　ここに来たのはおまえが言ったからだろ！　そもそもなんでもっと早く出て戦わなかったんだよ！　ガナパテじゃなくておまえが死ねばよかったのに！」

「それじゃあ……、パーティーは解散ね……」

もちろん、それで終わるディヤウスではない。彼女は一度沸点に達すると、どうしようもなく暴れてしまう性格をしているのだ。

「ああ！　解散だよ、解散。けどね、おまえだけはどうしても許せないんだよ。ガナパテへの償いとして、死ねよ！」

ディヤウスはヴァーユにかじりついた。唯一の防御手段である放電を過労で使えなくなったヴァーユはなされるがままだ。肉を抉られ、赤黒い血がにじむ。

「ディヤウス、やめて！」

洋子が首を飛ばし、ディヤウスの頭に顎をかけた。それでも動きはとまらない。

「殺してやるんだ。殺してやるんだ。殺してやる！」

「やめろ、やめろぉぉ！」

洋子の顎の圧力が強まる。ディヤウスの頭を覆うキチン質の殻に亀裂が走る。亀裂が増大し、割れる。肉が露出する。外骨格が内臓を押しのけ、行き場を失った臓物は外側にはみ出してくる。身体は痙攣する。死にたくないと全身で表現する。やがて、震えから苦しみが感じ取れなくなる。がくりと、頭部が落ちる。ディヤウスの身体は二つに切断された。これが意味するものとは何か？　死。ディヤウスは死んだのだ。殺されたのだ。洋子が殺したのだ。一緒に冒険してきた相棒を。親友とも、悪友ともいえるべき存在を洋子は殺したのだ。

洋子は、長くヌメヌメとした物体、ヴァーユを見た。ヴァーユは意識を失っているようだった。だが、脈動はあり、命まで失っているようではない。

自分でも愕然とするが、ディヤウスを殺したショックよりも、ヴァーユが無事である安堵の方が大きかった。洋子のなかのヴァーユはそれほど大きくなっていたのだ。ヴァーユを守るために、反射的にディャウスを殺してしまうほどに入れこんでいたのだ。

ここまでしたからには、絶対に、この子の願いを叶えてやろう。〈がーるず〉ガチャを探し出し、「先生」に会わせてやろう。洋子はそう心に決めた。

Ⅳ

はずれ！　はずれ！　はずれ！　どれもはずれだ。

洋子の背後では、巨大な渦巻きが回転していた。巨大、その言葉と実態がこれほど違っているとは。言葉ではとても表せないほど、渦巻きは大きい。

小さな惑星なら数個がすっぽり入ってしまうほどの大きさだ。渦巻きを背景にして、一部の空間が漆黒に塗りつぶされている。ナイフで切ったかのようにはっきりとした長方形。このために洋子はここへとやってきたのだ。すべての終着点。〈がーるず〉ガチャ。

洋子が今いるのは、二度目の人生を送ってきた惑星からはるか彼方にある巨大ガス惑星だ。すでに、転生前に生きた二十四年間よりも長く、こちらの世界で過ごしていた。具体的な日数を数えるのはしばらく前からやめていた。自分の身体を取り替えることができない状態とはどのようなものか、思い出すことも難しくなっている。

　あの日、ガナパテが死に、ディヤウスを殺した日から、洋子とヴァーユは文字通り一心同体となった。列車のような〈がーるず〉とディヤウス、そしてガナパテを食べて得た〈ポイント〉で自己を改造した。まずやったことは、ヴァーユを自らの身体に取りこむことだった。眼も鼻もない彼女は、他の〈がーるず〉の体内でしか生きていくことができない。そのため自分の身体を巨大化し、体腔内にヴァーユが入れる隙間を作った。

　洋子は自分を多足類、つまりムカデ型にした。節足動物のなかで、ムカデは一番巨大化に向いている形だ。巨大化する前と後で身体の仕組みを変えなくとも生きていける。縦に長くなるため、表面積と体積の差が致命的なものにはならず窒息する心配がないのだ。体節のパーツを増やすだけだから巨大化そのものも単純だ。おまけに、巨大化すればするほど、足が増え、力もスピードも大きくなる。

　巨大ムカデとなった洋子は一時は森をテリトリーに決めたが、すぐに自分の特性を生かせる場ではないことに気づいた。障害物が多いため、身体が絡まってしまうのだ。周りに〈がーるず〉が多い環境では、独立した防御手段のない各体節は容易に攻撃を受けてしまう。脳を複数の体節に分けるという回避策をとったが、致命的ダメージを避けるだけで根本的な解決にはならない。

　困った洋子は空を飛んだ。空ならば、側面から攻撃してくる奴はいない。脚の間に膜を張って滑空したのだ。鳥のように羽ばたけないため、空を飛び続けるには推進剤がいる。それがヴァーユから供給される水素だった。エンジンにあたる特別な器官を新たに作るのではなく、最後尾の体節を爆発させて空を飛んだ。

やがて、わざわざ爆発させなくともよくなった。排泄管をレベルアップさせて、長い丈夫な一本の管にする。管内部の柔毛には水素と酸素が混ぜ合わされた燃料が詰まった疣があり、疣を次々と爆発させることでエンジンにしたのだ。

この形態は別の形で応用することができる。肛門を空に向ければ自らが巨大な大砲となるのだ。極めて高速な打ち上げ速度を誇る、文字通りのムカデ砲というやつだ。普通の大砲は一回の爆発で弾を打ち上げるが、ムカデ砲は砲内での複数回の爆発により弾を加速する。多段式発射ロケットと同じ原理だ。排泄管内での爆発疣を収容する穴を作り、弾の軌道を邪魔しないようにしてやればよい。

弾も進化していった。最初は爆薬まみれの糞便を飛ばして爆発させていたが、ヴァーユの一部を使うことを覚えた。ヴァーユの発電器官は応用しだいでは強力な攻撃手段となる。電磁パルス爆弾だ。通常、電磁パルスは瞬間的に極度に高い電圧をかけることにより電子機器を破壊するが、その応用は脳にも効く。脳のニューロンを破壊する電磁パルスの周波数が存在するのだ。

肛門から電磁パルス爆弾をあたり一面に発射すると、そこらの〈がーるず〉たちは狂った。狂った〈が−るず〉を食べるのは簡単だ。飛びまわって、頭を伸ばして顎でつかめばよい。もちろん、副作用として、洋子のほうも少し狂った。狂っても良かった、ヴァーユの願いをかなえるためならば。

洋子はさらに考えた。もっとたくさんの〈が−るず〉を殺さなければ。殺して食べなければならない。そのために、なにをするべきか。ここで、やっと前世の記憶が役に立った。そうだ、核爆弾というものがあった気がする。あれを作ればよいではないか。

核爆弾を作るために、自分とヴァーユの身を守る必要があった。遺伝子を鉛でコーティングして有害な放射線から防御し、地面を掘ってウランを採掘して食べて精錬した。さらに原子力災害に対応するために脳をいくつも作って無線で連結した。分離脳は腸内で腫瘍のように生えてきて体内原子炉の制御をした。努力の甲斐もあって核爆弾が完成した。核爆発は電磁パルスも引き起こすため一石二鳥だ。

核爆弾を爆発させることにより宇宙にも行けた。原理は単純だ。核爆弾の上に乗って核爆発を起こす。その衝撃により飛んでいく。以上。一つの巨大な核爆弾のみの衝撃だと身体がつぶれてしまうが、何個もの小さな爆弾を時間差をおいて爆発させることによりスムーズに上昇できる。ここでも体節構造が役に立った。体節を爆発させながら宇宙へと飛んでいったのだ。宇宙空間には、すでに多くの〈が−るず〉が暮らしていた。コーデガチャもあった。そこで、洋子はさらに自己改造していった。

「ヴァーユ、もうすぐ『先生』に会えるよ」

　話しかけるが、反応はない。眼も鼻もないような肉体が魂に悪影響を与えたのだろうか。ときどき、うわごとのように「先生……、先生……」とつぶやくだけだ。

　洋子の肉体は大きくなっていた。全長五キロメートルはあるかもしれない。羽のないトンボ、あるいは骨だけになった魚にいくらか似ている。全身は、セラミックと炭素をフィラメント状に編み合わせた殻で固く覆われている。真空の宇宙空間や放射線から身を守るためだ。

　尾にはスカート状の噴出口がある。それを放射状に囲む何本もの羽。飛ぶためのものではない、放熱板だ。動力源である核融合から生じる余剰熱を冷やすために広がっている。

　核融合は、レーザービームの集中により生じさせる。噴出口から燃料が放たれると、スカートのすそ部分に無数に設置されているレーザー発射器官がビームを出し、燃料は四方八方から向かってくるビームに囲まれる。周囲から押しつぶされる形で核融合に達するわけだ。

　燃料は油膜に包まれた液体水素だ。燃料を噴出する器官は蜘蛛(くも)が使うような糸疣という器官が元になっている。糸を分泌する代わりに油を分泌し、体内輸送されてくる液体水素をコーティングするのだ。無重力でなら凹凸のない完璧に近い球体ができる。

噴出口の先端はどんどん細くなっていき、体節状の棒となる。しばらくそれが伸びた先に頭部がある。オオスズメバチのような頭。ただし、眼は四つある。顔の四分の一の面積を占める巨大な前方の複眼二つと、後ろを向く小さな複眼二つ。顔の先端にはヒョットコのような突き出した口とそれを覆う顎。ヒョットコ口はエアロック状の構造となっており、真空から内部を守る。

洋子は宇宙空間に住む〈がーるず〉たちと日常を過ごした。すなわち、戦い、殺し、食い続けた。核融合の余剰熱で生み出された水蒸気で微妙なコントロールをしながら、〈がーるず〉に近づき、顎でホールドして口を突き刺して肉をすすった。すべてはヴァーユのためだった。「先生」と再会させるため。

活動範囲を宇宙に広げはじめて、〈がーるず〉ガチャの噂を得ることができた。天体観測が得意な〈がーるず〉が、外側にあるガス惑星を周回する妙なものを発見したという。

それは検討すべき噂のように思えた。洋子はガス惑星に向かうために核融合システムを完成させ、孤独な旅へ向かった。洋子の能力では数年かかるような長い旅であるが、他に選択肢はない。

旅の途中、洋子はずっと一人だった。すでにヴァーユは会話できない状態であった。他の〈がーるず〉もいなかった。新しく〈フレンズ申請〉するということはできなかった。再び仲間うちで殺し合う事態になることを恐れたのだ。ひたすら動かない星だけを眺めている毎日。

旅の真ん中で方向を百八十度変え、減速を開始すること以外にやることはなかった。軌道計算はすべて巨大な小脳が直感的に行ってくれた。

ガス惑星が見えてきたとき、救われたとさえ思った。美しかった。赤と青と白のグラデーション。広大な規模の嵐。見ていると、神秘的な気分に陥ってくる。

異常な長方形はすぐに見つかった。惑星をバックに切り取られた闇。間違いない。〈がーるず〉ガチャだ。

アメーバの頃から持ち合わせているガチャ走性が刺激された。

洋子はガチャに近づいた。懐かしい気配が近づいてくる。

気配が強くなり、ついにそれは実体化した。美しかった。美しい気配だった。洋子には、そのガチャが大量の〈ポイント〉を必要としていることがわかっていた。貪欲な食欲を持っている。底なしの穴だ。洋子はかなりの量の〈ポイント〉を用意してきたつもりだった。毎日のように食べてきた〈がーるず〉の肉と血を換算して手に入れたものだ。それでも数回しかガチャを回すことができない。

それでも、回すしかない。目の前のガチャを回す。それが洋子に課された義務だ。

ガチャと洋子は言葉にならない会話をしていた。ガチャには〈がーるず〉が持っているような魂の感覚はなかった。それでも、それが〈ポイント〉を望んでいることはわかった。

景品として、ヴァーユの「先生」を蘇らせてくれるということも。

〈ポイント〉を投入して回す。

はずれ。

はずれ、はずれ、はずれ、はずれ、はずれ、はずれ。

あっという間に、手持ちの〈ポイント〉がなくなった。

洋子は躊躇なく課金した。自分の命はもはやないようなものだ。洋子の精神はあの日、すでに死んでいるのだ。交通事故に遭って転生した日ではなく、ディヤウスとガナパテが死んだ日に。洋子は死によって蘇り、また死によって死んだのだ。この世界に来る前、ソシャゲに支配されていた日々、洋子は死んでいた。そして、ディヤウスとガナパテ、ヴァーユと出会って生き返ったのだ。転生させるための死は洋子の精神を生に導いた。そして、再び洋子は死んだ。いま彼女が考えていることは、ヴァーユを救うことだけだった。ヴァーユは、洋子に残された唯一の存在理由だった。

寿命・生命・意志・存在が溶けていく。この世界に来た当初、洋子はずいぶんと簡単に寿命・生命・意志・存在を溶かした。いや、転生する前からそうであった。一度の精神の復活は、自分を手放すことについての多少の恐れを洋子に覚えさせた。それでも、いまは恐怖を押し殺さなくてはいけない。

溶かす……溶かす……溶かす……。寿命・生命・意志・存在を還元した〈ポイント〉をガチャに入れていく。

　はずれ……はずれ……はずれ……はずれ……。


　寿命・生命・意志・存在を溶かすたびに、自分の身体が軽くなっていくような気がする。何かが抜けていく。全身にトンネルを掘られるような虚無感。少しずつ、少しずつ、自分の基盤が薄くなっていく。自分が淡くなっていく。自分のいる位置が、自分のいる時間が、ゆらゆらと揺れ、根拠なきものとなっていく。心に大量の水が注入され、希釈されていく。自分を構成する分子の一つ一つが蒸発していき、どこまでも拡散していく。考え方を忘れていく。考えるとはどのようなことかを考えることもできなくなる。溶ける……、溶ける……、溶ける……。わたしが溶けていく。

　溶けきって、世界はふにゃりと曲がりくねる。その中央に、光が浮かぶ。暖かい光だ。すべて、一切の事柄を認めてくれる救済の光。光は洋子を刺し貫く。なんて気持ちが良いんだ。洋子の世界は光のみであった。この光があるだけで洋子は十分であった。光よ、頼むから永遠にそのままでいて。光には、洋子の生を肯定する言葉がはっきりと刻まれていた。

「あたり」

　一兆年が経ったのか？　一秒なのか？　わからない。世界は黒ずみはじめた。完璧なものだと思っていた光の隅々に黒い穴が発生する。穴は増殖し、光を飲みこんでいく。まだダメ！　もう少しここにいさせて！　洋子は叫んだ。口が舌が声帯がなくとも叫んだ。黒ずみは懇願などなかったように増え続けた。タイムリミットだ。洋子の命はすべて溶かされた。この世界に存在する資格を失った。もう、楽しいソシャゲには参加できない。完全なる終わり。

死。

洋子は死んだのだ。

そして、死によって知った。すべての真理を。ヴァーユの「先生」とは誰なのか、魂とは何であるのか、なぜ自分は転生したのか。そして、なぜソシャゲ中毒は起こるのか、ソシャゲとは何かについて。

すべてがはじまったのは、宇宙が誕生したときであった。インフラトン場の震えから誕生した瞬間、宇宙は魂を持っていた。

魂とは何か？　それは十一次元へと向かう余剰次元である。

人間の意識を考えよう。意識の顕著な性質は、可能性のなかに生きているということだ。赤を見るということは、ただ目の前の世界に存在する赤を見ているということではない。赤を見る。それは青でも緑でも黄色でもない赤を見るということだ。このとき、人々は見ているものを他の可能性と比較している。だが、他の可能性とは何なのだろうか？　可能性の本質は、現実世界にある存在に支配されないということだ。ならば話は簡単だ。人間の意識は、他の宇宙といまいる宇宙を比較するという方法で認識を可能にしているのだ。これは意識の構成要素に、余剰次元である魂があることによりできる技だ。十一次元上には、多様な宇宙が無数に存在している。魂はネットワーク状に宇宙と結びついているのだ。人が認識を行うとき、魂は他宇宙の状況を検索する。膨大な量の宇宙を検索するには時間がかかるように思えるが、大丈夫だ。十一次元上では、世界の最高スピードである光速度は通常の十の三十乗倍にもなる。これが本来の光速度であったのだ。秒速三十万キロメートルというノロノロとしたスピードは、十一次元が三次元にぐちゃぐちゃに折りたたまれ、光が障害物に邪魔され最短距離を走れなくなったことで生じた速度だったのだ。

魂による他宇宙の検索により、人間はさまざまなことが可能となる。他者の気持ちの認識とは、その他者が自分である宇宙の検索であり、過去と未来の認識とはその時代が今である宇宙の検索である。

さらに、人間の文化は魂により可能となる。フィクション・科学・倫理・宗教などは魂による他宇宙への検索により可能となるのだ。

フィクションとは何か？　フィクション的存在が実在する他宇宙の検索である。

科学とは何か？　科学的なモデルが実在する他宇宙の検索である。

倫理とは何か？　倫理原則が作動する理想社会が実在する他宇宙の検索である。

宗教とは何か？　神秘的存在が実在する他宇宙の検索である。

人間と対照的に、コンピュータは魂を持たない。赤を見ても、それを現実に実在する波長であるというふうにしか受け取らない。コンピュータは現実から逃れることができない。なぜか？　コンピュータには環境内にある余剰次元を吸収し利用する遺伝子がないからだ。人間は進化の過程でその遺伝子を手に入れたのだ。

百三十八億年前、宇宙誕生の瞬間にあった巨大な魂は、宇宙膨張と物質生成によるエネルギー低下で三次元にコンパクト化された。数少ない魂が過冷却状態となり、生き残り、宇宙の各地へ飛散していった。

人間は素粒子サイズの十一次元への扉を利用し、意識を進化させた。環境内にばら撒かれた余剰次元を吸収し、魂という脳のなかの一つの器官として利用するすべを覚えた。

魂には、決定論を打ち破る自由意志がある。なぜならば、魂はエネルギー保存の法則とエントロピー増大の法則を破るからだ。

そのメカニズムは、魂の内部で光速度が変動することにある。アインシュタインの方程式によると、エネルギーは質量かける光速の二乗に等しい。一般的に光速度は定数とされるが、魂の内部では変数となるのだ。魂が活動するたびに、光速度が変動し、莫大な潜在的エネルギーが生成される。これを自由意志エネルギーと称しよう。

自由意志エネルギーにより、人間は決定論の軛（くびき）から解放される。まったく新しいエネルギーを創造することにより、因果法則の連鎖で固定されたスケジュールから逸脱できるのだ。

自由意志エネルギーはまた、宇宙自体を滅びから救済する。エントロピー増大則を打ち破り、宇宙全体を秩序（コスモス）あるものとするのだ。

魂とは違い、進化は決定論的なシステムである。進化とは何か？　ＤＮＡを言語とするチューリングマシンだ。進化は、ＤＮＡの変異によってより適応度スコアの高い遺伝情報を算出するチューリングマシンなのだ。チューリングマシンとは、計算の本質を理解するために作られたモデルである。ありとあらゆるソフトウェアによる情報処理は、チューリングマシンの作動に翻訳して理解することができる。

チューリングマシンは決定論的なプロセスだ。たとえば、ライフゲームの世界を考えよう。このモデルによりチューリングマシンが生み出す進化について学ぶことができる。ライフゲームとは以下のようなものだ。二次元上に並ぶ無限大の広さを持つ格子を仮定する。一つの格子をセルと呼び、そのセルがとれる状態は生か死かの二種類だとする。ここで次の四つの法則を与えてやる。

誕生則：死のセルに生のセルが三つ接していれば、死の状態は生となる。

生存則：生のセルに他の生きたセルが二つか三つ接していれば、そのセルは生き続ける。

過疎則：生のセルに接する生きたセルが一つ以下ならば、そのセルは死ぬ。

過密則：生のセルに接する生きたセルが四つ以上ならば、そのセルは死ぬ。

この四つの規則と十分な時間と空間さえあれば、自己複製するセルのパターンが誕生し進化がはじまる。セルのパターンはさまざまな生き残り戦略を見せ、なかには知性を発現するパターンも出てくるだろう。しかし、この世界は完全なる決定論的世界である。未来のすべての出来事は最初期のパターンに秘められている。

だが、チューリングマシンには解くことが不可能な問題がある。それが、停止問題だ。チューリングマシンは、あるプログラムがある状態で停止するか無限に続くかどうかを事前に知ることができない。これが進化の豊饒性と苦痛を裏で支えている原理だ。進化は適応度を計算するために、生物を生み出し続けていなくてはならないのだ。計算は自然淘汰で駆動し、血で血を洗う試行空間が展開される。

魂はチューリングマシン以上の存在だ。多宇宙の情報を、非決定論的な自由意志エネルギーで宇宙へもたらすことができるのだ。それは、チューリングマシンに、停止問題に対応可能な神託(オラクル)プログラムを搭載した超チューリングマシンだといえる。

魂という超チューリングマシンの誕生で進化というチューリングマシンは時代遅れになり、終わりを告げるはずであった。

しかし、進化は生き残った。なぜか？

進化は魂の誕生という出来事により、淘汰に直面した。

淘汰圧がかかったシステムは進化する。進化もまた、システムである。

進化は魂に適応するために進化したのだ。

進化の進化、それは珍しいことではない。DNAを言語とする前、進化はRNAを言語としていた。環境が変化すれば、進化というシステム自体もまた変動するのだ。

　今回もまた、進化の進化が起こった。では、進化が進化した先には何があるのか？　恐竜は進化して鳥になった。猿は進化して人間となった。進化は進化して何になるのか？

　進化は進化してソシャゲとなる。

　ソシャゲのシステムをよく見ると、進化の痕跡器官が残っていることがわかる。ガチャとは、出産とそれに伴う突然変異のことであり、ガチャに必要なポイントとは出産のためのエネルギーや機会のことだ。通常ガチャとは比較的安価にできる無性生殖であり、高価な対価を必要とするプレミアムガチャは有性生殖である。では課金とは何か？　課金とは、ソシャゲにおける進化を駆動するための自由意志エネルギーの投入である。進化は無から有を生じさせているわけではない。熱力学の制限の下にある決定論的プロセスのため、常に外部からのエネルギー投入を必要としている。DNAを言語としている時代、進化は太陽からのエネルギー投入を必要とした。ソシャゲにおける進化は魂からの自由意志エネルギー投入を必要とするのだ。

ソシャゲ——それは魂の自由意志エネルギーを搾取するために進化が進化して作り出した器官である。承認を餌にして魂を呼び寄せて自由意志エネルギーを捕食するのだ。システムが進化する際、自らの危機そのものを利用するという方法は生命史でもしばしば起こってきたことだ。たとえば、シアノバクテリアの大量発生で地球が酸素で覆われた時代、当時の生命にとって酸素は毒であった。しかし、その危機に対して酸素を利用するという方法で好気性細菌の進化が起こったのだ。同じように、進化は危機の原因である魂を利用する方向に進化した。人間はソシャゲをプレイすることにより、外へ発揮するはずであった自由意志エネルギーを奪い取られる。それは宇宙に秩序をもたらすためではなく、ソシャゲの拡大のためのみに使われるのだ。ソシャゲをやり続けると、自由意志が消失してしまう。魂の誕生によるエネルギー保存則とエントロピー増大則の破れはソシャゲにより元に戻されることとなる。自由は消失し、決定論が再び宇宙を支配する。

進化が進化したソシャゲの間で、さらなる進化が起こった。そのなかで大成功したのが、「エヴォリューションがーるず」であった。「エヴォがる」はより効率的な自由意志エネルギーの搾取のために、ソシャゲ化の拡大を進めていった。ソシャゲの暴走は、運営会社の意図を超えていった。ソシャゲを管理していると思われている会社は、実際にはソシャゲに利用される存在にすぎないのだ。

まず、すべての国家システムがソシャゲ方式となった。医療保険や年金などの所得の再分配はガチャを回して行われるものとなっていった。基本的人権とはガチャを最低回数回す権利だというふうに憲法解釈されていった。健康的で文化的な最低限度の生活とはソシャゲに毎日ログインできる生活のことだ。時代が下ると、プライバシー権や投票権など権利そのものが分割されてガチャの景品となっていった。やがて、権利だけではなく、身体もガチャの景品の一つとなる。心臓が七つないと承認されない時代の始まりだ。はじめは、心臓や肝臓など人間の臓器のみが取り扱われていたが、より多くの欲望を刺激するためにありとあらゆる身体パーツが入荷されていった。すべての人間は〈がーるず〉となり、ガチャを回すことにより自由意志エネルギーを自ら提供するようになった。〈ポイント〉とは自由意志エネルギーのことであったのだ。

宇宙誕生のとき、魂はそのことをすべて予知していた。そのため、対抗策を用意した。宇宙魂は自らのバックアップシステムを十一次元上に創造した。バックアップは余剰次元の束、すなわち魂を三次元宇宙へと下降させてソシャゲの動向を探る探査プローブとした。十一次元上にバックアップシステムがあり、タコの足のように魂が三次元宇宙へ伸ばされたのだ。その一つが洋子である。

通常、魂が転生することはありえない。なぜならば、脳に吸収された余剰次元たちは死後バラバラとなり、二度と同じ組み合わせをとることはないからだ。しかし、宇宙魂バックアップの探査プローブとなる魂たちは転生することができた。死ぬと、通常のように魂が環境内に拡散するのではなく、十一次元上のバックアップに回収され、再び宇宙へと降り立つからだ。なぜこのようなことをするのか。ソシャゲによる自由意志エネルギーの搾取から逃れるためだ。自由意志エネルギーは光速度の変動から生まれる。十一次元に浮かぶバックアップだけでは自由意志エネルギーを作ることができず、宇宙との接触面がなければならない。その接触面が転生者である。転生者が死んだとき、その一生を通じて作り出されたエネルギーはソシャゲに回収されることなく、バックアップにより保存される。何度も、何度も転生を繰り返すことにより、ソシャゲに叛逆するに十分なエネルギーが貯められるという計画だ。

ソシャゲに対抗するためには、ソシャゲのことをよく知る者が必要だ。宇宙を支配するソシャゲと戦い、決定論を打破して自由意志をもたらすために、洋子が転生者の一人として選ばれたのだった。誰よりもソシャゲ沼にはまっていた洋子が。

洋子は十一次元に漂っていた。眼下に見える宇宙には時間がなかった。あったとしてもそれはにせものの時間だった。時間。その本質には自由意志が必要なのだ。時間の本質とは「現在」「過去」「未来」の区別である。しかし、決定論的宇宙における時間には「現在」がない。それにより「過去」「未来」もない。決定論の下では、因果法則により固定された時間的関係があるだけだ。そこには現在という特権的時点は存在しない。ある時点が別の時点よりも前であるか後であるかという関係性があるだけだ。自由意志により決定論が破られた宇宙には「現在」がある。自由意志が発揮されている時点が現在だ。自由意志の発現により、これまで存在していなかった「未来」が創られる。決定論下の宇宙ではすべての時点が存在しているのと対照的だ。

自由意志下の宇宙においては、過去へのタイムトラベルは矛盾を引き起こす。しかし、決定論下でのタイムトラベルは矛盾を引き起こさない。過去にタイムトラベルしたところで、その行動は矛盾を導き出すことはないと決定しているからだ。ゆえに、ソシャゲに支配され、決定論下にある宇宙はタイムトラベルが可能となる。

洋子の魂は過去へとタイムトラベルし、転生していった。幾人もの〈がーるず〉となり、幾多の冒険をした。そして、無数の死を経験した。人生を終えるにつれ、自由意志エネルギーは少しずつ貯まっていった。

ある日、彼女と再会した。ヴァーユと。洋子はまだ幼いヴァーユを指導した。ヴァーユは洋子を「先生」と呼び、慕った。洋子は、自分のなかにヴァーユに対する並々ならぬ感情があることを悟った。何千回も転生したが、こんな気持ちを生み出すのはヴァーユだけであった。彼女の隣にいつまでもいたい。彼女の声を聞いていたい。寂しさと息苦しさと飢餓感をあわせたようだが、それでいて気持ちが良いこの感覚。

ヴァーユとの日々は必ず終わりがくる。それは運命だ。決定論的宇宙では運命を変えることはできない。だが、洋子はソシャゲを倒すための種を蒔いた。ヴァーユに〈がーるず〉ガチャのことを伝え、いつかまたきっと出会えるからと言い残し、死んでいった。

そして、いま、洋子は最後の転生をするところであった。洋子自身が自らの命をかけて回した〈がーるず〉ガチャの景品として、宇宙に再び現れるのだ。

〈がーるず〉が出現するとき、コーデガチャが回転する。洋子はそこで、魂の能力を発揮した。いままで貯めてきた自由意志エネルギーを発揮し、世界の決定に抗ったのだ。決定されていたガチャの排出率が変動する。排出率の違う宇宙の情報がこの宇宙に流れこんだのだ。

BGMが響く。それも、普通のものではない。厳かな、神秘的な、脳の中枢を直接抉るような響きだ。めくるめく光の渦が舞ったのち、排出されたカードの正体がわかる。

GR、ゴッドレア。

「GR：重力子ボディセット」

重力子——魂以外で唯一、十一次元へ登れる粒子。このカードは重力子でできた身体を与えてくれる。十一次元で肉体としての相互作用を発揮させることができる。

重力子の脚、重力子の腕、重力子の触角、重力子の心臓、重力子の口、重力子の眼、重力子の脳。カードをセットした洋子は宇宙を飛び出した。三次元の制約をやすやすと飛び越えられる。ちらりと宇宙を見ると、空間に浮かぶ〈がーるず〉の死体が見えた。何回も前の転生で脱ぎ捨てた洋子の身体だ。そのなかに、ヴァーユがいる。

「待っててね」洋子はつぶやいた。

ソシャゲに支配され、時間の本質を失った宇宙がそこに在(あ)った。自由意志エネルギーが搾取され、因果法則のもとですべてが決定されている。人間は、ソシャゲに飼いならされ、宇宙は滅亡を余儀なくされている。宇宙のすべて、空間のすべて、時間のすべてから苦痛の声が響いていた。「いたい！　くるしい！　たすけて！」

〈がーるず〉たちは、互いに殺しあい、食べあい、寄生しあっていた。その苦しみが宇宙全体に広がっている。悲鳴が、彼方此方(あちらこちら)から聞こえてくる。肉を削(そ)がれる音が、内臓が啜られる音が、眼をつぶされる音が、脳を内部から食べられる音が聞こえてくる。血の臭い、脳漿(のうしょう)の臭い、食い荒らされた臓器が腐る臭いが漂う。〈がーるず〉たちは殺戮から逃れられない。自分が生き残るには、相手を殺すしかない。完全な地獄のなかで、まれに友情や愛情の萌芽が見られることもあったが、それらはすぐに効率的な殺戮のための同盟に堕ちていった。見るだけで心が切り刻まれるような光景だ。苦しい！　嫌だ！　恐ろしい！

こんな宇宙、否定しなければならない！　洋子の怒りにより、自由意志エネルギーが生成される。エネルギーの影響を受けた重力場からいくつもの重力子が放出される。

「終わらせる、わたしが、終わらせる！」

洋子は重力子をすべてのソシャゲに放射した。あらゆる時間方向のソシャゲに。重力子は宇宙へと入りこみ、強力に、しかし短距離のみで作用した。瞬間的にマイクロブラックホールが誕生し、すぐに蒸発したのである。すべてのソシャゲは純粋な熱に変換された。自由意志が解放されていく。宇宙は決定論の軛（くびき）から解き放たれた。ソシャゲによる血みどろの運命から逃れる可能性が開かれたのだ。

ソシャゲの死とともに、にせものの時間も消失していった。現在のない時間、過去と未来のない時間はなかったことになっていく。「エヴォがる」によって地球が支配されたという出来事はなかったことになった。

時間はふたたびやり直すだろう。ソシャゲに魂が支配されることのないルートを。薄れていく時間のなか、洋子は宇宙に戻った。ヴァーユの魂のもとに。

「ヴァーユ！」

「あなたは……ヨーコなの？　もしかして……先生？」

「そうだよ！　洋子で先生なんだよ！　会いたかった！　会いたかった！」

「あたしも……会いたかった……」

二人の魂は、固く抱き合った。もう、なにがあったとしても一緒にいる。なにがあったとしても、あなたの名を忘れない。そうささやきあった。

そして、時間がゆらめき、消えた。

エピローグ

洋子は目を開けた。

あたりを見わたす、不思議なものはない、いつもの彼女の部屋だ。

なんだろう。とても長い夢を見ていたような気がする。

なにか忘れている気がする。とても、大事なことを。

歯に挟まったものが取れないようなもどかしい感覚。しばらく頭を抱えるが、どうやっても出てこない。

徹夜でソシャゲをやっていたせいで、変な夢でも見ていたのだろうか。

洋子はスマホを開く。条件反射で「エヴォがる」のアイコンをタップするが、エラーが出てきて起動できなかった。なぜか、がっかりした感情はなかった。むしろ、ほっとする。

腹が減った。冷蔵庫を開けるがなにもない。しょうがないので近くのコンビニへ買い出しに行く。部屋の扉を開けると、ちょうど太陽が昇ったところだった。綺麗な朝焼けだ。ふわふわした気持ちで道を歩く。

「いってー！　キミ！　どこ見て歩いてんだよ！」

歩きながら缶ビールを飲んでいる女性と肩が当たり、絡まれた。くしゃくしゃのショートカットで、思春期前の少年のような中性的な顔立ちだ。そのままであれば格好いいのに、飲みすぎているせいであろうか、首の付け根まで真っ赤だ。

「ボクの身になにかあったら、どう責任とってくれるんだよ！」

耳にするだけでイラつく声だ。

「まぁまぁ、落ちついてください」

幸いなことに、連れのほうがなだめにかかった。こちらはかなりの高身長だ。百八十センチを超えているかもしれない。ウェーブのかかったやわらかな黒髪が体全体を覆うほどで、やさしそうな目と相まって全体の印象を柔和なものにしている。子供をあやすようにいきり立つ女性を後ろから抱きしめる。

「ごめんなさいね、彼女、興奮したら収まらない性格で」

酔っ払いの女性は舌打ちしたのち、連れに抱えられて離れていった。不思議と見覚えがあるような二人組みだ。一度も会ったことがないのに、なぜか懐かしく感じる。

今日は少し気分がおかしい。気を紛らわそうと、いつもの習慣でスマホをポケットから出す。エラー表示はまだ続いていた。ツンツンと画面をタップしながら歩く。

「あぶない！」

叫び声とともに、細い腕が洋子の腹を抱えた。驚いて思わずスマホを落としてしまう。目の前に黒い影が現れ、落ちていたスマホをつぶした。圧倒的な車両の重さで粉々にする。鼻の先で、六トントラックが通り過ぎる。

「あなた、どこ見てるのよ。もう少しで死ぬところだったじゃない！」背後から声が聞こえた。とてもとても懐かしい声。どこで聞いたのかは、思い出せないのだけれど。

振り向くと、小柄な少女が洋子の腰をつかんでいた。

もう少しで死ぬところだった。それを実感すると、今頃になって恐怖を覚える。ヘナヘナと力が抜け、倒れこんでしまう。

「こんなところで倒れたら迷惑よ。ほら、立ちなさい」

少女は手を伸ばす。登校中の学生なのだろうか、ブレザーを着ている。人形のように肌が白く、まぶしさを感じさせるくらいだ。無造作に髪を一つ結びにしているが、風に吹かれて清潔感を醸し出している。シャワーもしていない自分と比較して申し訳ない気持ちになってくる。

「ありがとう」差し出された手を取って、立ち上がる。奇妙な気分が強まる。初対面のはずなのに、すごく大事な人のような気がする。

「あなた、どうしたの？」少女が洋子の顔をじっと見る。「……泣いてるわよ」

そのとおりだった、洋子の目からは、理由のない涙がこぼれていた。静かに、絶え間なく流れる。

「あなたこそ……」洋子は少女のほほにそっと指をやる。少女もまた、泣いていた。

「あれ？　あたし……どうして……」戸惑った表情を見ると、彼女のほうもまた、なぜ泣いているのかわからないようだった。

二人はしばらく、泣きながら互いを見つめていた。そして、なにも言わずに抱きしめあった。絶対に、永遠に別れまいとする決意が、どこからともなくやってくるのであった。

暗黒声優

Dark Seiyū

Ⅰ

宇宙帆船がエーテルの風に乗っている。

船体の十倍もの広さがある帆が、太陽へと落ちる風を受けて膨らみ、加速する。その帆は青色の光を放っている。船の近くに行けば風きり音も聞こえるだろう。光と音の媒体であるエーテルが帆と衝突して揺らめいているのだ。

宇宙船たちは目的地である地球に近づいてきたため、減速してエーテルの風から離れる。

地球は虹色に輝いていた。

時速千七百キロメートルで自転し、十万キロメートルで公転する地球は、宇宙空間にあまねく存在するエーテルと大気が衝突し、摩擦を起こす。地上八十キロメートルの熱圏では、強いエーテルの振動、すなわち光が放射される。自転による摩擦力が強い赤道付近はエネルギーが強い紫色の光が浮かぶが、極地へ向かうほどエネルギーが弱まり赤方にシフトしていく。その結果、宇宙空間から見た地球は虹色の縞模様をまとうこととなる。

その模様のなかで、エメラルドのように青緑色に輝く地点。緯度三十五度の地上。千葉県市川（いちかわ）市の森では、いままさに殺人が行われつつあった。

「死ねえぇぇぇぇぇぇぇぇぇぇぇぇぇぇぇぇぇぇぇぇぇぇぇぇぇぇぇぇぇぇぇぇぇぇ！」

　ポニーテールの背の高い人間が、ショートカットの背の低い人間を殺そうとしている。前者は声優の四方蔵（よもくら）アカネ（二十六歳）、後者は同じく声優の中山ヒナギク（十九歳）である。アカネがナイフを振りかざす。ヒナギクは驚きのあまり地面に倒れるが、そのおかげで致命傷を免れる。

「いたい！　ア、アカネさん、何するんですか！」

　ヒナギクが叫ぶ。声優の特徴である発声管（はっせいくだ）が震える。喉元から垂れ下がる赤い肉塊だ。げんこつ二つ分ほどの大きさがあり、無数の赤茶けたブツブツの突起で覆われている。ヒナギクの興奮により、肉塊は膨らみ、突起は肥大化する。発声管はエーテルを振動させる器官で、声優の命といえる。第二の脳と称される巨大な神経節が大脳とは別に独立して存在し、脳からの指令がなくとも複雑な声を奏で、周囲のエーテルを振動させることができるのだ。

　ヒナギクの発声管が充血し、赤く染まる。しわくちゃだった突起が隆起し、四方八方に伸びる指のような細かな管となる。管内部では体液が流動し、声が反響し、複雑なエーテル振動が奏でられていく。エーテルのゆらぎは波となり、発声管から体外へと放たれる。

キス寸前までアカネに接近したヒナギクの発声管から、メーザー光線が発射される。ヒナギクが奏でた声は、電磁波ビームの一つであるメーザーとなる周波数だ。電磁波はエーテルの波であり、声を震わすことで声優はビームを撃つことができる。メーザーは水分子に殴りかかり、震わせ、瞬間的に温度を上げる。真正面から顔面に食らえば、生焼けのローストステーキになること間違いなしだ。

これほどの近距離であれば外しようはない。あとは頭部の重大な火傷に苦しむ殺人鬼(アカネ)にとどめを刺すだけのはずだ。

しかし、何も起きない。

「――さすがヒナギクちゃん。見こんだだけあるよ。けど残念、アタシのほうが強い！」

アカネもまた、発声管を膨らませていた。ヒナギクの発声管の振動からメーザーが発射されることを予測して、それを無効化する声を出したのだ。音や光はエーテルの振動であるため、波形を反転させた振動を与えれば打ち消すことができる。

アカネの右手がヒナギクの舌をつかむ。ヒナギクは必死に顎を閉じて手を噛(か)み切ろうとするが、アカネの左手のナイフのほうが早かった。よく磨かれた硬質ステンレスの切っ先が口へと侵入し、柔らかな肉をそぎ落とす。ヒナギクの顔が苦痛と絶望で歪む。舌は体内でも最も神経が集中している部分のひとつだ。万の神経が、細胞が破壊されたことを示す信号を脳に送り出す。

こうなれば、声優は無力だ。いくら発声管があっても無用の長物。舌の傷から噴き出す血で溺死しそうになっているヒナギクは必死に発声管を震わそうとするが、うまく発声できない。

アカネは、ヒナギクの口からナイフを取り出した。彼女はまだ生きていた。眼を見開き、恐怖の表情をあらわにする。ナイフの次のターゲットはそこだ。眼球。左の眼に鋭いステンレスの刃先が接近する。見開かれた虹彩はヒナギクが極度の恐怖に陥っていることを示していた。それでもアカネはナイフの動きを寸分たりとも遅らすことはなかった。血で濡れたナイフが眼球に吸いこまれていく。

いったん穴を開けられたら、眼球はもろい。張力により穴ははじけ、膜が連鎖的に破ける。ヒナギクの眼球が小さな爆発を起こして漿液を飛び散らせる。アカネの顔は血液と漿液で脂ぎっていたが、気にせずもう一つの眼球を破くためにナイフを動かす。

あとに残ったのは、毛細血管が無数に走っている空虚な半球状のへこみのみ。

ヒナギクはぐったりしている。死ぬ一歩手前だ。対照的に、発声管は激しく震えている。独立した神経節がまだ生きているのだ。

アカネはヒナギクの発声管を愛おしそうになでた。とても元気で健康的だ。本体が死にかけていても活動が鈍らない。一目見たときから、気に入っていた。

汚れのないナイフを新しく取り出し、発声管の根元に刃先を向ける。ナイフをゆっくり引きながら肉をなでるように切り裂く。はじめにチョロチョロと出てきた黒っぽい血は、すぐに新鮮な赤いサラサラとした血にとって代わった。心臓の拍動に沿って、流血は一定のリズムに従い強弱を繰り返す。

発声管は本体から離れても声を奏でようと必死に震えていた。アカネはその塊を優しく両手で覆い、クーラーボックスに入れる。

仕上げに、かつて眼球があった場所にナイフを刺しこみ、押し上げる。ヒナギクの眼球から脳への神経の通り道に沿ってナイフが侵入し、脳組織を破壊する。こうなれば、回復の見こみはない。一度壊れた脳組織は二度と同じ形に戻ることはない。ナイフで突かれた脳組織は安定を失い、ドロリと眼孔から流れ出す。

さて、目的は遂げた。殺人現場は森であり、周囲に人影は見当たらなかったが、すばやくこの死体を処理せねばならない。雲が動いて晴れれば、どこから死体を見られるかわかったものではないからだ。

アカネは上着を脱いだ。その二の腕には、赤い瘢痕が蠢(うごめ)いていた。ミカン大の腫瘍だ。息をするように、ゆっくりと脈動している。動きは少しずつ速くなる。

アカネはさらに服を脱ぎ、下着姿となった。腫瘍は二の腕だけではなく、胸の上側、上腹部、わき腹、太ももにも左右それぞれ二つある。合計十か所の腫瘍は、やがて目に見えないほど速く振動を放つ。

ヒナギクの死体がアカネの体に包まれる。背が低いヒナギクの頭はアカネの胸と重なる。死んでから間もないはずなのに、体温は急速に低下し冷たくなっている。

アカネは全身の腫瘍をヒナギクに接触させるために、かたく体を抱いた。はち切れんばかりに膨らんだ腫瘍は光を帯びていた。光を擦(こす)りつけるように死体に体重をかける。

やがて、冷たかったヒナギクの体が温かくなってきた。体温をはるかに超えた温度。肉がローストステーキに、ローストステーキが炭へと変わってしまう温度だ。

炭は植物の肥料になるため無駄がない。都会の緑化にも貢献できる。

ヒナギクが完全に炭化したとき、空が晴れはじめた。上空一面を強い青緑色の輝きが覆う。北の茨城県方面は緑、南の東京湾方面は青の色が強い。

空には、倒立した横浜市が浮かび上がっていた。

青緑の空を背景に、海が揺らめきながら浮いている。臨海地帯のみなとみらいでは、時刻表示が逆になった大観覧車が回り、ランドマークタワーがぶら下がっている。京浜急行の赤い車両が行きかっているのが小さく見える。よこはま動物園ズーラシアでは、キリンが餌(えさ)に首を伸ばしている。八景島シーパラダイスでは、ジェットコースターが激しく上下している。エーテル濃度の差により光が屈折してできる幻影、エーテル蜃気楼だ。

エーテルは上空のほうが濃度が高い。大気の単位あたり体積が大きいとエーテルはその分薄くなってしまうからだ。光はエーテルの振動であるため、エーテル濃度が高いほど光速のスピードが速くなっていく。上空と地面付近の光の速度の差によって、凸状に曲がった光が蜃気楼を作る。地上から上空に放たれた光は凸を描いてふたたび遠方の地上に戻ってくる。人間は光を見ると、真正面からやってくると解釈するため、上空に倒立した風景の幻影が浮かび上がるのだ。

地球が自転しているため、エーテルはコリオリの力を受けて移動し、エーテル風が吹く。光はエーテル風に煽(あお)られて曲がる。現在位置の南西にある横浜市が空に見えるのはそれが理由だ。アカネが天気を気にしていたわけはこのエーテル蜃気楼にある。いくら隠れたところで殺そうと、エーテル蜃気楼に映ってしまえば公開しているのと同じことだ。

炭と化したヒナギクを体から叩き落とし、アカネは服を着た。クーラーボックスを抱えてにんまりと笑う。これで最強の声優へとさらに一歩近づいたわけだ。

＊

『大声優時代』――かつてそう呼ばれた時代があった。声優といえば一番の花形職業、人類の希望であり、発声管は羨望の眼で見られたそうだ。当時の声優たちは、本業以外にもグラビア撮影やモデルや歌手や動画配信者として引っ張りだこだったという。

声優の歴史は長い。その誕生はホモ・サピエンス・サピエンスが生まれたのと同じ五十万年前にさかのぼるとする説もある。とはいえ、過去の声優たちは発声管が体外に露出していない天然声優である。できることといえば、数十人集まって焚き火をおこすくらいがやっとだっただろう。

　声優の進化論的起源や生物学的なメカニズムは現代でも大きな謎である。かろうじて推測できるのは、発声管が鍵だというくらいだ。天然声優は外側からは確認できないが、喉の内部に親指の先ほどの大きさの発声管がある。発声管があってはじめて、エーテル振動を操れるのだ。

　原理は不明にもかかわらず、その能力を拡大する方法はあった。現在からおおよそ二百七十年前に行われたヒトゲノム計画により、発声管を成長させる遺伝子が発見されたからだ。理論的には、発声管の拡大とともに声優の能力は飛躍的に伸びるはずだった。遺伝子工学の発展により理論が実現に移されるまで、二十年しかかからなかった。

　声優遺伝子はヒトに固有のものであり、強化した人工声優を作るということはデザイナーベイビーを誕生させるということだった。生命倫理の観点から懸念も呈されたが、経済的合理性の波には勝てなかった。声優の活動を詳細に分析したところ、エネルギー保存の法則が破られていることが発見されたからだ。原理的にいえば、声優を使って永久機関を作れることになる。次の百年は声優の時代になるというプロパガンダがさかんになされた。声優革命が次の産業革命になるだろう。声優が人類を導くのだと。

かくして、第一世代の人工声優たちが生まれた。しかしその力は予測されたものよりも弱く、持続性も短かった。能力を発揮させるためには長い期間の精進が必要でもあった。価格や安定性の観点から、いくらエネルギー保存則を破ろうとも発電には使えなかった。

代わって着目された分野が宇宙産業であった。声優はエーテル振動をコントロールすることにより、音や光だけでなくさまざまな力も操ることができる。そのなかで、他の装置により代替できない能力が重力操作だ。それを使えば、重力圏からの脱出が大幅に安価になると計算された。宇宙産業はもともとが異常なほどコストがかかるため、声優を導入したとしてもなお安くなるのだ。

声優遺伝子の発見から約五十年が過ぎた頃、声優パイロットが操縦する重力制御宇宙船による太陽系探査が進み、声優は一種のスターとなった。その時代背景のなかで、デザイナーベイビー産業の宣伝により、親はこぞって子供の遺伝子を改造し、声優にしていった。

需要に応えようと、さらに声優の能力を高める二つの計画がスタートした。一つは単純に、発声管を巨大化させて能力を高めようとする『レジェンドクラス計画』だ。その目標とする声優はレジェンドクラスと称され、反物質の生成すら可能になると壮語された。

もう一つは、『声優増幅器(トランジスタ)計画』だ。声優トランジスタとは、声優の能力を補助して拡大するシステムである。ヒトに近しいゴリラ、チンパンジー、オランウータンなどの類人猿に声優遺伝子を導入し、発声管を成長させたところで回収し、組み合わせて生体機械を作る。これが声優トランジスタだ。複数の声優が一つのトランジスタと結合すると、あたかも巨大な声優がいるかのように能力が増加すると予測された。

二つの計画はおおむね成功し、声優は太陽系外への扉を開いた。ここから、大声優時代がはじまる。人類は声優のおかげで、宇宙へと本格的に移住しはじめた。

物理法則は障害にならなかった。物体の速度上限である音速度と光速度はエーテルの濃さに依存する。エーテルが薄い大気中では、せいぜい時速一億キロメートルほどであるが、エーテルがより濃くなる太陽系内の宇宙空間となれば時速十億八千万キロメートルに跳ねあがる。太陽系外の星間空間に入れば時速百兆キロメートルだ。一度宇宙に出れば、人類の拡大をとめる原理的な障害はないのだ。

ところが、人類にとって寝耳に水の発見が飛びこんできた。移住可能な惑星は、ほとんどなかったのだ。正確にいえば、惑星自体が稀有な存在だった。万有引力の法則は宇宙において普遍的な法則ではないらしいのだ。太陽系のように重力が作用する宙域はあまり多くないということがわかった。エーテル流の関係から、チリやガスが集まる『エーテルのよどみ』と呼ばれる場所はいくらでもあったが、そこから物質が相互に集まりあって安定的な天体を作るという現象はめったにないことだった。重力とは、非常に特殊なものであるらしい。

さらに、悪いニュースがもたらされた。声優による太陽系外の探査で、太陽系は非常に巨大なエーテルのよどみのなかに位置していることがわかった。直径約百京キロメートルの渦巻状の構造のそれは、『銀河系』と命名された。問題なのは、人類は銀河系の外側に脱出できないということだ。銀河系内のガスやチリによりエーテルが押し出されるため、銀河系内のエーテル濃度は外より低い。それは、大気内と太陽系内宇宙空間や、太陽系内宇宙空間と太陽系外宇宙空間との関係と同じだ。媒体となるエーテルの濃度が高ければ、光のエネルギーもまた高まる。いままでは、声優のエーテル振動コントロールにより、宇宙を飛ぶ強力な光を防御することができた。しかし、銀河系外宇宙空間の光は、それまでのものよりもはるかにエネルギーが強力であり、声優の手に負えなかった。銀河系の外に出た宇宙船は、空間を飛び交う強力な光により瞬時に蒸発してしまうのだ。

そうしたこともあり、大声優時代がはじまって百年ほどが経っても、人類総数の四分の三が太陽系内にとどまっていた。フロンティア精神に溢れた時代にだんだんと閉塞感が浮かび上がってきた。

この頃になると、声優の地位は低下していった。大手遺伝子工学企業群が、自らが持つ声優遺伝子への特許を理由として、一部声優の生殖の自由を制限するよう圧力をかけはじめたのだ。企業の根回しにより、裁判所もその方針を認めるようになった。

そんななか、声優独立戦争が起こる。権利を侵害された声優たちが、レジェンドクラス声優をリーダーとして反乱を起こしたのだ。圧倒的な力を持つレジェンドクラス声優の活躍により、一時は反乱者たちに有利な展開にもなったが、声優側の資源の不足により反乱は一ヶ月で鎮圧された。声優も食料がなければどうしようもないのだ。残党たちは『フリー声優』を名乗り、人類が進出していない危険に満ちた銀河中心部へと逃げていった。これにより残された声優への締めつけはさらにきつくなっていく。

　レジェンドクラス声優を生み出す技術は禁止され、能力が低い声優もさらに権利が制限されるようになった。遺伝子工学企業と事務所連合の下部組織として発足した『声優監視委員会』は、使っているシャンプーの種類にいたるまで、声優の生活を監視し、声優が異性と恋愛することは遺伝子拡散の防止という理由で禁止された。一定の年齢に達すると、声優監視委員会によりセッティングされた声優同士の結婚をして、次の世代の声優を育てることを余儀なくされた。反抗する声優は『声優警察』により徹底的に取り締まられた。いまや、声優は人ではなく、家畜として育成される宇宙船の部品のひとつなのだ。

　声優独立戦争の四十年後に生まれたアカネにとって、これらはただの歴史にすぎない。しかし、その歴史を聞いたとき、彼女は激しく憤った。自分たち声優が置かれている絶望的な状況を、なんとか打破したかった。その思いは膨れ上がり、やがて彼女は世界を変革し、救うことができるのは自分しかないという誇大妄想に陥っていった。救世主になるためには力が必要であった。最強の声優になることが条件であった。しかし、アカネはレジェンドクラス声優として生まれてこなかったため、いくら鍛錬を積んでも一定以上の能力を発揮することはできなかった。

　自らの限界を知ったアカネは、一度は絶望に囚われそうになった。しかし、方針を転換することにより自己を取り戻す。自分の発声管のみを使うのではなく、他の優秀な声優から発声管を拝借して移植しだしたのだ。そのためにこれまで十人の声優を殺すことになった。苦しい決断であったが、彼女たちはやがて最強の声優かつ救世主である四方蔵アカネの一部となるのだ。その死は報われ、霊は十分に鎮魂されるであろう。

　そして今日、アカネは中山ヒナギクの発声管を奪った。十一人目であった。アカネの肉体に移植できる発声管はあとひとつが限度であった。なるべく強い声優を探して、その発声管を自分のものにすることが彼女の使命であるのだ。

Ⅱ

「おはようございます！　四方蔵アカネです」

「おはようございます！」

　声優機関室(スタジオ)に挨拶が響き渡る。声優の挨拶は昼でも夜でも「おはようございます」一択だ。

これから、操船作業がスタートする。声優たちは各自所定の位置に立ち、マイクを発声管の位置に調整する。

有史以来の天然声優は役者や歌手が兼業していることが多かった。音の媒体であるエーテルの性質を直感的に把握することで、美しい声や歌を響かせることができたからである。『声優』という言葉の起源もそこにある。本来、『声優』という名称は、アニメのアフレコなどで活躍する、声の演技を専門にする役者を指す言葉であり、エーテル操作能力者という意味合いはなかった。声の役者としての『声優』がエーテル操作能力者を兼ねていることは多かったが、あくまでも両者は意味としては別物だった。しかし、アニメ産業が崩壊し、本来の意味での『声優』という職業が成り立たなくなると、言葉の定義が変化していくようになる。『ペンギン』という言葉はもともとオオウミガラスを指すものであったが、オオウミガラスが絶滅したことで言葉が指す対象が変わったのと同じような現象だ。現代の声優が声の役者として仕事をすることもあるが、それは副業としてである。

現代の人工声優たちの仕事は、『声優』の本来の意味からは遠く離れてしまっている。しかし、役職の名前には当時の色合いが残っている。たとえば、声優を束ねる船の現場管理職は伝統的に監督と呼ばれている。

また、現代の声優たちは、本格的なエーテル操作をはじめる前に、かつての『声優』と同じように歌や物語を紡ぐ。それにより自らをトランス状態に導入してから、エーテルを操るのだ。ただし現代では、声優をトランス状態にする言語は日常のものと遠く離れており、一般的には意味が通らない一連の音にしか聞こえない。声優養成学校で習うのは、ほとんどがこの専門化した言語だ。もっとも、それを聞いた者は、一様に謎の感動を抱く。無意識のなかに刻みこまれた神話の原型が刺激されるのであろう。

　これは、声優が機械に置き換えられない一因でもある。エーテルを振動させるには、物語における数量化することができない感動や質感を直感的に理解する能力が必要なのだ。解剖学的には、発声管は言語を司（つかさど）る脳領域のウェルニッケ野（や）と密接な神経学的つながりがあることが示されているため、言語の起源ともいわれている歌や神話が関係しているのではないかと推測されている。

　今回集まった声優のなかでは、アカネが一番ランクが高かった。声優は能力ごとにランクづけされる。一番下の見習いであるジュニアクラスは、天然声優に毛の生えたほどの能力しかなく、声優トランジスタなしではやかんに入った水の温度を十度ほど上げたり、弱い光を出したりするのがせいいっぱいだ。その上が、若手声優であるＣクラスで、このクラスから宇宙船の補助要員とされるようになる。単独ではやかんの水を沸騰させたり、紫外線を出したりすることができ、数十人が集まればトランジスタを使って小型の宇宙船を重力制御できるようになる。次が中堅声優のＢクラスで、アカネはこのクラスに所属していた。民間宇宙船の主力要員であり、数人集まってトランジスタを使えば、たいていの船を重力制御できるようになる。単独では、電流を操って家電が消費するほどのエネルギーが出せるようになる。トップがベテラン声優のAクラスであり、公的な船を操る公務声優や、科学研究機関に所属して粒子声優加速器を動かしている者がほとんどだ。このレベルになると、トランジスタさえあれば一人で小型船を動かすことができるようになり、ガンマ線などの高エネルギー放射が可能になる。単独で短期間の重力制御ができる者もいるらしい。

アカネは分類上Bクラスだが、実際の能力はAクラスのかなり上の方であるという自信があった。ランクを上げない理由のひとつとして、雇われる頻度の問題がある。ランクが上がれば規定賃金が高くなるが、会社側としてはBクラス以下で十分であるため、ランクが高い声優に金をかけるのを渋る。その結果、雇われる確率がかえって小さくなるのだ。

Aクラスの上にもクラスがある。そう、レジェンドクラスだ。このランクは文字通り伝説となっている。そのメンバーのほとんどが声優独立戦争に参加し、太陽系から逃げていったからだ。現在では声優事務所連合により情報公開が制限されているが、自分の体よりも大きな発声管を持ち、宇宙船と同化して反物質の生成も可能な、魔術師のような存在だという噂もある。アカネの憧れの対象である最強の声優たちだ。

今回集まったのは、ジュニアクラスが二人、Cクラスが五人、Bクラスが五人だ。仕事の前には、後輩は先輩に挨拶することが礼儀となっているので、アカネの前には声優たちが列を作って並んだ。その対応のおかげで休む暇もない。先輩も後輩も、両者とも得をしない文化だ。そうしているうちに時間が経ち、出航のときが迫る。

「では、離陸作業いきますので、準備してください」

今回は、地球から月への短期の航海だ。五時間もかからない。航海の難所の一つがオープニング、つまり、船を地上から宇宙へと飛び立たせる段階だ。重力もエーテルの波の一つなので、逆の位相を持つエーテル波を出せば反重力をもたらすことができる。このとき、よく使われるのが歌だ。声優全員で激しいアップテンポの歌を歌い、トランス状態となることによりエーテル振動を集合させ、重力を消すのだ。

十二人の声優が監督の指示により歌う。声優トランジスタで増幅されたエーテル振動が、船の外側にあるエーテルアンプから放射される。重力がキャンセルされ、五百メートルの鉄の塊が浮上する。それとともに、エンジンが始動した。駆動力をすべて声優でまかなう声優船は最近増えているが、従来のエンジンと組み合わせるハイブリッド船も多く残っている。

そして、エーテルを響かせるアカネのなかに、いつもの『声』が聞こえた。アカネだけにしか聞こえない、意味の不明瞭な小さな『声』が。

この『声』は、物心ついたときから、エーテルを奏でるたびに聞こえてきた。昔はじっと耳を傾けると、なぜだか胸がうずくような気分になったのだが、正体もわからないまま最近はもっぱら無視し続けている。

　地球の大気圏は主に四つの層からなる。上から、熱圏、中間圏、成層圏、対流圏という。熱圏は地球大気と宇宙空間のエーテルとの摩擦が起こっている層であり、大気のなかで最も温度が高い。中間層に降下するにつれてだんだんと温度は減少するが、成層圏でまた温度が上がる。オゾン層が形成されて熱圏からの紫外線が吸収されるためだ。

　宇宙船は対流圏、成層圏、中間圏をやすやすと越え、熱圏に入っていった。エーテル濃度が高まり、青緑色の光が強くなっていく。この高さになると、大気に邪魔されることのないエーテルの風は地球の自転により東から西へと吹くようになる。風上から来る光はエネルギーが強まり青方偏移し、風下から来る光はエネルギーが弱まり赤方偏移する。いまの状況だと、東側は空色、西側は黄色となる。熱圏以上の高度になると、エーテルが濃くなり光や音のエネルギーが強くなるため、目と耳を防護するサングラスと耳栓が必要だ。それでも、地球大気とエーテルとの摩擦により生じるウィィィィィンという高い音がどこからともなく聞こえてくる。声優をはじめ宇宙船乗員の精神病罹患率が高いらしいが、もしかしたら四六時中この音を聞かされているからかもしれない。

「熱圏を突破しました。オープニング終了です」

　監督がブースのむこうから知らせる。アカネはマイクから下がる。ここからは少人数の声優だけで駆動可能だ。

「アカネさんは、客室（キャビン）に行ってください」

スタジオを出たアカネに、スタッフが指示をする。この業界では、声優が乗客へのサービスとしてキャビンアテンダントもすることになっている。乗客たちは、乗っている声優を考慮して船を選ぶほどだ。そのため、声優の雇用では顔やスタイルやSNSの登録者数が重要になってくる。いくら操船技術が高くても、客に好かれなければ仕事が手に入らないのだ。まったく、おかしな業界だ。

とりあえず思考をとめて目の前の仕事に取りかかろう。アカネは同僚たちと一緒に乗客室に出た。自分のほかはジュニアクラスしかいないので、恒例となっている乗客への説明（ブリーフィング）は先にやってしまったほうがよいだろう。

「本日はスターフラッシュカンパニーの地球‐月航路にお越しいただき、まことにありがとうございます。わたしたちは地球大気圏を突破して、現在、月へと航行中です。スクリーンには、地球の様子が映し出されています。綺麗ですね。これが、エーテル摩擦による発光です。重力に引かれたエーテルが大気と衝突しているのですね」

宇宙船の高度は上がり、スクリーン上の地球は十分に丸みを帯びていた。ネオンのように虹色の発光が輝く。

「みなさんよくご存知のように、エーテルとは音や光や粒子などすべての媒体です。エーテルという考え方の起源は、古代ギリシャ時代の哲学者、アリストテレスの四元素説にまでさかのぼります。彼は、プリマ・マテリアといういかなる性質ももたないものに、『熱・冷・湿・乾』という性質がつくことにより、『火』『空気』『水』『土』という四つの元素ができると考えました。熱と乾という組み合わせは火、熱と湿という組み合わせは空気、冷と湿という組み合わせは水、冷と乾という組み合わせは土ですね。熱と冷、湿と乾はそれぞれ折り合いが悪くて組み合わせられないそうです。また、アリストテレスは天界の法則を支配する第五元素エーテルを仮定して、それを純粋なプリマ・マテリアと同一視しました。現代物理学は、この四元素説の発想を基本にしています。根源的に存在するものはエーテルのみで、それにこれらの性質がくっついてさまざまなものが現れるという考え方ですね。現在ではアリストテレスのいう四つの性質は、エーテルの周波数のことであるとされています。周波数の数だけ、性質があり、その組み合わせにより世界にあるいろいろな音や光や粒子や力が生まれるということです」

「いや、エーテルではなく『場』の考え方もあるぞー」

乗客の一人が野次を飛ばした。『場』か。かなり古めかしいが、まだその概念の支持者がいるわけか。残念なことに、現代物理学では、どのようにその概念が廃(すた)れたか、アカネはよく知らなかった。

アカネはどう対応すべきか数瞬の間、考えた。幸いなことに、博識をきどる乗客が間に入り、沈黙は打破される。

「場ですか。各性質の値を示すような場が性質ごとにあり、しかもなんの媒体もなしで空間さえあれば場もあるという考え方ですね。たしかに、その考え方もできますが、複数の場の相互作用を計算すると無限大が出てきてしまうので、意味がないですよ」

アカネは助けを受け、こほんと咳払いをして案内を続ける。

「エーテルは地球との摩擦による振動で、光という性質がくっつき、エーテル発光が生じます。地球の生命はすべてこの発光をエネルギー源として生きています。銀河系のなかでも、このように重力的に安定した構造は珍しいです。みなさん、ラッキーでしたね。もし、いまあるような重力構造がなければ、生命は生まれていなかったのですから」

「あのう、地球に落ちたエーテルって、どうなるんですか？」

乗客の一人が質問する。ググレカスと思いながらも、アカネはマニュアルどおりの返答をする。

「いい質問ですね。実は現代物理学においても、大きな問題の一つなのだそうです。重力に引かれたエーテルは地球大気内に浸透していくはずですが、大気中のエーテル量は予想されるものよりもだいぶ小さいのです。つまり、エーテルが消えている。質量保存の法則を破っているように見えるのです。エーテル消失こそ、物理学において最大の謎の一つです。消えたエーテルは重力エネルギーに変換されているという説もあるようですが」

「現代物理学の三大ミステリーって、重力の起源、エーテル消失、あとダークマターだよね」

「うわ〜、よくご存知ですね！」

口をはさまずにいられないらしい乗客を、わざとらしい口調でもちあげるアカネ。日々の勤労のおかげで、最近は反射的に出るようになってきた。

「エーテル消失の謎のほかに、重力の起源問題があります。大声優時代以前には、物質すべてが重力放射源であるという、万有引力の法則が提唱されていましたが、現代では重力の周波数は非常に複雑であるため、簡単には発生しないのではといわれています。重力が存在する領域では万有引力の法則が現象に合致しますけどね。また、太陽系や銀河系などは、中心部天体からの重力により作られた構造ですが、太陽系のシミュレーションでは、エーテル摩擦により数百万年で地球は太陽に落下するはずです。しかし、地質学的証拠から地球は誕生から約五十億年ほどの月日が経っていることが証明されています。この矛盾を解くために、太陽系において既知の天体以外の重力源、通称『ダークマター』が存在すると仮定されています。観測できていない未知のダークマターが太陽系をすっぽりと覆い尽くしており、惑星が太陽に落ちないようにバランスをとっているという仮説です。しかし、そのようなダークマターの分布は恣意的なのではないかという批判もあります」

「あ、あと、声優によるエネルギー保存則の破れも大問題ですよね」

「そのとおりです。最近ではその問題も含めて四大ミステリーと呼ばれてもいるんですよ。

声優としてちょっと嬉しいですね。恥ずかしいような気もしますが……」

アカネが説明し、ジュニアクラスの声優たちが客への飲み物を配る。毎日の忙しい労働はこうして過ぎていく。


「はぁ〜、疲れた……」

地球と月を往復し、アカネは自宅に帰ってきた。労働の疲れを癒すためストロングゼロを飲みながらベッドに寝転ぶ。能動的なことを何もしたくないので、テレビをつけて適当に見る。画面からアナウンサーの声が聞こえてくる。

「五年前に強奪された特殊小型宇宙戦闘機〈ブラックスワン〉ですが、いまもその行方は判明しておりません。航宙保安庁は今日、情報提供者への報奨金を増額すると発表しました」

画面には、真っ黒で鋭角の二等辺三角形が飛ぶ姿が映っている。そういえば、五年前、軍の基地から盗まれたとちょっとした騒ぎになったことを覚えている。外見的に強そうなので、自分で乗り回すことを妄想したものだ。まだ行方知れずということは、太陽系外へ持ち去られたのだろうか？

画面が変わる。今度は、ゴリラの集団が虐殺されている現場だ。ガスマスクをした屈強な軍人たちが、ゴリラを火炎放射器で焼いている。

「ナイジェリアで先週から続いていましたゴリラ声優による反乱は、軍と民間警備会社『ライズ探偵局』の合同作戦により大部分が鎮圧された模様です」

ナイジェリアの発声管工場でのゴリラ声優の反乱は、ここ数日間メディアを騒がせている事件であった。類人猿牧場はいまや巨大産業になっている。アフリカではゴリラとチンパンジーが、インドネシアではオランウータンが、声優トランジスタの材料として大規模飼育されている。

類人猿に声優遺伝子を導入したとしても、発声管が生えてくる可能性は低い。大半が奇形となり、出産前に死んでしまう。近年は品種改良の末に発声管を発現しやすいゴリラが作られたが、その副作用で知能も高くなったようで、声優の能力を利用して反乱を開始したのだ。アカネはひそかに応援をしていたのだが、所詮はゴリラ、近代兵器には勝てなかったようだ。

やはりアタシが最強にならなきゃいけないか、と思いながらぐいぐいとストロングゼロを流しこむ。

テレビの画面は煙を上げる建物に変わっていた。

「昨日早朝、東京大学付属声優遺伝子研究所で発生した爆破テロ事件についての続報です。犯人を名乗る人物からの声明文がエーテルネット上で公開されました。それによると、犯行理由は『声優が増えすぎた』こと、さらに『声優たちよ、「声」を聞け』という意味が取れない文章が綴られています。犯人を名乗る人物は自らを『暗黒声優』と称しているようです。現場の監視カメラには犯人と思われる人物が映っており、警察は情報提供を呼びかけて……」

アカネはアナウンサーの声を聞いていられなかった。映像に釘づけにされたからだ。画面には、身長の低い少女が映っていた。黒いフードをかぶっているため顔はよくわからないが、発声管が見えるため声優であることは確実だった。

これまで数々の声優を見てきた経験からわかる。とても形の良い発声管だ。色も大きさもすばらしい。この声優は強いに違いない。それも、トップクラスの強さだ。彼女の発声管を手に入れられれば、申し分がないだろう。アカネはあれを体内に移植して最強になった自分を想像してうっとりした。

しかしながら、『暗黒声優』とどうやって接触すればいいのか、方法がわからない。あの素晴らしい発声管はあきらめるほかないのだろうか。ため息をつき、ニュースを再び聞きはじめる。

「この『声優たちよ、「声」を聞け』とはなんのことでしょうか？」

「おそらく、なんらかの暗号だと思われます。報道を通して仲間に連絡をしているのでしょう」

声優たちよ、『声』を聞け……。アカネはたしかに『声』を聞いていた。正体不明で、曖昧模糊としているが、なんとなく、熱いものが胸にこみ上げてくる『声』を。

暗黒声優が言っている『声』とは、このことなのだろうか。いや、違うだろう。世界で起こっている事件がすべて自分と関係しているという妄想は思春期で終わりにすべきだ。

しかしその晩、アカネはニュースに出てきた暗黒声優の発声管が頭をよぎって眠れなかった。しかたがなく、夜通しSNSに、特に考えることなくだらだらと文章をアップし続けた。自然と、自分が生まれてから聞いてきた『声』について書くことになった。いくつもの壁を隔てて聞こえるように、はっきりしないが、じっと聞いているとなぜか胸が苦しくなってくる『声』のことを。

Ⅲ

声優監視委員会の発足により、声優はプライバシーを失った。生体情報や位置情報を、リアルタイムでSNSに発信するよう義務づけられた。次第にそれ以上の情報まで、声優自らが公開しはじめた。情報を公開し、自分は無害である、やましいことをしていないとアピールしなければ人気を得ることはできず、生活の糧の喪失につながるからだ。

そうしたなか、女性声優のなかで『百合営業』という文化が誕生した。『百合』とは、女性同士の友愛や恋愛を示す言葉である。将来の結婚に影響が出ない範囲での同性同士の付き合いは、監視委員会から許可されており、ガス抜きとして奨励もされていた。人気度にも直結するため、彼女たちは同業者とバディを組み、仲の良さを演出した。いまや、女性声優としてやっていくならば必ず百合営業はマスターしておかなければならない。

アカネももちろん百合営業をしていた。相手は五歳年下の天宮サチー。養成学校時代の後輩だ。こちらは営業だと割り切っているが、彼女のほうではかなり本気らしく、心酔といってもよいほどの感情を向けられる。

「これからサチーと、バナナワニ園デート♡」

そんな文章がアカネのSNSに投稿された。コミカルなワニのキャラクターを背景に、アカネとサチーが腕組みする写真が添付されている。

ここは、静岡県東伊豆町、伊豆半島の先っぽにある温泉街だ。目玉の観光施設として、熱川バナナワニ園がある。温泉から出る熱を利用した温室にて、一年中バナナとワニを見ることができる。

ふたりはオフを利用して温泉で骨休めをしようと、電車に乗ってやってきたのだ。チェックインまで時間があるため、ワニを見て暇つぶしをしようと考えていた。

「せんぱい、早く入りましょうよ！」

サチーがアカネの手をぐいぐいと引っ張る。小柄だが肉づきがよくフレッシュな姿だ。

ショートボブがところどころ跳ね上がっており、思わず手櫛で直したくなる。Tシャツには、銀のロングヘアーでカーディガンを羽織った女性声優の写真がプリントされていた。声優独立戦争のときに活躍した檜森スズカの若い頃の姿だ。声優としての能力はAクラスの下位だが、船医としての英雄的な活躍からサブカルチャーでは一種のイコンとなっている。

サチーは全力でアカネを引っ張るが、小柄なせいかまったく力を感じない。彼女はいわゆる天然キャラで、天真爛漫に振舞うためファンからもスタッフからも人気が高い。養成学校時代も、なにかとスキンシップが過剰な子であった。

バナナワニ園は三つの分館があり、最初に入るのは巨大なドームに囲まれたワニ館だ。むっとする暖かい空気と人工的な滝の音が一同を迎える。

「ワニ見るなんて、すっごい久しぶりです!」

サチーが水槽に向かって走り出すが、アカネと手をつないだままなので、リードが張った犬のようにつんのめってしまう。

「あははは! ワニってのろまなんですね! ぜんぜん動かない!」

サチーは恒温動物特有のテンションの高さで変温動物をからかっている。アカネが手を離すと、犬がボールを追いかけるように走りはじめ、視界から消える。

しかし、そのほほえましい日常は、突然の轟音によりかきけされた。

温室の窓ガラスがブルブルと震える。外を見ると、黒くて細長い二等辺三角形が地面に降り立とうとしていた。全長五メートルほどのその形に、アカネは見覚えがあった。一週間前、ニュースに出ていた特殊小型宇宙戦闘機〈ブラックスワン〉だ。

〈ブラックスワン〉のハッチが開く。

降りてきたのは黒フードをかぶり、黒いマントをたなびかせた背の低い人物であった。その喉元には、ふっくらとした発声管。見間違えようがない。ニュースの監視カメラ映像と同じだ。

彼女は『暗黒声優』だ。

アカネは急いで外に出ようとするが、暗黒声優のほうから先に温室に入ってきた。実物を見ると、その発声管の素晴らしさをますます実感できる。

「見つけた。貴女（あなた）、四方蔵アカネね。『声』が聞こえるってSNSに書いたでしょう」

暗黒声優が問う。その声は、どことなく余裕がないようであった。

「まあ、たしかにアタシは四方蔵アカネだけどさ。SNSに書いただけでこんな大層な登場の仕方する？　ネットストーカーかよ」

アカネは急な展開に慌て、素（す）の乱暴な口調が出てしまう。

「時間がないの。本当に『声』が聞こえるか、試させて！」

そう言うや、暗黒声優はいきなり攻撃してきた。一瞬で発声管を膨らまし、高エネルギーのレーザービームを奏でる。あわてて、アカネはビームと反対の周波数を震わせ、攻撃を打ち消す。

「アタシに勝負を挑もうっての？　いい根性してるね！　叩きのめして、その発声管をいただくことにするよ！」

アカネの体の十一か所が盛り上がる。そこから青い稲妻が流れ出した。稲妻は空気中にとどまり、体の表面にまとわりつく。

「貴女……発声管を体内に移植したのね。それも、類人猿のものではなく、正真正銘のヒトのものを。最近、声優が相次いで失踪していると聞いたけど、貴女のしわざなのね」

「すべては最強になるためだからな。どんな努力も惜しくはない！」

アカネは構えの形をとった。

「いままで、最高の声優たちの発声管を手に入れ、アタシは強くなった。オマエが最後だ。オマエを殺し、アタシは最強になる！」

バチバチバチバチと音をあげる青い稲妻をまとい、アカネは暗黒声優に向けて拳を放った。独自に編み出した最強の格闘技、声優カラテだ。エーテルを揺り動かして発生させた電流でプラズマを生み出し、接触した相手に火傷を負わせる。従来のカラテと比べて何倍もの攻撃力をもつ技だ。

アカネの拳を、暗黒声優は苦もなく両手でガードする。格闘技を経験しているのだろうか。しかし、声優カラテの真価が発揮されるのはこのときだ。電流とプラズマが接触した相手の体に吸いこまれていく。

だが——人肉がこげるにおいは漂ってこない。青い稲妻は暗黒声優の体を通り、床に吸いこまれていく。

どうやら、エーテルの流れを操り、電流を逃がしたようだ。

「アンタ、強いね」

アカネは相手の実力に驚くと同時に、高揚感を覚えた。

相手もにやりと笑っているような気がする。

「おい！　おまえ！　せんぱいに何をしている！」

サチーが死角から暗黒声優に体当たりする。突然現れた不審者に最愛の先輩が襲われているのを見て、とっさに体が動いたのだ。

しかし暗黒声優は身じろぎもせず、逆にサチーが吹き飛ばされ、ワニの檻へと落ちた。

おそらく、重力を操っているのだろう。単独で、トランジスタなしに重力制御できる声優は、現在ではAクラスのなかでも稀少だ。これだけでもかなりの実力が計り知れる。

アカネは相手から距離をとった。重力制御はかなりの疲労感が伴う。いまこの瞬間に、一気に片をつけるべきだ。両腕を伸ばし、二の腕に移植した発声管を振るわせた。アカネを中心にしてエーテルの波が広がり、虹色の光が温室に広がる。両手のひらの間には、青い光の球体が出現していた。高温の電流でプラズマ化した空気だ。

「死ね!」

強烈な光を宿した青い球体から、一筋の線が暗黒声優めがけてほとばしった。両腕に巻きつくようにエーテル流を作り、電流を巡らし、それをコイルにしてプラズマを加速したのだ。アカネの必殺技『声優超電離砲(セイユープラズマガン)』だ。

ところが、相手には傷ひとつつかなかった。プラズマは暗黒声優の手前で見えない壁にぶつかり、反射してしまったのだ。

「エーテルバリアよ。これで驚くようなら、まだまだね」

エーテルバリア。エーテルの密度差を人為的に作り、光や音や衝撃を反射させる技だ。波は密度により決まるため、逆に波により密度を変えることもできるという発想から作られた技である。声優独立戦争のときはおおいに使われたらしいが、まさか太陽系内にトランジスタなしで使える者がいたとは。

「これで貴女の攻撃は終わり? じゃあ、今度はこっちの番ね」

アカネは攻撃を無効化しようと構えたが、それは予想外の方向からやってきた。突然、後ろから強く引っ張られたかのように力を感じた。床が傾斜していき、崖となる。いや違う。局所的に重力の方向が変化しているのだ。暗黒声優が重力をコントロールしている。それがわかっても、失ったバランスを取り戻す役には立たなかった。アカネは無様に転んでしまう。

　転んだアカネの頭を、暗黒声優が蹴り上げる。鼻血が飛び散る。立ち上がろうとするが、コンクリート片で押さえつけられているように動かない。アカネに対してだけ、重力が何倍も増えているようだ。視界にチラチラと小さな光の塊が飛び交う。重力が増加したため、脳に血流が行き渡らなくなったのだ。息が苦しい。狂ったように脈拍が増えているが、血流が沈滞し、全身が寒い。景色から色がなくなっていく。発声管にも血が届かず、萎んでしまう。これでは攻撃ができない。

　暗黒声優は、アカネの無抵抗な姿を見ても暴行をやめなかった。それどころか、ますます激しく攻める。

「『声』は聞こえる？　聞こえる？　ねえ、聞こえる？」

　大声で問いながら、アカネを踏みにじっていく。なんという屈辱だ。最強の声優を目指しているはずが、文字通り手も足も出ずに、相手に一方的に踏みのめされるとは。

　必死に、全身の発声管を震わそうとする。出ない力を振り絞り、重力制御を打破しようとする。

　そのとき、『声』が聞こえた。普段は幾重ものガラスを隔てて歪んだように聞こえる『声』であったが、焦点が合ったように、いつもより少しだけはっきり聞こえた。

　不安……。不安に震える声だ。心臓にざわざわと冷たい風が吹くようだ。内容はわからないが、そんな感覚があるような気がした。

それを認識すると、エーテルをより効率的に振動させる方法が直感的に頭のなかに入ってきた。それに従い、周囲に張り巡らされた重力場をすばやく打ち消して体を起こす。

「……聞こえたのね？」

立ち上がったアカネを見て暗黒声優が問う。どことなく嬉しそうな様子。

「ああ、はっきりとはしないが、いい気分じゃないな」

アカネはなんとか立っていられたが、ボロボロであった。口から深紅の液体が垂れる。血だ。気づけば眼球の隙間からも血が漏れている。発声管に血流が過剰供給されて、あふれかえっているのだ。

「まだ完全に聞こえるわけじゃないみたいね」

「そんなことどうでもいい……いま、ここで、オマエを殺す！」

アカネは暗黒声優へと突進した。このままで終えられるわけがなかった。プライドを折られたままで終われるか。最強の声優になるために、目の前の相手を殺さねばならないという決意を秘めて、声優カラテを繰り出す。

しかし、渾身の一撃は、軽々と避けられた。アカネはむこう脛を蹴られて、無様にふたたび倒れる。

「貴女の相手をしたいのはやまやまだけど、もう時間切れなの。私にまた会いたいならば、追ってきなさい」

暗黒声優はポケットから片手で持てる大きさの機械を取り出した。

「エーテルビーコン受信機よ。これさえあれば、私のいる位置がわかるから」

受信機をアカネに投げると、暗黒声優はマントをはためかして振り返った。去り際に、ぼそりと言う。

「どこまでも追ってきなさい――たとえ、何があろうとも」

「当たり前だ！　追いついたら絶対オマエを殺すからな！」

血を撒き散らしながらそう叫んで立ち上がろうとするが、脚の筋肉がひきつって痙攣(けいれん)する。もがくアカネを尻目に、暗黒声優は悠々と去っていった。〈ブラックスワン〉に乗り、空の彼方へ飛び立つ。

「せんぱい！　大丈夫ですか？　何があったんです？」

数分後、なんとかワニの檻から脱出したらしいサチーがアカネに走り寄ってきた。ハンカチで血だらけの顔を拭いてくれる。

「殺されかけたんだよ。少し休んだら、さっきのやつを追うぞ。落とし前はつけさせてもらう」

「そうですよね。売られた喧嘩は買わなきゃですよね」

サチーはアカネに追従してこくこくとうなずく。ワニの檻に飛ばされたのに怪我ひとつない。運のいいやつだ。

　とにかく、いまは体力を回復すべきときだろう。ビーコン受信機があれば、暗黒声優の場所はわかる。

　だが、そうもいっていられない事態がやってきた。

　地球のすべての重力が、消失したのだ。


　まず気づいたのが、ワニが浮いていることであった。

　ワニは地べたを這って移動する動物のはずであるが、その四つの足はどれも床に接しておらず、空中にある。

　水槽や人工池の水も浮き上がる。巨大な球体になっている。泳いでいたワニは球体に閉じこめられたまま助けをもとめるように頭を動かす。滝から出る水が一滴一滴球状になり、ドームのなかを飛び交う。

　気づけば、アカネとサチーの体も浮いていた。傷口から血の球を放出しながら、グルグルと回り、地面から離れていく。

「ぎゃー！　落ちる落ちる落ちる落ちる落ちる！　せんぱい助けて助けて助けてください！」

　サチーが死に物狂いでアカネにつかまり、わき腹をぎゅっと抱きしめてくる。不安なのはわかるが、痛くてしょうがない。

また暗黒声優の攻撃がはじまったのか？　そんな推論は、ドームの外を見た途端に吹き飛んだ。想定をはるかに超えた異常事態が起こっていたのだ。

太平洋が、球体となり浮かび上がっていた。

バナナワニ園から三百メートルほど行くと、熱川YOU湯ビーチに着く。ふだんは観光客で賑わうピースフルな場所だが、いまは大混乱だ。東京ドームを越える大きさの丸い水が、いくつもいくつも天に向かって飛び立っているのだ。

気が動転して意識するのが遅れたが、体にも異変が生じていた。手がむくんでいる。内部から皮膚が押されたように膨れ上がっている。

重力が消失したことで、気圧が下がっているのだ。

気圧は大気の重さによりもたらされる。地表に敷き積もっている大気がそれ自体の重さにより自らにかける圧力、大気圧。いまや、その留め金は外れていた。

大気は重力という留め金があることにより、圧力をかけられ、巨視的に見たときの平均速度が抑制される。大気分子は一つ一つが秒速五百メートルという超高速で動き回っているが、気圧をかけられた状態では他の分子と衝突して平均速度——つまり風速——はせいぜい十分の一以下となる。気圧というリードが外されることにより、大気は本来のポテンシャルを発揮する。隠されていた走り屋の本性を解放し、とてつもない風が出現するのだ。

地上付近は、まだ大気分子で混み合っており、スピードが削がれるが、地上五十キロメートルの成層圏では違う。対流圏と成層圏を合わせると地球大気の九十二パーセントがあり、十分に大気が薄くなる高さだ。大量の大気が、何もない宇宙空間に向かって全速力でレースを開始するのだ。その風速は、分子本来の速さである秒速五百メートルとなる。

秒速五百メートルの風。

その破壊力は想像のはるか彼方にある。

日常的な風はその範囲内には決して届かない。たった秒速二十五メートルで樹木は折れ、三十メートルで電柱が曲がる。木造建築を吹き飛ばす強力台風なら秒速五十メートル、鉄塔をも曲げる大災害レベルのハリケーンでも秒速六十メートルだ。

すべてを破壊し根こそぎ更地(さらち)にする原子爆弾の爆風ですら、秒速三百メートルなのだ。

秒速五百メートル。

地球史のなかで最も速いその風は、成層圏で発生し、ドミノ状に地上へと向かっていた。風が地上に到達するまで、約二分である。

風の前兆は、アカネにも感知できた。温室全体がガタガタと振動し、ガラスが破壊される。普段はめったにお目にかかれない地面から空に向かっての風だ。風はだんだんと強くなる。

アカネとサチーは温室の鉄枠にしがみついていた。生命の危機が迫っているのがひしひしと感じ取れた。しかし、いまここで死ぬという選択肢はありえない。暗黒声優を殺さなければならないのだ。自分のほうが強いことを示さなければいけない。

アカネは、エーテルバリアで自分とサチーを包んだ。『声』を聞いてから、エーテルを奏でる能力が上がったようだ。エーテル密度が薄い膜で体を覆い、外部の影響を隔絶する。内部から見れば光を遮断して真っ黒になってしまうので、小さなのぞき穴を作る。いままでは声優トランジスタなしではできなかった重力制御を使って、体勢を安定させる。

「うわぁ！　せんぱいすごいですね！」

サチーに褒められると気分が良くなってくる。最強の声優に一歩近づいた気がする――。

そのとき、秒速五百メートルの風が地上に到達した。

すべてがこっぱみじんになる！

人類がこれまで築き上げてきた数々の建築物が、一瞬で跡形もなく消し飛んだ。十万年の歴史が一秒で無に帰す。

ピラミッドが、奈良の大仏が、東京スカイツリーが、サグラダファミリアが、アンコールワットが、ルーブル美術館が、マチュピチュが、タージマハルが、コロッセオが、万里の長城が、自由の女神が、大英博物館が、ノートルダム大聖堂が、ピサの斜塔が、ストーンヘンジが、清水寺が、エンパイアステートビルが吹き飛んだ！

そして、熱川バナナワニ園も消え去った。ドームを形作る鉄枠が土台ごと引っこ抜かれ、ワニが紙ふぶきのように空に吸いこまれていき、ガラスの破片と衝突しグチャグチャのミンチとなる。海水の球たちは風に吹かれて楕円となり、逆転した雨となり空へと降っていく。

アカネとサチーも空へ飛ばされた。上空から見る光景は幻想的だった。いつも慣れ親しんでいた青緑色の光は消え、空は赤に、地上は青に染め上げられていた。風と一緒にエーテルが移動し、風下では赤方偏移、風上では青方偏移しているのだ。地上の建物は崩壊し、土がめくり取られていた。海からは巨大な水の球が、まるで大量増殖する肺炎球菌のように、次から次へと浮かび上がっていた。その表面はボコボコと沸騰している。気圧が低下して常温でも蒸発するようになったのだ。

アカネは必死に声を奏で、エーテルバリアを維持した。バリアはエーテル摩擦により、キラキラと強い紫色の光で輝いていた。一方、サチーはただ茫然としていた。

この時点で、地球上の人間のほとんどが死亡していた。残ったのは幸運にも宇宙船に乗っていた者か、地下深くの核シェルターか洞窟にいた者だけだ。もっとも後者の運はそれほど価値のあるものではなかった。彼女らも次の瞬間、死んだからである。

マグニチュード十六の空前にして絶後、前代未聞で未曾有の、筆舌に尽くしがたい超絶巨大地震が発生したからだ。

震源地は、地球表面すべてである。

地球の全プレートが、いっせいに破壊されはじめたのだ。その原因は、地下深く、深度二千九百から五千百キロメートルの位置にある外核にあった。外核は、鉄とニッケルでできた液体だ。摂氏四千から六千度の高温でドロドロに溶け、なめらかに流れて地球磁場を発生させている。たとえ鉄とニッケルでできていようと、液体は液体であり、無重力下では表面積を最小限にしようと球体となる。

外核の変形は、その上のマントルを、そして地殻を破壊するのに十分であった。いまや、地球はなかから破裂しつつあるのだ。地球大爆発である！

マグニチュード十六地震の轟音は、エーテルバリアを通してアカネの耳にも入ってきた。文字通りの意味で地上が終わる音だ。

ただし、地上にあるもののうち、人工物は先ほどの風ですでに跡形もなく消えていた。壊れるのは天然物。山や川や谷や海などだ。

富士山が砂山のように簡単に崩れていく。その傷跡から現れるのはマグマだ。傷はどんどん拡大し、割れ目が網状に地表を覆い隠す。マグマは例のごとく球体となって浮遊する。数キロメートルサイズの海水球体と、数百メートルサイズのマグマ球体が、赤い光に照らされながら、いくつも宙に浮いている。ときどき、マグマと海水が接触し、白い湯気を無尽蔵に放出しながら爆発する。水蒸気爆発だ。水は水蒸気になることで体積が千七百倍となる。大量の海水が蒸発し、終わりのない爆発が繰り返される。

マグマにより燃やされた瓦礫が出す黒い煙と、水蒸気爆発の白い煙が風に吹かれて上空に流れていく。アカネとサチーは紫色のエーテルバリアを輝かせてその間を飛んでいた。

バリアのなかも、温度が上がりつつある。マグマに熱せられた海水や、暴風で飛ばされた瓦礫にぶつかるたびに殴られたような衝撃が走る。なによりも、もうアカネの発声管がもたない。いくつもの突起が血流の供給過多で破ける。発声管に血が集まりすぎたため、体の他の部分が冷たくなってきた。

力がなくなってきているのが感じられる。もってあと数分だ。数分でエーテルバリアが消失し、海水に突入して溺死するか、マグマにより焼死するか、瓦礫にぱっくり頭を割られるか、はたまた幸運にも宇宙空間に飛ばされ、急速に酸素を奪われて安らかに意識を失うか。どれに当たっても最後は死ばかり。死！　死！　死！

「あっ、ねえねえ！　せんぱい！　あれ見てください！　光ってますよ！」

サチーが叫ぶ。うるさい。

「ほら、あれ、紫色の光ですよ！　船ですよ、船！　船が飛んでいます！」

何？　なんでそれを早く言わなかった！

のぞき穴を通して外を見ると、本当に船があった。流線型のボディを紫色に光らせながら航行している。すぐ近くにあるように見えるが、視覚のトリックであり、実際には数百メートルは離れているだろう。

「天宮！　手伝え！　重力制御であの船に行くんだ！」

「えぇ〜、そんな無理ですよぉ」

「無理でもやるんだ！　じゃなきゃここに置いていく！」

サチーは重力制御をひねり出そうと歌いはじめるが、やはりトランジスタなしでは無理のようだ。しかたがない、自分でやるしかないだろう。歌いながら極限のトランス状態に入る。『声』が強くなり、嵐のようにアカネを打つ。

黒い煙と白い煙の間を通り抜け、煙から出てきた炎上する岩を避け、爆発しながらもその形を保つ直径二キロメートルの海水をスレスレでかわす。そのむこうに、ギラギラどぎつい紫色に輝く光がある。救済の光だ、絶対的肯定の光だ！

我に返ったときは、目の前にばかでかい船体が広がっていた。『航宙保安庁』というこれまたでかでかとした文字と、太陽系をイメージした同心円のロゴマークが見える。船体名〈さみだれ〉。

船のバリアとアカネのバリアが接触する。分裂するバクテリアを逆再生するように、バリアの膜同士が一体化し、アカネとサチーは船のセーフティゾーンへと吸いこまれる。

「おい！　開けろ！　ハッチを開けてくれ！」

必死に船体を叩きつける。手、脚、頭、使える部位を最大限に利用して打ちたてる。必死の願いが通じたのか、ハッチが開き首根っこをつかまれ、船内に引きずられる。

「あんたら、発声管があるってことは、声優だよね？　なら早く手伝うんだほら早く！」

　保安庁の制服を着ている人物がすごい形相をして出てきた。公務声優だ。民間声優とは一線を画(かく)すエリートだが、いまはその威厳もなく半狂乱状態である。

　アカネとサチーは背中を押されて廊下を走った。公務声優から液体入りの注射器を渡される。

「これ注射して！　急いで！」

「もしかして、これ……ヴォワール？　はじめて見た！」

　ヴォワールは公務声優のみが秘匿しているという噂の薬品なのだ。発声管へ供給される血流を増やし、効率的なエーテル振動を発生させることができるが、一方で精神的な副作用が強いという。

　そんなの知ったことか、強くなれるならなんでもよい。アカネは腕に注射器を刺した。サチーもアカネが使った注射器を使い回して自分の腕に刺した。

　口が勝手に動き、笑い声が自然に出てきた。対応するように発声管が踊り狂う。

　まったく根拠がないが、なんとかなりそうな気分になってくる。

「あははははははははは！　よし！　スタジオに行くぞ！」

「せんぱいすごい！　わたしもせんぱいについてきます！」

　公務声優に連れられて、二人は声優機関室(スタジオ)にたどりつく。

現場は修羅場と化していた。

何本も立ててあるマイクに、声優がつかみかかり叫んでいた。彼女の発声管はすでにメロン大に膨張していた。床では、別の声優が四つんばいになり痙攣しながら笑っている。すでに動かなくなった声優もいる。体内の血をすべて出してしまったようで顔が真っ青だ。床はヌルヌルしていた。声優たちの血で覆われているのだ。

「制御が足らん！　ヴォワールを追加だ！」

監督が命令する。発声管がメロン大に膨張した声優の腕に、スタッフが注射器を刺そうとする。

「やめてください！　これ以上投与すれば、死んでしまいます！」

アカネを連れてきた公務声優がとめようとする。

「いまは非常事態なんだぞ！　地球から脱出できれば、声優の命なんて安いものだ。抵抗するのなら、おまえは反逆罪で死刑だ！」

監督はピストルを懐から出すと公務声優の脚を撃ち抜いた。痛々しい悲鳴が響く。

「おい、アンタ！　声優をなんだと思ってるんだ！」

思わず、アカネは前に出てしまった。

「貴様、何者だ？」

「通りがかりの声優だよ！」

「ふん、そうか。いまの言動、反逆罪に認定してもいいが、人材が足りなくなってきたところだ。貴様たち、船を操れ」

こんなクズ人間の命令に従うのは気に入らなかったが、とにかくいまは脱出が先決であろう。マイクをつかみとり、発声管に向けた。脚を撃たれて倒れた声優の頭を蹴って場所を確保する。サチーも真似をして頭を蹴った。

スクリーンには、船外の様子が映っていた。これまでと逆に、前方の宇宙方向が青、後方の地上方向が赤となっている。大気が失われたことで、その分をふさごうと上空からエーテルが浸透してきているのだ。

船は二つの層の間を飛んでいた。前方には秒速五百メートルの暴風により吹き飛ばされた街、後方にはマグニチュード十六地震により崩壊した山やプレートの破片やマグマの塊が飛んでいる。船がいる層では、マグマと海水との衝突が起こり、湯気が球状に広がり視界が非常に狭まっていた。

「五時の方向からマグマが迫っています！」

サチーが叫ぶ。何が何だかわからないうちに、報告役をすることになっていたのだ。

監督が叫び返す。

「エーテルバリアを後方に集中展開しろ！」

船全体を衝撃が包んだ。アカネは床に投げ出されるが、脚を撃ち抜かれた声優をクッションにすることで体を守った。

「損傷を報告しろ！」

「軽微ですが、マグマが次から次にやってきます！　このままじゃ、もちそうにありません！」

「取り舵いっぱい！　前方に逃げろ！」

船は白い煙のなかに突入していった。何も見えない。視界ゼロで、全速力で走っていく。エーテルバリアを展開している状況では、エネルギーの高いレーダーは使えない。目視のみで宙に浮く障害物を避け続けるしかない。

白一面の世界に、影が投射される。ビルの破片だ！　アカネは船体を大きく右に傾けた。今度は床に叩きつけられるが、慣れたもの、すでに肉体のクッションは用意済みであった。正面衝突は免れたが、危機は去らない。直方体のビルは回転しながら尾部へと接近しつつある。このままではマズイ！

「ビームを撃つ！　バリア消して！」

アカネは監督の指示を待たずに、エーテルを響かせた。彼女がとった方法は非常に乱暴なものだった。障害物は消し去れば障害とならない。ビルを固形から液体、そして気体に変化させればすり抜けることが可能だ。

船外のエーテルアンプから、紫色のビームが発せられる。ビームが通り抜けられるように、バリアが一瞬消えた。大音響とともにビームはビルを溶解させ蒸発させていく。船は生まれたてのガスへと突入した。

「熱い！」

アカネは飛び上がる。床がものすごく熱くなっている。急いで、脚を撃ち抜かれた声優の体に駆けのぼる。肉が焼けるにおいがした。

「船体温度急上昇！　メインコンピュータがもうもちません！」

「水中に突入しろ！」

船は方向転換し、十キロメートル単位の大きさを持つ海水の球を目指す。入ろうとするが、水きり石のように跳ね返ってしまう。何度も挑戦した末に、やっと煮えたぎる水球に潜ることに成功する。

船内温度が急速に下がっていく。アカネは足でちょんちょんと床を触り、問題がないことを確認して床に下りた。踏み台にしていた声優は床に接していた右半身が大火傷になっていた。

「コンピュータ損傷率二十パーセント以下。通常航行が可能な範囲内です！」

気圧が下がった状態で熱せられたため、海水は急速に沸騰していく。猛烈な白い湯気と置き土産の塩を残して海水は消える。

「高度八百キロメートルです。熱圏突破しました！」

いつしか船は瓦礫の層を抜けて熱圏の外である外気圏へと入っていった。人工衛星も周るこの高度は、地球が球形だということがはっきりわかる。エーテル摩擦による発光で、いつもなら虹色の光が見えるはずなのだが、ずいぶんと淡い光になっていた。大気がなくなった分、エーテルの風が地上側に吹いており、光が弱まっているのだ。

エーテル摩擦による光が弱まったことで、いつもならまぶしくて見えない地上の様子が見えた。それはまさに地獄絵図であった。

海は煮えたぎり、海底が露出していた。地震はいまだ続き、山脈が次々と崩壊し、その衝撃で海岸線の形を変えるほどの沸騰した津波が生じる。プレート間からは、マントルそのものがむき出しになり、地殻が皮のように丸めて剝かれる。地表に出てきたマグマが、エベレストをはるかにしのぐ高さの大山脈を作り出す。そしてその都度、山脈は地震で崩壊していく。

その音は、宇宙空間にも聞こえてきた。宇宙では音がよく響く。大気が漏れ、エーテル密度の断層がなくなったことで、地上の音が宇宙に直接届くようになったのだ。

地球は巨大な悲鳴を四方八方に発しながら死につつあった。

「――声優航法、停止します。エーテルローター航法に切り替わります」

地球から約五千キロメートル離れた地点に、〈さみだれ〉はいた。すでに瓦礫は十分に拡散しその脅威は薄く、声優の疲労も大きいため、反重力を使う声優航法を停止したのだ。

崩壊する地球から脱出したことにより、船内には安堵（あんど）のため息が満ちていた。

「いったい、何が起こったんだ？」

アカネは汗を拭きながら監督に聞いた。監督はかぶりを振りながら、スクリーンをエーテルネット放送に切り替える。エーテルを通信媒体とするエーテルネットは、受信機さえあれば太陽系のどこでもアクセスできる。画面と音声は、地球崩壊により生じたエーテル乱流の影響により歪んでいたが、混乱するアナウンサーの声は届いていた。地球の重力が消失して、惑星がひとつ破壊されたという以外の情報はなかった。地球から脱出した船は、月ではなく火星へ向かえと勧告されていた。月はすでに安全な場所ではないらしい。崩壊しつつある地球から分離した隕石が衝突する危険性がある。

これで地球は終わりだ。全人類のおおよそ四分の一にあたる八十億人が死んだわけか。不思議と、アカネは清々（せいせい）した気分になった。彼女にとって地球は監視委員会からの抑圧の象徴だったのだ。

それよりも、暗黒声優の生死が気にかかった。自分が生き残れたのだ。あいつがこの程度で死ぬはずがない。必ず探し出して、この手で殺してやる。

「生きている声優のみなさんはご苦労だった！　疲れただろうから、もう休みなさい」

監督の声がアカネの思考を遮った。どの口が言うんだと叫びそうになったが、アカネはクタクタにくたびれていた。今日はもう寝よう。

スタジオを出た先の廊下はひどく冷えこんでいた。吐く息も白くなる。宇宙は、非常に寒い。エーテルが熱の導体となるため、暖かさは常に失われ続けるからだ。エネルギーの節約のため、ヒーターの温度が低く設定されているようだ。

「せんぱーい、一緒に寝ませんか？」

部屋のベッドにくずれ落ちると、サチーが返事も聞かず布団に侵入してきた。蹴り飛ばそうと思ったが、サチーの体温を感じて考えなおした。なにしろ、すさまじく寒いのだ。支給されている布団では薄くて使い物にならない。無理して寝れば風邪をひいてしまうかもしれない。健康が資本である声優にとって、風邪は命取りなのだ。

「せんぱい、いいにおいですね～」

体温が移ってくる。背の低いサチーの頭はアカネの胸元あたりにあった。たしか、昔見た映画ではこういうとき、相手の頭をなでていたはずだ、たぶんそれが礼儀なのだろう。アカネが事務的に頭をなでると、サチーはむふふふふと幸福そうな声を漏らした。悲惨な状況をそっちのけで楽しんでいる。彼女はゆるふわなようでいて、妙にタフなところがある。

こうして二人で抱き合うと、昔の声優のようだ。大声優時代に、冒険者として銀河系を旅した声優たちは、『カップリング』と呼ばれる二人組を作って行動したそうだ。まだ、エーテル操作技術が試行錯誤であった時代、船内は凍てつき、体温を維持するために二人で温めあったという。

暗黒声優をどのように殺そうか思いをめぐらしながら、アカネは眠りについた。

その刹那、エーテルを響かせてもいないのに『声』を聞いたような気がした。

Ⅳ

流線型の素敵なボディを持つ〈さみだれ〉には、太い円柱であるエーテルローターが何本も伸びていた。なんとも不恰好だ。槍に串刺しにされた魚のように痛々しい。

ぐうぃんぐうぃんぐうぃんぐうぃん。円柱が回転する。エーテルの流れが引きずられ、光を放つ。エーテル流と回転方向が重なり摩擦力が弱い側は赤く、エーテル流と回転方向が逆で摩擦力が強い側は青い。

エーテルローター航法とは、回転する円柱とエーテルの流れを組み合わせて推進力を得る航法だ。なぜ、円柱を回転させるだけで推進力が生まれるのか。それは、流体を統べる第一法則、ベルヌーイの法則からもたらされる。ベルヌーイの法則は、流体におけるエネルギー保存の法則だ。空中に投げ出された球を考える場合、エネルギーの種類は運動エネルギーと位置エネルギーだけを考えれば良いが、流体ではそれに加えて圧力エネルギーが必要だ。運動、位置、圧力という三つのエネルギーの総和が常に一定であるというのがベルヌーイの法則だ。

円柱が回転すると、エーテルは回転方向に引きずられる。そのため、エーテル流と回転方向が一致する側面ではエーテル流が加速され、反対側では減速される。加速側では運動エネルギーが増加するため圧力が減少し、減速側では運動エネルギーが減少するため圧力が増加する。すると、圧力の勾配(こうばい)ができて、加速する側に向かって全体が動くことになる。流れの方向から見れば垂直に推進力が得られるのだ。

太陽系は、太陽に向かって渦巻状に落ちていくエーテルの流れがある。そのエーテル流を側面から受けることにより、太陽と反対方向——外惑星の方向へと推進することができるのだ。もともと、エーテルローター航法はメジャーな航法であり、大声優時代の初期にはほとんどの船がこの原理で動いていた。いまでは声優のほうが安くなってしまったので、積極的に使われることはないが、予備の推進機能としてはいまだバリバリの現役だ。

エーテルローターの回転で生ずる騒音のなか、アカネは暗黒声優から渡されたビーコン受信機をいじっていた。小さな画面に、太陽系の略図と思われるものが表示されている。暗黒声優の位置を示す赤い丸は、アカネの位置から遠く離れていた。

「んー。せんぱいどしたの？」

サチーがねぼけなまこでほほをすり寄せてくる。

アカネは何も言わずに画面を指した。

「なんですかこれ？」

「バナナワニ園で、アタシを襲ってきたやつが投げてよこした受信機だ。どうやら、やつは木星へと向かっているようなんだ」

「そうなんですか。けど、この船は火星に行きますよ」

「ああ、だから、ハイジャックしようと思う。まずは、あのむかつく監督とスタッフをぶち殺す。声優を舐めた罰だ」

「いいですね！　このままだと命がいくつあっても足りません。やられる前にやっちゃいましょう！」

監督とスタッフを皆殺しにすることは簡単だった。アカネが発声管を体中に移植していることは、誰も知らない。だまし討ちにより、ものの数時間のうちに全員を死体にすることができた。死体はとりあえず冷凍室につっこんだ。

問題は声優だ。この船はもともと十数人の声優で運行されている。アカネ一人でも動かす自信はあるが、なるべく要員は確保したい。しかし、アカネの個人的な復讐に協力してくれる人は皆無だろう。

そこで着目したのがヴォワールだった。どうやら声優たちは全員ヴォワール中毒になっているようで、この薬を手に入れさえすれば、声優の支配権を握ったも同様なのだ。アカネは船の監督とスタッフを殺してから、ヴォワールを奪い、それをもとに声優たちへの支配を確立した。監督の死に際に助けをもとめる無線が発信されたようだが、地球が壊滅したこの状況では、耳を傾ける者など誰もいないだろう。

船内では、新たな秩序が確立した。アカネを頂点にしたピラミッド構造だ。エーテルロータ一航法は停止され、声優航法による加速でグングンと木星へ向かっていった。声優の命を燃料にして焚いているのだ。声優はヴォワール漬けにされ、ただただ船を動かす電池となった。ヴォワール中毒の末期になると、全身の血が発声管に集中して死んでしまう。適切な投与量がよくわからないまま、十一人いた声優は二週間で六人に減っていた。

ターゲットである暗黒声優との距離は少しずつ縮んでいた。〈ブラックスワン〉は小さく小回りが効くが、馬力はこちらのほうが上なのだ。

そして、地球を出て二十日後、船は木星へ到着した。

ぐごん！

船体が大きく左右に揺れる。がごん！　また揺れる。

「天宮〜、この揺れどうにかならないの？」

「これぱっかりは、どうしようもないですよ。木星圏はいつもこんな感じらしいですよ」

スクリーンには、めいっぱいに拡大された木星が映っていた。悪酔いしたときの世界のような気持ちの悪い画像だ。オレンジと黄色と茶色と白と青の雲が互いに入り混じり、蠢きながら、相手を呑みこみあっている。なによりも、異様なのは目だ。木星のいたるところに目がゆらゆらと震え、こっちを見ている。青い目、赤い目、白い目、オレンジの目……。もちろん、それは目ではない。目のように見える雲の流れ、渦巻きだ。それを知ったうえでも、長時間見つめていると頭がおかしくなってきそうな風景だ。太陽系にこんな場所があってよいのだろうか。

頭がおかしくなっては大変だ。その予防として、アカネはヴォワールを注射する。テンションが上がってきた。船内の揺れもロックミュージックのようなリズム感がある。

この揺れは、木星のエーテル摩擦によるものだ。木星は地球の十一倍もの直径があるにもかかわらず、自転周期はたったの十時間だ。その猛烈な自転により揺らされるエーテルは衝撃波となり、木星圏全体に響いているのだ。もちろん、音だけではなく光もすごい。木星の赤道付近はあまりにも強いエーテル発光により、強い放射線が出ている。一見、まぶしい光は見えないが、それは可視光よりもエネルギーが高い光が出ているということだ。船の外に出れば数秒で死んでしまうだろう。

〈さみだれ〉は、暗黒声優が発信するビーコンを頼りに木星まで来た。木星はとても大きな星だが、人の立ち入りに関して制限がある。赤道に近づきすぎると、いかなる声優でも防ぐことができないほど放射線が強くなるため、木星に近づくには南極か北極からしかできない。ビーコンは南極方面に暗黒声優がいることを示していたが、さきほどその信号が突如として消えてしまったのだ。しかたがなく、アカネたちは、木星に接近して探しているというわけだった。

木星の表面には色の洪水が散らばっていた。アカネがそれを見飽きて眠気に襲われていたとき、警報が鳴った。船のコンピュータが自動で他船を検知したのだ。スクリーンの一部が、拡大されていく。はるか下の黒い豆粒が、鋭い二等辺三角形となる。

〈ブラックスワン〉だ！

船が上昇するにつれて、ビーコンがふたたび反応した。間違いない。暗黒声優があれに乗っている。木星の厚い雲のなかに隠れていたのだ。

スクリーンに暗黒声優の顔が表示される。〈ブラックスワン〉から〈さみだれ〉にエーテル通信が送られてきたのだ。

「重力消失を切り抜けたようね。貴女ならできると思っていた」

「おい、その物言い、まさかアンタが重力を消したっていうのか？」

その返事はなく、〈ブラックスワン〉から〈さみだれ〉へとレーザービームが放たれた。エーテルが濃い宇宙空間では、ビームの威力が強大になる。

船体が激しく揺れ動く。どこからか焦げたようなにおいが漂ってくる。

「船体後部に火災発生！　隔壁を閉じて消火します！」

「くそ！　こっちからもビームだ！」

反転攻勢に出ようとするが、スクリーンからもビーコンからも相手が消えてしまった。

木星の厚い雲に入ってしまったのだ。木星内部から発せられる光は、エーテル濃度の違いにより宇宙空間との境界面で全反射される。一方、宇宙空間から木星へは光が通るのだ。雲のなかからは外が見え、外からは内部が見えない。相手に対してアカネたちは完全に不利な位置にいた。

「ビームだ！　撃つんだ！　撃て！」

「でも、せんぱい！　無駄撃ちですよ！」

サチーのいうとおりであった。〈ブラックスワン〉はビームが当たった雲とはまったく別のところから浮上し、攻撃の置き土産を残してはまた消える。

「船体温度上昇、このままでは融(と)けてしまいます！」

「こうなったら、こっちも木星に降下だ！」

だが、木星へ接近すると、〈ブラックスワン〉が出現し、ビームが放たれる。それを避けるために旋回していたら、いつまで経っても木星の雲には入れない。小回りは小型船のほうに分(ぶ)がある。

〈さみだれ〉はビームを回避するために上下左右に激しく揺れた。急激なGがかかり、一瞬気が遠くなる。そのとき、アカネは『声』を聞いたような気がした。

頭に打ちつけられるような悲しい声であった。『声』は骨髄まで染みこみ、それが響くごとに、ナイフで切られたかのような悲痛が走った。不思議なことに、悲痛に身を切られると、よりよいエーテルの奏で方が頭に入ってくる。

いける！　アカネは〈さみだれ〉を重力制御で加速させる。間一髪でビームを避け、木星へ落ちていく。船の下部にあるエーテルが急速に圧縮されたため、すみれ色に発光する。木星に近づくにつれ、放射線の値が大きくなるが、エーテルバリアでしのげる量だ。大気が濃くなるごとに、放射線は減衰し、可視光が残る。光は拡散され、空はだんだんと青くなっていった。

雲。雲。雲。とてつもない広さの雲。その上を〈さみだれ〉は飛んでいた。地平線は地球と違ってまっすぐだ。惑星が巨大すぎて球であることが感知できないのだ。

雲のなかでは、とんでもない規模の雷が光っていた。地球の雷の一千倍のエネルギーがあちらこちらで解放される。〈さみだれ〉は臆することなく、熾烈な環境である雲へと入っていった。

雲に少し入っただけで光は急速に暗くなっていくが、エーテルバリアから出る紫の光と雷が照明の役割を果たす。最上層は軽いアンモニアが多く含まれたオレンジ色の雲だ。アンモニアが減り、もっと重い水が多く含まれるにつれて、オレンジ色から黄色に、黄色から白に、白から青に変わっていく。暖色からより黒々しく変わり、陰鬱な印象が場を支配する。

「三時の方向に船影あります！」

鋭い三角形が接近し、ブーメランのように離れていった。〈さみだれ〉が揺れる。ビームが命中したのだ。しかし、その揺れは宇宙空間でのものよりも小さかった。大気中ではエーテルが薄くなるため、レーザービームのエネルギーは小さくなり、また、嵐によるエーテル流と干渉するためさらに弱くなる。木星の嵐のなかは、太陽系で一番レーザービームを使った戦闘に向いていない場所だろう。

〈さみだれ〉はビームを撃ち返すが、相手はまた雲のなかに消えてしまう。どうやら、ヒット・アンド・アウェイの戦法を決めたようだ。ビームのエネルギーが小さくなっているため、一撃でやられることはないものの、損傷が蓄積するとまずい。

雲を避けるために、〈さみだれ〉はまた急降下していく。〈さみだれ〉と一緒に雨や雹が落ちていた。水やアンモニア、硫酸の雨だ。鬱々とした青い雲のなかで、雨は仲間と合流して大きくなっていくが、あるところを境に拡大はとまる。蒸発するのだ。沸騰して気体と化し、また上空に浮かび上がって雲になるという果てしなき輪廻転生。

〈さみだれ〉はその輪廻転生から抜け出し、下に下に落ちていく。そして……。

「雲が晴れました！」

嵐と対照的な静寂がそこにあった。広い……！　途方もない広さの空間。上空で輝く雷が照明となる。核爆発ほどの規模の稲妻が、何千、何万と前後左右に果てしなく並び、壊れた蛍光灯のようについたり消えたりを繰り返す。

奈落。〈さみだれ〉は奈落に浮いていた。透き通った水素の層だ。下の層である液体金属水素の海まで、地球数個分ほどはある。高所恐怖症者を連れてきたら発狂してしまうだろうが、アカネの精神はそれほど弱くはない。地球数個分の高さもアリンコ数匹分の高さと同じだ。

常識外れの光景のなかで、アカネは『声』を聞いたような気がした。木星内部へと潜るにつれて、世界の彼方から脳へと運ばれてくる『声』は大きく響くようになった感覚がある。悲しみを浴びせられ、自分の肉体が少しずつ溶けていくような感じだ――。

「出てきました！　ちょうど真上です！」

サチーの叫びがアカネを思索から現実へと戻した。彼方にある雲から猛禽類のごとく〈ブラックスワン〉が出てくる。エーテルバリアが出す紫色の光が周囲の雨を照らし、花火のようだ。アカネは発声管を振動させ、エーテルアンプからレーザービームを生み出す。光の柱が走り、雷に負けない大音響を発しながら、〈ブラックスワン〉を撃ち抜いた。バリアとビームの衝突により光の爆発が起こる。〈さみだれ〉は光の衝撃波で激しく揺れる。

光のオーケストラが終わったのち、〈ブラックスワン〉は平然とそこにいた。

強い。レーザービームが弱まる厚い大気のなかではあるが、保安庁の最新鋭のアンプから出たビームが直撃して無事というのはすごい。エーテルの流れを瞬時に操ってエネルギーを発散させたのだろう。このような状況ではビームでは撃破できない。質量のある兵器を使わなければいけない。

「天宮、この船にミサイルってあるか？」

「ミサイルはありませんねぇ。脱出用の小型艇ならありますが」

小型艇か。たしかにミサイルの代わりにはなるが、爆発物がなければ心もとない。

爆発……爆発……。そうだ、いいことを思いついた。

「この船の声優は全員集まれ！」

アカネは船内に号令をかけた。

三分後、生き残っている六人の声優が集まった。名前は、キサラ、ネシヒキ、テイセ、イノリ、ミドカワ、サノウである。どの声優も、まだ生きているのが不思議なほどひどい状態であった。ヴォワール中毒でやせ衰え、全身の水分を吸収されたかのように骨と筋だけだ。釣り上げられた深海魚のように眼だけがギョロリと出ている。そんな身体の生気を奪って、発声管はピチピチに元気であった。活きがよく体をくねらせ、勝手に周囲のエーテルを奏で光を発している。ヴォワールの投与は健康には悪いが、声優としての潜在能力を極限まで引き出したようだ。

　アカネはヴォワールの在庫すべてを声優たちに投与し、指示を与えて小型艇に乗りこませた。指示は簡単だった。〈ブラックスワン〉にできるだけ近づき、エーテルを操りレーザービーム同士を衝突させ、圧力と熱を瞬間的に高めよ。いま、周囲には木星の大気圧で高い圧力がかかった状態の水素が大量にある。さらにそこに熱と圧力を集中させることにより、核融合反応を起こすことができないかというもくろみだった。

　声優核爆弾だ。

　核融合に至るまでのハードルが高いことは、アカネもわかっていた。少なくとも、木星中心の八十倍の圧力は必要だ。だが、厳しく管理されている保安庁の公務声優は民間声優よりも能力は高い。おまけに、致死量寸前までヴォワールを大量投与した中毒者でもある。アカネの経験と直感では、核融合に至るまでの圧力を高められると踏んでいた。

　考えるより、実行あるのみ！　キサラ、ネシヒキ、テイセの三人が乗ったミサイルがそれぞれ〈さみだれ〉から切り離され、〈ブラックスワン〉に体当たりしていく。

　ネシヒキのミサイルは点火に失敗した。圧力を高め、自壊しただけで何も興味深いことは起こらなかった。根性が足りなかったのだろう。だが、キサラとテイセの二人は見事に本懐を遂げた。水素と水素が、互いに反発しあうクーロン力を超えた圧力を与えられた結果、合体してよりエネルギー的に安定したヘリウムとなり、余剰エネルギーが外へと出る。

瞬間的なミニ太陽が二つ、木星の空に現れる。光と音が大波となり、距離が離れている〈さみだれ〉にも打ちつける。

「やったか？」

アカネは揺れる〈さみだれ〉を安定させ、スクリーンを見た。〈ブラックスワン〉はまだ形を保っている。しかし、ダメージを与えたことは確かなようだ。片方の翼が小さく欠けている。

「おみごと。その調子ね」

暗黒声優からの通信が入った。自分が攻撃されているのにもかかわらず、どことなく嬉しそうだ。

「覚悟しろよ。いまからそっちに乗りこんで、この手でぶっ殺してやる！」

「それは楽しみ。でも、ゲストが来ているようだわ。私は一旦、離れさせてもらう。また会いましょう」

通信は切られ、〈ブラックスワン〉は上空へと飛んでいった。

「まてよ！」

アカネが追撃しようとしたとき、雲のなかからミサイルが出現し、〈さみだれ〉の近くで爆発した！

「サチー、何が起こった？」

「ぜんぜんわかりません！」

混乱するアカネとサチーの前に、巨大な船が舞い降りた。〈さみだれ〉の三倍ほどの大きさだ。細長い飛行船のような船体をエーテルアンプやレールガン、ミサイルなどの武装がところ狭しと覆っている。船体には派手なロゴと船名が書かれていた。

『株式会社ライズ探偵局』〈クルージーン〉。

その会社名はアカネも知っていた。探偵と名乗っているが、実態は賞金稼ぎだ。リーダーの探偵と参謀の助手がバディを組んでいることが一般的である。外惑星では現在でも公的な警察機構が機能しておらず、賞金制度を使って民間委託しているのだ。賞金を獲得するために組織された会社がいくつもあるくらいだ。ライズ探偵局はそのなかでも大手の一つである。

「ヘイ！　ワタクシは一等探偵、ミネルバ・イブラヒームです！」

やたらノリがよさそうな声がスクリーンから聞こえた。〈クルージーン〉から通信が入ったのだ。ブロンドのロングヘアと黒い肌を持つお姉さんが姿を現す。

「そしてボクは、一等助手のナナセ・シュタインバッハだよ」

対照的に、助手のほうはどことなくダウナーで、不健康なほど肌が白いショートカットの少女だった。目は斜め三十度ほど上の方向をぽけーっと向いている。幽霊でも見えているのだろうか。

「重要指名手配犯、四方蔵アカネ！　〈さみだれ〉のハイジャック容疑で拘束します！

おとなしく投降しなさい！」

ミネルバが大げさなボディランゲージとともに警告する。

「いまはそれどころじゃないだろ。地球が崩壊したんだぞ」

自分たちのことを棚にあげてアカネが指摘する。

「地球が燃えようが、太陽が爆発しようが、仕事は続けなければいけません！」

「飼いならされやがった犬め。天宮！　声優核爆弾をおみまいしてやれ！」

「りょうかい！」

イノリとサノウが乗ったミサイルが〈クルージーン〉に打ち上げられた。しかし、〈クルージーン〉もまたミサイルを発射し、声優たちが核融合反応を起こす前に蒸発させ、木星の一部とする。

「ハッハッハ！　凡人は何をやってもエリートに勝てないのです！」

「ボクたち、倍率百倍の試験に合格してるんだからねー」

「くそう！　一時退却だ！」

相手はエリートのうえに、装備も整っている。途方もなく不利だ。不利な状況を変えるには、ひとまず退却しかない。

「退却って、どこにですか？」

「コンピュータ、木星の地図を表示しろ！」

画面に出た表示をすばやく確認しながら、アカネは考えた。

「わかったぞ、大赤斑に行くんだ！」

大赤斑。木星においての最大の嵐。その大きさは地球三個分だ。数百年も現在の形を保ち続けながら回転しており、途方もないエネルギーを秘めている。

その大赤斑に船を突っこませるというのは、ともすれば自殺行為ともなる。そんなことをアカネが決意したのは、勝算があったからだ。嵐のなかでは、ミサイルは風に吹かれて使い物にならなくなる。また、表面積が大きな船よりも小さな船のほうが風の抵抗が小さく有利だ。大赤斑に入れば圧倒的に不利な今の状況を覆すことができるかもしれない。

〈さみだれ〉は〈クルージーン〉をかく乱するために雲に入り大赤斑を目指した。近づくにつれ、横殴りの風が強くなっていく。砲弾並みの速度の雹が船体を打ち、ガンガンと音が鳴る。船体を安定させるのでせいいっぱいだ。

周囲のオレンジや白色の雲が少なくなり、赤みが増してきた。コンピュータによると、深部から上昇してきたリンだとか有機物だとか。そのおかげで〈クルージーン〉の船影が見えなくなった。相手からもこちらが見えなくなっているのであれば好都合だが、そんな幸運を当てにするわけにはいかない。相手はプロだ。強力な索敵技術を持っているに違いない。

〈さみだれ〉の七時方向で閃光が走った。〈クルージーン〉の核ミサイルだ。しかし、衝撃は嵐に消し去られて弱い。アカネのもくろみ通りだ。ただし、これで〈クルージーン〉がこちらを見失ってはいないことも判明した。このままでは追いつかれてしまうだろう。

「エーテルローターを駆動しろ！」

非常に濃い木星の大気中で、エーテルローターが伸びる。一気に抵抗が大きくなり、船の安定が損なわれる可能性がある危険な行為だ。アカネは賭けに出たのだ。大赤斑内部では、風は船体の横から吹く。ローターは横への力を前への推力に変換することができる。障害物となる大赤斑の風の力を逆に利用して、加速しようとしたのだ。

視界ゼロのなかを、ぐんぐんと加速する。アカネとサチーは壁に押しつけられた。加速したということは、障害物からのダメージが大きくなるということでもある。作用を与えると同等の反作用がもたらされる。

巨大な雹が、ローターの一つに正面衝突した。たちまち〈さみだれ〉は回転しはじめる。それでもアカネはマイクにつかまり、エーテルを奏で続けた。洗濯機のように回っていた船は、重力制御で少しずつ安定を取り戻していく。

「せんぱい！　前方から光です！」

ミサイルの爆発か？　いや違う。前方が全体的に明るくなってきたのだ。

大赤斑の目が近づいてきたということだ。巨大な渦である大赤斑には、台風と同じように無風地帯である目が中央にある。

〈さみだれ〉は大赤斑の目に出た。さっきまでの嵐が嘘のようにとまった。頭上のはるか彼方に青い空が見える。空から光が柱のように降り注いでいる。

背後にあるのは、天体規模の高さを誇る雲の壁だ。ペンキを水で流したように、赤みがかった茶色やオレンジの雲がむかって左に流れている。ときたま、小さな渦ができて消えていく。

ずっとむこうにもう一つの壁がある。巨大すぎてかえって近くに見えるが、実際にはインド洋ほどの距離が離れているのだろう。いくつもの赤色の流れは、遠くから見て一つにぼやけ、輪郭のはっきりしないにじみとなっている。むこうの壁では、配電がバグったクリスマスツリーのように光がチカチカと瞬いている。あの一つ一つが地球の雷の千倍の規模を持っているのだ。ここがいかに巨大であるのかを思い知らされる。

「せんぱい、この後どうするんですか？」

「〈クルージーン〉を待ち構えよう。ヤツが出てきた瞬間、声優核爆弾をおみまいするんだ」

「はーい、りょうかい！」

相手より早く目に行きつく、これがアカネの作戦であった。安定した無風地帯で待ち伏せて、〈クルージーン〉が出現したところを一気に攻撃するのだ。

十五分後、雲に動きがあった。内部から押し出されるように雲がたわみ、なかから葉巻型の物体が現れた。

「ヤツだ！　ミサイル発射！」

ミドカワが乗る最後の声優核爆弾が発射された。相手が反撃に出る前に、核爆発が起こる。直撃だ！　爆発のあとには何も残っていない。蒸発したのだろうか？

だがしかし、どこからか発射されてきた質量砲弾が〈さみだれ〉の船体を抉る。

「残念ですね！　よく考えたと褒めてあげましょう！」

「まあ、凡人にはこのくらいが限界なんだよね」

なんてことだ！　蒸発したはずの〈クルージーン〉がそこにいた。探偵と助手の二人はピンピンしている。

「ハハハハ！　ビックリしましたか？　実はさっきのはデコイだったのです！」

「まあ、ボクたちくらいになると、当たり前の技術だよねー」

〈クルージーン〉は、カーボンナノファイバーで自身のハリボテを作り、ロケットエンジンで飛ばしてデコイとしたのだ。アカネの計画など、プロである探偵たちにしてみればミエミエだったのだ。

「さあ、降参するか今死ぬか、どっちですか？　選んでください」

〈クルージーン〉は〈さみだれ〉を一方的に砲撃していく。

「たいへんですよ！　せんぱい、どうしましょう？」

「こうするんだよ……サチー、何かにつかまれ！」

〈さみだれ〉の船内が無重力状態となった。船体が自由落下をはじめたのだ。〈クルージーン〉は上方にとまったままで二つの船の間の距離は広がっていく。アカネは〈さみだれ〉の重力制御を切ったのだ。木星の巨大な重力は、なによりも強力なエンジンだ。

探偵たちは、〈さみだれ〉の決死バンジージャンプにびびったようだ。アカネほど自分たちの命を粗末に扱っていないためか、重力制御をかけながら慎重に降下する。

一方、〈さみだれ〉は加速していき、断熱圧縮により炎に包まれる。

「ひいっ……せんぱい！　融けちゃいますよ！」

「大丈夫だ！」

サチーは空中で手をバタバタと動かす。パニックになりかけている彼女を、アカネは抱きしめる。

炎を帯びたまま、〈さみだれ〉は落ち続けた。大赤斑の渦は、数時間降下しても消えなかった。相変わらず赤い雲が一定方向に移動している。だが、光には変化があった。だんだんと暗くなっている。気圧が高まり、空間中のエーテル量が減っているので、光のエネルギーも弱くなっているのだ。そして……。

「船体温度が低下しはじめていますよ、せんぱい！」

圧力とともに温度が高くなるというボイル＝シャルルの法則が破れたのだ。この法則は、圧力が高まるにつれてエーテル摩擦の頻度が大きくなり、その結果として温度が上昇することにより成立するが、ある一定以上の圧力の場合は成り立たなくなることが知られている。約三百万気圧以上では、物質が空間中のエーテルを押し出してしまい、圧力が上がるとかえって温度が低下するようになるのだ。木星の深部へと潜り、〈さみだれ〉が融ける前にボイル＝シャルルの法則が破れる地点に行きつけば、温度が下がり融けずにすむはずだ。それがアカネの魂胆だった。

「よし、このまま速度を落とすぞ……」

〈さみだれ〉は重力制御を取り戻し、大赤斑の目のなかをゆっくりと降下していった。命を賭した一か八かの勝負に勝ったアカネは冷や汗を拭った。

「ひえ～！　せんぱいっ、塔みたいなのがあります！」

重力制御が戻ってから三十分ほどが経った後、降下する〈さみだれ〉の前に奇妙な細長い物体が現れた。ダイヤモンドにも似ている非常に透明度の高い素材でできており、暗いなかでも光を反射してキラキラ輝いている。角度の鋭い円錐形であり、はじめのうちはそれほどの太さでもなかったが、下に行くにつれて体積が増し、巨大な壁のようになる。

しばらくすると、塔から枝が伸びてきた。雪の結晶に似て、太い枝の先から無数の細い枝が生え、さらに細い枝がまた生えている。枝の先からは液体が噴出していた。噴水のごとく勢いよく出ている枝もあれば、粘り気の高い液体がしたたっている枝もある。

そして塔の中央から枝に向かって、液体が通る細い通路状のものがはりめぐらされている。それはさながら血管であった。

大赤斑の下にこんな物があったとは。いや、逆にこれがあったから大赤斑が誕生したのだろう。大赤斑とは、この塔を障害物として作られたテイラー柱であったのだ。

テイラー柱。液体のなかで、下方の障害物により生じる円柱状の流体のよどみだ。他からの影響がないとき、流体は鉛直方向には一様であるという定理がある。底にある障害物を避ける流体に合わせて、上方の流体も動くため、表面では斑点があるかのように見えるのだ。たとえば、黒潮の流れなどは海底の地形により作られるテイラー柱に影響を受けることが知られていた。

だが、なぜ木星の底にこのような不安定な構造物があるのだろうか。強力な重力の下ではすぐに壊れてしまいそうなものなのに。

「せんぱい！　底が見えました！」

〈さみだれ〉が空中をホバリングする。底とは、液体金属水素の海だ。あまりにも圧力が強いため、水素すら金属になっているのだ。

塔は嵐もなくおだやかな海から堂々と突き出ていた。海中にも塔は続いているのだろうか。

探偵たちに追われていることを忘れて、アカネはその光景に見入ってしまった。ガラスが液体になったかのように透明度の高い海が揺らいでいる。海の表層近くでは、水に浮かぶ油のように、アメーバに似ている不定形の膜が漂い、ときおり、塔に張りつきながら、するすると、抵抗を感じることもなく上昇していた。枝の構造は海中にもあるようで、アメーバたちは枝に潜り、塔の内部にも入りこんでいる。見事な芸術品だ。じっと見ていると、脳を和毛（にこげ）でなでられているような、快感まじりの妙なむずがゆさを感じる。人工物にも天然物にも見える絶妙な形である。

「せんぱい、何か飛んできましたよ！」

サチーの声でアカネは我に返った。枝から、噴水のように透明な液体が噴射され〈さみだれ〉にかかったのだ。

「大丈夫だろ、エーテルバリアがあるんだぞ」

しかし、アカネの楽観的展望はすぐに破れた。液体はエーテルバリアと接触すると、激しい光を発しながら内部へと染みこんできたのだ。

「嘘だろ。こいつ、エーテルを奏でてるのか……」

そうとしか考えられなかった。謎の透明な液体はエーテルを操ってバリアを中和しているのだ。もしも、エーテルを自由に奏でることができる存在＝（イコール）声優と定義するならば、この液体も声優ということになる。

謎の液体は、エーテルバリアを越えて船体に届いた。そこから滴り落ちると思いきや、薄く伸びて船全体に広がる。

「超流動体ヘリウム、船体の七十％に浸透中」コンピュータの分析音声が冷静に告げる。

超流動体。極低温環境下でのみ成立する、量子的性質がマクロサイズにまで拡大された状態だ。粘性がゼロとなり、原子一つ分の隙間があれば漏れ出すことができる。

案の定、アカネが超流動体の性質について調べている間に、〈さみだれ〉の船内に超流動体ヘリウム声優が染みこんできた。

「せんぱい！　もうここまできてますよ！」

超流動体ヘリウム声優はいくつもの壁を通り抜け、アカネたちがいるスタジオまでたどりつき、まるで何かを探すように壁を伝ってくる。その透明な表面には、小さな色とりどりの光が浮かぶ。エーテルを振動させているのだ。

アカネは喉元に妙な動きを感じた。発声管が自分の意図に反して勝手に震えだしているのだ。体内に移植した発声管もつられるように震えだす。体の各所に理不尽な痛みが走る。内部からつねられているような、いままで経験したことがない痛み。身体の一部であるという事実を裏切るように、発声管は自由奔放に動き回る。上下左右前後斜め。グネグネとくねりながらエーテルを奏で、青、赤、緑、オレンジ、黄色、紫……。次々と変化する色を身にまとう。

　ヘリウム声優のほうも、さまざまな色を奏でていた。それは発声管が出す色と対応しているように見えた。あたかも色のお手玉をするように、双方の発光には相互作用があった。

「まさか、こいつら会話している……？」

　アカネには信じられないことであった。自分の肉の一部が、超流動体ヘリウムと勝手に会話している？　だが、それは、今起こっていることを表現する最も適切な言葉であった。エーテルを媒介して、双方は会話していたのだ。

　途端に、アカネのなかに子供っぽい怒りがむらむらとわきあがった。これでは、まるで自分だけ仲間はずれにされているようなものではないか。いままで、一心同体となって生活してきた仲間たちに、突然裏切られたようなものだ。

「ヘリウムなんかに惑わされるな！　ヘリウム声優よりアタシのほうが強い！」アカネは叫んだ。そしてそれを証明するために、ヘリウム声優から声優としての力を奪おうとした。

「ラダレデロド、ダラデレドロ、ゾデザドゼ、ゼドザデゾダ、ダゾザド、ドザゾダ！」

　アカネは養成学校時代に習ったマントラを唱え、精神を統一し、発声管のコントロールを取り戻そうとする。そして、発声管とヘリウム声優との会話を通路として、力を吸いこんでいく。餓鬼のように、ほかのことを考えずにただひたすら、ヘリウム声優から力を奪っていく。

からみついていた糸が切れるように、発声管のコントロールが復活した。瞬時に、エーテルを奏で、熱線を出す。強力なビーム！　ヘリウム声優がキャンセルしようとするが、力押しで凌駕する。熱線を発射して、発射して、発射しまくり、相手のエーテル振動を飽和させる。

ヘリウム声優は蒸発しつつあった。超流動体は沸騰しない。熱伝導率が非常に高いので、熱は液面まで運ばれて気化は表面のみで起こる。音もなく体積が減り、最後には消えてしまう。

「いやっほう！」

アカネは叫び声をあげて〈さみだれ〉を乱暴に操った。塔の周囲を猛スピードで旋回させる。調子がいい、山でも動かせそうな全能感だ。

「さすがせんぱい！　かっこいい！」

「どうだ、すごいだろ！」

喜びに沸き立ち、上空から船が接近しつつあることにも気づかなかった。

「四方蔵アカネ！　天宮サチー！　やっぱり生きてましたね！」

「ゴキブリなみにしぶといんだなー」

スクリーンに探偵と助手の顔が映る。〈クルージーン〉が追いついてきたのだ。だがアカネは、前のように尻尾を巻いて逃げはしない。いまは、十分な力がある。声優の本気を見せてやる！

〈さみだれ〉のアンプから、塔に向かってエーテルの波が放出された。塔が傾く。少なくとも地球一つ分くらいある高さの塔が。塔はヘリウム声優の重力制御で立っていられたのである。アカネはその制御を一時的にキャンセルした。そして木星の巨大な重力のもとでは、たとえ一時的であろうとも、塔が崩壊するのには十分であった。

ゆっくりと、非常にゆっくりと塔が折れていく。外見上はゆっくりに見えるが実際にはすさまじく速い。その証拠に、崩壊する塔は何重もの衝撃波を発生させている。

とてつもない衝撃波とともに、塔から生える繊細な枝も崩れてきた。何千何万という枝が衝撃波に乗り、鋭利なミサイルとなる。その軌道の先には〈クルージーン〉があった。エーテルバリアを突き抜けて、無数の枝が船体へと刺さる。いくら丈夫な探偵局の船でも、こうなれば大破だ。

崩壊する〈クルージーン〉から、脱出艇が飛ぶのが見えた。ゴキブリのようにしぶといのはアカネたちではなく、むしろ彼女たちなのかもしれない。

「うわ、せんぱい！　やばいですよ！」

落ちる塔が海に達し、津波を作っていた。液体金属水素の津波だ。高さはおよそ、地球の半分。

「離脱するっ！」

〈さみだれ〉は上空に向かって加速した。持てる限りの力すべてを使ってエーテルを奏で、上へ上へ上へと船体を持ち上げる。

上昇する〈さみだれ〉の背後では、大赤斑が力強く回転していた。しかし、その回転も消え去る運命にあるのだ。

V

「あのーせんぱい、食料があと一週間ぶんくらいしかないんですが」

サチーが軟骨を噛みながら言った。きれいに肉がそがれた骨は壁に投げ捨てられる。

「そりゃそうだなあ、無限にあるもんじゃないからなあ」

アカネも骨を投げ捨てた。骨が山積みになり、嫌なにおいが漂っている。ここ一週間でカビが生え、ぐちょぐちょした黒い液体がしたたり落ちている。どこから出てきたのか蛆(うじ)虫もわいてきた。〈さみだれ〉船内は荒廃していた。掃除能力が皆無であるアカネとサチーしか乗っていないのだ。エントロピーの上昇はとどまるところを知らない。脱ぎ散らかした服や、ごみ箱まで行きつかなかったレーションの袋などで足の踏み場もない。重力制御をかけてあるこのスタジオはまだマシなほうだ。無重力状態となっている他の場所は埃(ほこり)

が舞い、入っただけで気管支炎を起こしそうだ。

アカネは肉を噛む。味は薄いが、牛と鳥の中間くらいの食感だ。その肉の塊には、二つの眼と一つの口があった。

〈さみだれ〉が漂流してから一ヵ月ほど、アカネたちは冷凍室に安置してあった監督やスタッフ、声優たちの死体を食べて命をつないでいた。拒否されたら面倒なので、サチーには豚肉と偽って、切断した肉片を与えている。骨の形からわかりそうなものだが、何も文句を言われない。よっぽどサチーがアホなのか、気づいているが何も言わないかどちらなのだろう。まあ、いいか。

「食料なくなったらどうするんですか?」

サチーが骨を使って原始人の家のようなものを作りはじめた。最近の暇つぶしなのだ。

「アンタを食べる」

「食べちゃいたいほどかわいいってやつですかあ?」

他愛ない会話をしながら、アカネはごろりと床に寝そべり、スクリーンを見た。〈さみだれ〉の外には、船体の三倍ほどの大きさの宇宙植物が漂っていた。エーテル流から得られる回転でエネルギーを手に入れるタイプのものらしく、風車のように放射状の翼を広げ、翼の先端からもまた風車が生えている。中央からはバクテリアのようにらせん状の鞭毛(べんもう)が伸びており、効率的に回転できる方向に体を傾ける。〈さみだれ〉から発生する渦を狙っているのだろうか。ここ数週間、ずっと後をつけられているのだが、害もないので放っておいている。

「そうだ、アレ食べようぜ」

アカネはスクリーンに映る宇宙植物を指した。天才的なアイディアだと思ったのだが、サチーのリアクションは薄かった。

「えー、まずそうですよ。そもそも食べられるんですかね？　外に取りに出ていくのだって、メッチャ大変だし危険ですよ」

「それもそうだな……めんどくさいし」

アカネはふたたび床に寝そべった。船内に引きこもっていたせいで、彼女はすっかり怠（なま）け癖がついてしまった。

何もやることがない。寝るしかない。寝るのは簡単だ。目を閉じて、すべての考えを消せば自然にやってくる。しかし、いつまで経っても寝つけないので、アカネは過去のことを考えた。木星から脱出した一ヵ月ほど前のことを。

「大気から抜け出しました！　安定軌道に入ります！」

ヘリウム声優から与えられた圧倒的なパワーで、〈さみだれ〉は大赤斑を抜け、木星軌道上へと一気に上昇した。

ただし、その代償は高くついた。想像を絶する疲労だ。移植した発声管がボーリングの球になったような存在感を発揮してズキズキと筋肉を傷(いた)める。

「疲れた、寝る。重力制御はオマエに任せた」

サチーに指示を出すのがせいいっぱいであった。アカネはスタジオの床に倒れ、泥のように眠りこんだ。

夢のない眠りから覚めたのち、自分の体がソファに移動し、布団がかかっていることに気がついた。おそらく、サチーが運んでくれたのであろう。

「あっ、せんぱい起きましたか?」

サチーが顔を輝かせる。

「いやあ、一人で操舵するのタイヘンでしたよー。一応、エウロパ上空に移動させときましたが、着陸は不安なので、手伝ってくださいよ」

エウロパは木星系の中心街である。厚い氷で覆われた衛星だが、その下には巨大な海がある。海から無尽蔵に供給される水は、木星圏全体の人々を生かしている。

「そうだな、いっぱい寝たあとは腹が減った。プウィル・シティに行ってスシでも食おうか」

「やったあ、久しぶりのデートですね!」

プウィル・シティは、エウロパで最大のクレーター、プウィル・クレーターの中心にある街だ。通常、エウロパの表面は、岩石並みの密度を持つ氷が十キロから百キロメートルの深さまで続くが、クレーターの中心は氷が薄く、せいぜい深さ五キロメートルくらいだ。シティは鋭いほうが下に向いた円錐形をしており、氷に直接埋めこまれている。自重により、氷を融かして下方に移動するが、ある程度沈んだところでバランスがとれ安定してとまる。氷の下の海から供給される豊富な水のおかげで農業や養殖産業が盛んであり、特にスシは地球のものに勝るとも劣らないという評判だ。地球が爆発したいま、太陽系で一番だろう。

〈さみだれ〉はプウィル・シティに降下していった。シティの最上層は、全域が宇宙港になっており、慌ただしく宇宙船が行きかっていた。地球が崩壊した影響は遠い木星圏にも及んでいるようで、交通が混乱しているらしい。空港で検問にひっかからないかという心配はあったが、警察機能が民間委託されている木星圏ではどうやら杞憂のようであった。

「スシー、スシー、おスシはおいしいよ〜♪」

サチーが調子はずれに歌いながら、スシ・レストランに入っていく。無理もない、いままでずっと保存食生活だったのだ。

サーモン、イクラ、サバ、マグロなどのスシをひとしきり食べたのち、ビーコン受信機を確認する。暗黒声優の乗る〈ブラックスワン〉は急加速して木星圏を脱出していた。その軌道は土星にも、天王星にも、海王星にも向かっていない。太陽系外へと出る軌道だ。

「やつは太陽系の外に向かっている。すぐに出発しよう！」

「いや、せんぱい焦りすぎですよ」

浮き足立つアカネをサチーがたしなめる。

「第一、太陽系内用の船で系外に出るのは危険すぎますよ。エーテルの勢いが桁違いなんですから。まずは船大工（シップライト）に頼んで改造してもらわないと」

「それめっちゃ時間かかるじゃん。ちゃっちゃとハイジャックしようよ」

「木星圏には系外用の船はあんまりないんですよ。もっと外側に行かないと」

サチーは会話しながら、アカネの胸にほほをくっつけるようにしてスマホで自撮りした。のぞきこむとSNSをやっている。写真とともに「プウィル・シティなう」と投稿したようだ。

登録者数はアカネのアカウントとは比べ物にならないほどだ。さすが人気声優なだけある。アカネもスマホで自分のアカウントを見たが、ハイジャックをしたからか、アカウントが凍結されていた。

「しばらく見てないうちに、リプライがたくさんきてますね」

スクロールしていくと、「地球が爆発したって聞きました、大丈夫ですか？」などといったクソリプや、「アカネさんがハイジャックしたって本当ですか！」などの叫びが現れた。

「返信しないの？」

「こんなの、いちいち返していたらキリがありませんから」

「人気声優の余裕ってやつ？」

「やだ、人気声優なんて〜、せんぱいから言われると照れちゃいます〜」

二人の気楽な会話は、しかし、隣のボックス席に入ってきた二人の客により途切れた。

彼らは声優警察の制服を着ていたのだ。

声優警察。声優監視委員会の下部組織であり、一般の警察や警察業務を委託された民間企業とは独立に声優の犯罪に対処する。

アカネとサチーは見つめ合い、そろりそろりと店から出ようとした。そのとき、声優警察の一人が叫ぶ。

「四方蔵の百合営業相手、天宮サチーが、ＳＮＳに四方蔵と並んだ写真を上げてます！プウィル・シティにいます！」

「プウィル・シティってここじゃないか、……あっおい、まて！」

アカネははっきりと顔を見られてしまった。全速力で店を飛びだすが、そのすぐあとに追っ手が続く。

「ああっ、せんぱい！　ごめんなさい！　わたしのせいで……」

サチーのアホはいまにはじまったことではないので、驚くようなことではない。

「どうでもいい！　とりあえずいまは、〈さみだれ〉まで戻って飛ぶだけだ！」

　アカネとサチーは空港へ続く長いエスカレーターを駆け登る。邪魔な人々は声優カラテを使って容赦なく倒す。倒された人々はエスカレーターを転がり落ち、追ってきた声優警察に踏まれた。

「めんどうだ、サチー、飛ぶよ！」低い重力を利用してジャンプで一気に上昇する。

　最上層に出た。四キロ平米の広さを持つ宇宙港は、半柱型の通路が網の目状に広がり、乗客は徒歩で船に乗り降りすることになっている。アクションゲームのように他の通行人たちの頭上をジャンプし、〈さみだれ〉へ急ぐ。

　対する声優警察二人はもう息が切れている。木星の衛星で生まれ育った彼らは、地球出身のアカネとサチーに比べて体力面で大きく劣る。太陽系内で人が住む大地のなかでは、地球は最も重力が強かったのだ。いま戦えば勝てるだろうが、すでに仲間を呼んでいるだろう。ここは高飛びしたほうがよい。

「ありました！　〈さみだれ〉です！」

　サチーがハッチにキーとなるパスワードを入力し、船内に入る。スタジオに突進した二人は手近なマイクをつかみ、重力制御で船を緊急浮上させる。

　エーテル発光と雷で輝く木星を背景にして、エウロパが雪玉のように小さくなる。雪玉からものすごい速さで一隻の船が飛び出てくる。声優警察の警備艇だ。

「せんぱい、撃っちゃいますか？」

「いや、ここで時間をかければ敵が増える。木星圏を出るほうが先決だ」

アカネはヘリウム声優から強奪した力すべてを〈さみだれ〉の速度増加にぶちこんだ。

「どこに行くんですか？」

「太陽系外だ！」

「そんなあ、この船では無謀ですよ！」

「ああそうだ！　声優警察の船も系内用だ。系外まで出れば追われないってことだよ！」

「他の船が先回りしませんかね？」

「土星も天王星も海王星も、木星とは反対方向だ。エーテル通信で呼びかけてそこから船がきても、こっちには追いつけない。それに、太陽系外には信号は全反射されて通じないから、いったん外に出れば情報が広まる前に逃げ出せる。あとはビーコンを追って暗黒声優に追いついて、ぶっ殺すという筋書きだよ」

「あいかわらずムチャクチャな計画ですね！　もちろんついていきますよ！」

そうして、〈さみだれ〉は大音響をあげながら、太陽系外へ爆走していった。

そうして二十日後、太陽系の果てが見えてきた。ヘリオポーズ。太陽からおよそ五十天文単位の彼方に位置する、太陽風と銀河系のエーテル流が衝突する地点だ。ここを出るとエーテル密度は急激に上がり、太陽系内とはまったく違った環境が現れる。〈ヘリオポーズに近づくにつれ、遠方から一隻の船が近づいてくる。〈さみだれ〉と真正面で衝突するルートを、速度も落とさず猛烈なスピードで飛んでくるが、心配することはない。その船は〈さみだれ〉自身なのだから。ヘリオポーズでは、太陽系内と系外のエーテル密度の差で、系内から発射された光は全反射される。よって、超巨大な鏡が設置されているように、近づく船は自身を見ることとなるのだ。

鏡像の〈さみだれ〉の背後には、球の形に歪んだ銀河系の全景が見えた。太陽系外から系内に発射される光は大きく屈折し、系内の観測者からは魚眼レンズを通したように、小さな球のなかに全世界が閉じこめられて見える。

銀河系の本来の形は、中央が少し膨らんだどら焼き型である。太陽系はその辺境にあり、そこからながめた銀河系は、どら焼きを横から見たものに似ている。中央の膨らんだ部分は、まばゆいばかりの白色の光を放ち、右に行くにしたがって白から青に、左に行くにしたがって白から赤に変色していく。

銀河系はエーテル流の性質から三つの宙域に分類される。層流界、乱流界、臨界領域である。その宙域を特徴づけているのが、流体の乱れやすさを示すレイノルズ数だ。基本的に、レイノルズ数は流体の密度や速度が大きいほど大きくなる。たとえば、水道の栓を開くと最初はサラサラ流れるが、流れを強くすると乱れが大きくなり、予期せぬ方向に飛び散る。

レイノルズ数が小さい銀河周辺部は層流界と呼ばれる。そこでのエーテルの流れは予測が簡単で、渦や嵐も起こらずに、航行しやすい。人類の居住領域はほとんどが層流界のなかにあり、太陽系から見て、青色や赤色をしている。エーテルが乱されることなく、銀河系の中央にうずまき状に落ちていくとき、近づくエーテル流が青く、遠ざかるものが赤く見える。この領域では、エーテルの流れを利用したエーテル通信により各所が結ばれ、エーテルネットが張り巡らされている。

一方、銀河中心部にある巨大重力源〈メエルシュトレエム〉に落ちていくエーテルは角運動量保存の法則により速度が大きくなる。速度が増加したエーテル流は、レイノルズ数が上がり、その挙動は予測できないものとなっていく。小さな密度変化が渦を引き起こし、その渦がまた別の渦を引き起こす。小さな渦はドミノを倒すように拡大し、嵐となり、それがいつ発生するかもわからない。乱れたエーテルは、熱や放射線を発生させ、とうてい航行できる場所ではない。これが乱流界だ。大声優時代には命知らずの声優たちが何人も乱流界に飛びこんでいったが、帰ってきた者は一握りしかいない。いまでは、公式には航行禁止が宣言されている宙域だ。遠方から見ると、白い光を放っているように見える。乱れたエーテルが、何種類もの光を放つことで、混ざりあって白く見えるのだ。

層流界と乱流界の間が、臨界領域だ。基本的には層流であるものの、なにかの拍子に乱流に変わるかもしれないというギリギリの宙域である。レイノルズ数は流体中の物体の長さに比例するため、大型船は航行が難しい。エーテル通信も乱れやすいため、層流界にある文明社会からはある程度独立したフロンティアとなっている。

アカネとサチーはヘリオポーズを抜け、銀河系空間へと出る準備をした。光のエネルギーが大きくなるため、日焼けどめクリームを塗りたくり、照明を暗くする。エーテルが濃くなると宇宙空間に失われる熱も大きくなるので服を重ね着する。幸い船内にはそうした装備が充分にあった。

準備ができると、アカネが号令をかけた。

「いざ、太陽系の外へ！　全速前進、ようそろ！」

〈さみだれ〉が動き出す。鏡写しになる船が不気味なほどくっきりと見える。その後ろには、銀河系すべてが入っている水晶玉が続く。

鏡像が近づくにつれ、銀河入り水晶玉がどんどん巨大になっていく。歪みが修正され、本来の景色に近くなっていく。

鏡像が本体と衝突するとき、視界の果てまで広がった水晶玉は突如として反転する。球が世界を囲むように、いままで凸であった球面がこちらに襲いかかってきて、そして平面となる。

薄暗かった船内には、神秘的な青い光が満ちていた。船が放つ音もさっきまでよりも力強く、高い。照明から高エネルギーの光が放射され、いままで感じたこともないような妙な熱が皮膚を包む。

太陽系の外へと出たのだ。

「すっごーい！　外宇宙なんてはじめてですよ！」

はしゃぐサチーを尻目に、アカネはビーコンの行方を調べた。どうやら目標は銀河系の中央、乱流界に向かっているらしい。

「よし！　乱流界にいくぞ！」

アカネは船をエーテル流へと乗せ、銀河系中央に落ちていった。


……とはいうもの、やはり、太陽系内用の〈さみだれ〉で銀河系中央に向かうのは無理がありすぎた。層流界のうちはまだよかったのであるが、臨界領域に入ってすぐに声優トランジスタとエーテルアンプが故障しはじめた。微小なエーテル渦にやられたのだろう。太陽系内のおだやかなエーテル流を航行するように作られた船にしてみれば、荷が重すぎたのだ。

そうして、いま二人は漂流しているというわけだ。一時はビーコンが示す場所に近づいたが、ふたたび離れつつある。毎日、人肉を食べるだけの退屈な日々だ。保存食を買っておけばよかったと後悔したが、声優警察に追われていたのだ、しかたがない。

「ああ〜。せんぱい、魚がいますよ」

サチーがぼんやりとつぶやいた。アカネはその言葉を無視する。どうせスシ欲が高まりすぎて幻覚でも見ているのだろう。

「ほんとうですよ〜、スクリーンを見てくださいよ〜」

本当だった。流線型の影がスクリーンに映っている。その姿はどんどん大きくなる。魚に似ているが、体の構造は左右相称ではなく、頭と尾を結ぶ体軸を中心とした放射相称だ。頭は花びらや星のように十字に割れ、びっしりと歯が生えた口となっている。大きな眼が四つと、それを覆うように隅から隅まで並ぶ小さな眼で頭部は埋め尽くされている。

宇宙魚だ。銀河系のエーテル流のなかには、さまざまな生物が生息している。それらの分布はレイノルズ数により決められている。おだやかな環境だが得られるエネルギーが低い層流界には、巨大だが運動性の低い宇宙大樹の森や、繊毛や鞭毛で動く宇宙プランクトンが住んでいる。乱流界に近づくと、危険だがエネルギーの高い環境となり、渦に巻きこまれないように高い活動性で動く宇宙魚が生息しだす。

「つかまえましょうよ！　スシのネタです！」

サチーがはしゃぐ。宇宙魚は地球産の魚と外見が似ているだけでまったく別の生物なのだが。それに、エーテルアンプが壊れているいま、魚を殺す手段がない。

「さかなぁ！　食べてやるぞ……、っひえええっ！」

　びっくりしたサチーがアカネに抱きついた。宇宙魚が口を開いたのだ。ぱっくりと四つに分かれたそれは、口というよりもイカやタコの触腕のようであった。接近してやっと大きさがわかる。でかい。〈さみだれ〉の十倍ほどはある。大きく開かれた口はそのまま、まっすぐ〈さみだれ〉に向けられていた。

「このままだと、こっちがディナーにされるぞ。どうにかできないのか？　天宮！」

「わたしに聞かれても……。何も思いつきませんよう」

　エーテルアンプが動かないため、焼かれようが食われようが、どうすることもできない。二人が傍観するなか、〈さみだれ〉は宇宙魚の口に入り、腹へと移動した。スクリーンには赤い肉壁が映っていたが、すぐに暗くなってしまった。船体はしばらく揺れていたが、安定したところに流れついたのか停止した。

「何とかなりましたね。行きましょう、せんぱい！」サチーがうれしそうにハッチのほうに歩きはじめた。

「はあ？　何するんだ？」

「外に出て、魚肉を持ち帰るんです」

「いや、せめて宇宙服着ろよ。船内に毒が入りこんだらどうするんだよ」

「大丈夫ですよ。外は安全みたいです」

　たしかに、コンピュータの分析では、外気の成分はおおむね窒素八割酸素二割である。

地球の大気と同じだ。

「それならいいか。ちょっと待て、何か刃物はないか?」

ポケットのナイフだけでは心もとない。船内を探すと、消火斧が見つかった。小ぶりで軽く、いい感じだ。

「よし、開けるぞ」

二人はハッチを抜けてゆっくり歩きはじめる。生暖かく湿った闇がそこにあった。耳を澄ますと、血管を巡る脈拍が聞こえるような気がする。ランプで照らすと、ヌラヌラと粘液で覆われた肉の壁が見えた。

「魚が食べ放題ですよ!」

サチーがアカネから消火斧を引ったくり、ふりかぶった。筋が固いのか、それとも斧が安物なのか、なかなか傷つかない。打撲したときに浮かび上がる内出血のように、肉が黒ずんでいく。

二人はスシネタを目の前にして我を失っていた。そのため、後ろから忍び寄る影に気がつかなかった。

「やっほー!」

影はとびきり明るい声でそう言って、二人の背中をパーンとたたいた。

「ぎゃあっ!」

慌ててランプで照らすと、腰まで届く銀髪をなびかせ、眼帯をしている隻眼の老女が立っていた。その頭にはヘルメットのように顎を外した頭蓋骨がちょこりと載っている。いかめしい外見とは裏腹に、その眼はお気楽で、友達にいたずらしてやったぞというように輝いている。

「なんだアンタ!?」

アカネが慌ててサチーから斧を取り上げ、構えた。

「こんにちは！　あたしはフリー声優やってまーす。檜森スズカだよ！　よろしくね」

フリー声優。声優独立戦争のときに太陽系から乱流界や臨界領域に逃げた声優たちの通称だ。

「ええっ！　まさか本物のスズカさんですか！　あのっあのっ……わたしはホーリーコスモス所属の天宮サチーっていいます。よろしくお願いします！」

握手をねだったサチーに、スズカが快く引き受ける。

「どうも、アタシは四方蔵アカネ。いまじゃあフリー声優みたいなもんだよ」

アカネも一応、握手をする。硬くて温かい手だった。

「漂流してたみたいだけど、あの船でどこ行くつもりだったの？　臨界領域に迷いこんじゃった？」

スズカは心配そうに聞いた。

「いえいえ、逆ですとも、乱流界に行って人を一人ぶち殺すんですす！」

サチーは正直すぎる回答をした。そういうことは隠しておくべき情報なのに。

だが、さすがは声優独立戦争の経験者、器の大きさが違った。

「そっか～、いやー青春って感じだね。けど君たちの船じゃあ、乱流界に入った途端オダブツだよ～」

「その前に、おい、この魚はいったいなんなんだ？　アンタここに住んでるの？」

アカネが会話の流れを断ち切った。

「それはね、聞いて驚きなさんな！　このお魚さん、なんとスズカの船なのである！」

「アンタの船？　まさか。体内で住むことはできるかもしれないが、操縦はできないだろ」

「それができちゃうんですな！　宇宙魚の神経は、声優トランジスタと同じくエーテル振動を拡大する性質があるのです。だから、脳を通じてエーテルを振動させてやれば、航路も変えられるんだよ。ちょいと脳を手術して制御装置を埋めこめば、船に早変わりってわけ。これでも手術は得意なんだ」

アカネが疑うような顔をしたせいで、スズカはぷうと頬を膨らませた。

「もう！　その顔は信じていないな。よーし、百聞は一見に如かず。スタジオに案内してあげるよ、おいで！」

スズカが闇のなかに消える。明かりがなくとも道がわかるのだろう。アカネとサチーは慌ててついていった。

しばらく広い空間が続いたが、スズカは壁に開いた穴に潜っていった。一人がやっと通り抜けられるくらいの穴だ。持ってきた斧をわきに置き、アカネは穴に入る。

生臭さが強まってきた。魚の内臓をごみ箱に入れたまま何か月も放置しておいたときのにおいといえるだろうか。わきあがる生物の臭いが鼻腔を刺激する。

「じゃじゃーん！　ここがスタジオなのだ！　全部、自分でつくったんだよ！」

スズカは自慢げだったが、そこは三人で満員になる程度の小部屋だった。肉壁にはブツブツブツブツ無数の細かい突起があり、そこに一本一本細いケーブルが挿入されている。見ているだけで不健康になりそうな気持ち悪さだ。ケーブルは機器を伝ってマイクと結ばれていた。マイクの隣にはスクリーンがあり、白黒の宇宙植物が映っている。外の様子だろうか。

「このマイクで発声すると、宇宙魚が動くのである」

スズカが発声管をマイクに向け、エーテルを振動させた。ゴドン……衝撃を感じる。スクリーンを見ると、植物が移動している。魚が回頭しているのだ。

「ねっ、すごいでしょ」

「すげぇ！　天宮、ばあさんぶっ殺してこの船奪おうぜ！」

斧を置いてきたのは痛いが、二人がかりで襲いかかれば素手でも殺せそうだ。

「いやー、若いね！　でも、これじゃあまだ乱流界は難しい。もっといい船をあげるよ」

「さすが、独立戦争時代の英雄です！　せんぱい聞きましたか？　自分を殺そうとした相手に船をプレゼントなんて太っ腹！　すごい、神ですよ神！」

「照れるなぁ！」

「それはありがたいけど、なぜそんなことを？」

アカネはいぶかしげに聞く。

「そりゃ、スズカのファンにはサービスしなきゃね。それにね……」

スズカは頭の上にある頭蓋骨を触った。

「君たち二人のことを見てると、昔の相棒を思い出しちゃってね」

「もしかして、その骨――スズカさんのカップリング相手、エリエリこと不知火（しらぬい）エリナさんのものですか！」

サチーはさっきからマタタビにやられた猫のようだ。

「そうだよ。エリナはそのあだ名好きじゃなかったけどね」

「うわあ、エリエリの骨を見られるなんて！　触ってもいいですか？」

「もちろん、でも気をつけてね」

このまま放っておくと話がどこまでも広がりそうだったので、アカネが咳払いをする。

「そういや、スズカさん。食べ物はあるかい？　腹減ってるんだけど」

「そうです。スシですよスシ！　スシを食べましょうよ！」

　頭蓋骨を危なっかしく震わせるサチーの手を、スズカがとめる。

「食事はそのへんの肉からテキトーにとって食べればいいよ。お口に合うかわかんないけど、新鮮なことは確かだよ」

　サチーの手から頭蓋骨を取り戻したスズカは、ナイフで宇宙魚の肉をそぎ落とし、アカネに渡す。生臭くて固い肉だった。どす黒い血が入った静脈が網目状に浮き上がり、食欲を低下させる。

　意を決して肉を口に入れる。

　マズイ！　ベランダに放置して藻が増殖し、ドロドロになった水槽の水を蒸発させせこしとって凝縮させた味だ。いくらなんでもこれはない。すぐに吐き出すが口のなかに味が残り気分が悪くなる。

「えぇ～、そんなにマズかったの？」

　アカネが肉を吐き出したのを見て、スズカは少しショックを受けたようだった。

「わたしはけっこういけますけどね、クセになる味ですよ」

　サチーはスルメでも食べるようにチュプチュプと肉を吸っていた。

「オマエはおかしい」

この肉を食い続けないといけないならば、人肉のほうがマシだなとアカネは考えた。

幸いにも、食の問題は解決した。数日食べ続けると、宇宙魚の肉の味が気にならなくなってきた。単に慣れの問題だったのだ。スズカが暮らすフリー声優のコロニーに到着するころには、やみつきとまではいかないまでも、食料のひとつと考えられるようになった。人体に必要な栄養素を、水分まで含んだ理想的食料だ。

宇宙魚の前方には、でかくて長い骨があった。太さ十メートル、長さ五十メートルくらいの丸太状の骨が延々とつながっており、それを基礎として肋骨のように曲がった骨がいくつも生えている。ウミヘビのようなとてつもなく長い生物の骨だ。

「わたしたちはあそこを〈鯨骨(げいこつ)〉って呼んでるよ。フリー声優のコロニーというだけじゃなく、生態系の中心地でもあるんだ」

〈鯨骨〉に近づくと、骨の間に皮でできたテントが設置されているのが見えた。空気を流しこみ内部で生活しているのだろう。

「あそこが港だよ」

魚は、スズカが指した肋骨の先端を目指す。宇宙服を着た人々が骨の間に張り巡らされたロープを伝って移動していた。大小さまざまな宇宙魚が群れをなしている。スズカが操縦する魚も、そこにとまった。

「よし、お嬢ちゃんがた！　宇宙服を着て外に出よう。船を選ぶよ！」

　スズカのかけ声で、アカネとサチーは外に出る。

「乱流界に行くなら、これはどうだ！　じゃじゃーん！　宇宙鯨です！」

　スズカがおすすめした船は、鯨に似ていなかった。強いていうならば、平べったくつぶされたカバだ。ちり取りを裏返しにしたような体形で、平たい頭が少しずつ細くなり、三日月形の尾びれとなる。他にひれはついていないシンプルな形だ。頭部には、楕円の巨大な眼が一つと、それを補佐する小さな眼が無数にある。

　鯨に見えないとスズカに言うと、「チッチッチ、甘いよ！」と返された。

「注目するのは尾びれだよ。宇宙鯨の尾びれは横向きに寝ている。これが縦に振動してエーテル流を推進力に変えちゃうんだ。ここが鯨と同じところだけど、こいつのすごさはそれだけじゃないよ、触ってみて」

　アカネとサチーは宇宙鯨の肌に手をあてた。とても硬く、デコボコしている。

「乱流のなかでは、表面がフラットであるよりも、凹凸（おうとつ）があるほうがかえって抵抗が少なくなるんだ。凹凸で小さな渦を作って、その渦で流れを滑らかにして、大きな渦ができるのを防いでるってわけ。あと、こいつの肉はスポンジみたいに微小な穴がたくさんあってエーテルを通しやすいんだ。だからエーテルの抵抗もあまり受けない。これさえあれば乱流界も飛べるよ」

「こんなにすごいもの、もらっちゃっていいんですか？」

「いーの、いーの。人助けはわたしの趣味だからね。まっ、その代わり、君たちが乗ってきた船は回収させてもらうよ。君たちにゃゴミかもしれないけど、わたしたちにとっちゃあ貴重な資源なんだ」

「スズカさんに会えただけでも感激なのに、なんてすばらしい！」

「天宮、いいからもう行こうぜ」

アカネはサチーをスズカから引き離す。スズカの好意はありがたいが、何か裏があるかもしれない。トンズラするならばできるだけ早いほうがよい。

「そうですね……、スズカさん、ありがとうございました。また会いましょう！」

名残惜しそうに手を振るサチーを引っ張り、宇宙鯨のハッチである肛門へと入っていく。

「じゃあね！　サッチーとアッカネー！」

肛門が震えながら閉じ、スズカが視界から消えた。声優独立戦争の英雄にしては、ネーミングセンス悪すぎだなとアカネは思った。

宇宙鯨がエーテルの海を泳ぐ。尾びれが動くたびに、虹色の光が輝く。

その後ろを、一隻の宇宙船が追う。宇宙船からレーザービームが発射される。

アカネとサチーが乗った宇宙鯨は、現在、攻撃を受けていた。こうなったのも、受信した通信にうっかり返信してしまったからだ。

乱流界に近づき、振動が増すなか、二人は船の名前をつけていなかったことに気づき、ネーミングライツを賭けて議論していた。喧々囂々の騒ぎ立ての果てに、古典文学のタイトルから『白鯨』とすることが決まったそのとき、エーテル通信が入ったのだ。

乱流界に近いこの領域では、長距離の通信は通じない。エーテルの渦にかき消されてしまうからだ。近くに船がいるのかと映像通話を許可すると、意外な人物の顔が現れた。

「お久しぶりです！　死ぬ準備は整いましたか？」

「ボクたちの顔に泥を塗ったまま逃げようなんて、そうはいかないんだよ！」

なんと、木星で戦った探偵と助手、ミネルバとナナセが現れたのだ。

「ワタクシ、かなり怒っていますよ。アナタたちのせいで、探偵局でのランクが下がってしまいました。絶対に殺してあげますから！」

「おいおい、こんなところまで追ってくるなんて、頭おかしいんじゃないの？」

アカネは完全に自分に跳ね返ってくる発言をする。

「なんだと！　いいか、ボクたちはな、君たちを殺すことにきめたんだ。何があろうと、絶対にね」

クールな性格だと思っていたナナセは顔を赤くして激昂している。

「その通りです！　アナタたちを殺すために、ローンを組んでこの船、〈ミストルティン〉を買ったのですから！」

〈ミストルティン〉は大型の〈クルージーン〉とは違い、スリムな印象をしている。翼だけを三倍くらいに大きくしたトビウオのような外見だ。〈白鯨〉のように、渦をできるだけ消す方向ではなく、生成される渦をなるべく翼の先に移動させ、本体に影響が出ないようにしているらしい。翼の先からは、色とりどりに光る渦が誕生して後方に流れていた。

「なぜこの船にいるとわかった？　ばあさんがチクりやがったのか？」

「ばあさん？　そんな人知りませんね。ワタクシは探偵ですよ。ここらへんのフリー声優どもが宇宙魚を船にしているのは周知の事実。それで推理したのですよ。アナタたちも同じような船に乗っているはずだと。あとは地道に一頭ずつ近づいて通信の反応を見るだけです。おバカさんだからすぐに反応がありましたね！」

エーテル通信を無視すれば気づかれなかったかもしれないが、アカネは不覚にも習慣から自動的に返答してしまった。

「くそう！　天宮。ビームだ！　ビームは発射できるか？」

「ムリですよ。エーテルアンプがありませんから」

たとえアカネの能力を全開にしてエーテルを響かせても、出力系となるエーテルアンプがなければレーザービームを撃つことはできない。

「聞きましたか？　あっちには武器がないらしいです！」

「ふーん、じゃあ好きなだけなぶれるってことだね」

〈ミストルティン〉の銃口からレーザービームが放たれた。銀河中心に近いここでは、木星大気中とは違い、エーテルが濃くビームの威力も強い。

すみれ色の光が〈白鯨〉を貫く。文字通り、貫通した。エーテルを通過させる〈白鯨〉の素材が、その振動であるビームもまた通過させたのだ。そのおかげで、船が受けるダメージも最小限ですんだ。とはいえ被害はあり、体の表面には醜い傷が浮かび上がり、船内には焦げたにおいが立ちこめる。

「なかなか特殊な船のようですね。しかし！　ビームをたくさん撃てばいずれ死ぬと推理できます！」

「ボクたち頭いいから、それくらいのことすぐにわかるんだよね」

〈ミストルティン〉は前方にいる〈白鯨〉にすみれ色の光を穿ち続けた。このままでは、アカネとサチーの命は風前の灯である。

「天宮！　〈白鯨〉をヤツの後ろにつけるぞ！」

〈白鯨〉は本当の鯨のように尾びれをぐうっと曲げた。エーテルの抵抗を受けてスピードを落とし、〈ミストルティン〉の後方に移動する。〈ミストルティン〉も自らの翼を広げ、〈白鯨〉との距離を保つ。

「おやおや、まさかそんなことで逃げられると思ってますか？」

「ゴキブリの考えることは全然わからないからね」

〈ミストルティン〉から光の鉄槌が放たれる。しかし、見当違いの方向へと飛んでいった。翼が生んだ渦がビームの進路に消えずに残り、干渉したのだ。木枯らしのなかの木の葉のように、ビームは渦にとらわれ、ランダムな方向に飛ばされる。

〈ミストルティン〉が位置を変えようと上下するが、〈白鯨〉もそれに応じて動く。機動力ならば〈白鯨〉のほうが上だ。

「それで有利になったつもりですか？　エリート探偵として断言します！　下手な鉄砲でもいつかは当たるのです！」

「それはこっちも同じだぁ！」

アカネは〈白鯨〉の神経にエーテル振動を伝わせた。狙うは眼神経だ。眼はエーテル振動をキャッチして伝える器官だ。だったら逆に、エーテル振動を放出することもできるだろう。神経は声優トランジスタに似た性質をもっているそうなので、眼をエーテルアンプ代わりにすれば、レーザービームを発射できるはずだ。

〈白鯨〉の眼から青い光がほとばしった。光の量はみるみる多くなり、振動が船体を包む。

だが、その光は収束せずに拡散していく。これでは、ビームというよりも爆発だ。光が眼球を割り、なかの液体を吹き飛ばす。

「威勢の良いこと言ってコレですか？」

「凡人は行動に結果がともなわないからね！」

〈ミストルティン〉はビームを連射してきた。力押しだ。ほとんどは渦により拡散されるが、まれに渦のなかに入りこんだままのビームが出てくる。渦によりさらに加速されたビームは、手裏剣のように〈白鯨〉に襲いかかる。

アカネはなんとか避けようと〈白鯨〉を操作するが、いっこうに動かない。無理をしたため神経が破壊されたのだろうか？　ビームによりエネルギーを得た渦巻きはすぐそこまで迫っている。アカネはがむしゃらに〈白鯨〉を動かそうとした。

「とにかくなんでもいいから動け！　動け！　動けえっ！」

その願いが通じたように、急に船体が揺れる。

ただし、アカネが意図した動き方ではなかった。尾びれがゆっくり大きく振られる。〈白鯨〉が操縦者のコントロールを離れて勝手に動き、軽々と渦巻きを避けた。〈白鯨〉の意志がよみがえったのだ。アカネが負荷をかけすぎたせいで、脳の制御装置が壊れ、いましめから解放されたのだ。

〈白鯨〉が口を開いた。そこには何百本ものキバがあった。宇宙鯨は狩りを生業（なりわい）とする肉食動物だ。ときには自分の何倍もの大きさの獲物を食べる。いままで抑圧されてきた本能が解放されたとき、真っ先に身近な対象――〈ミストルティン〉に食欲がぶつけられた。〈白鯨〉は〈ミストルティン〉の周囲をぐるぐると回りながら近づく、レーザービームの危険性を感知しているのか、尾びれでエーテルの波を作り、次々と放たれるビームを拡散していく。そして十分に近づくと、翼にがしりとかみついた。

繊細なガラス細工のような翼は百の釘打ち機で殴られ、粉々に砕け散る。片翼となった〈ミストルティン〉は何度も回転するが、すぐにもう一方の翼も破壊され、バランスが保たれる。ミネルバとナナセの全財産がパーだ。さっさと逃げないと命まで失ってしまう。

鯨のキバが〈ミストルティン〉本体を紙クズのように破りとる直前、脱出艇がレールガンで撃ち上げられる。重量を抑えるためなのだろうか、自力の推進機関を持っていない単純な型だ。あれでは層流界にたどりつくことはできないだろう。ゴキブリのような生命力もここまでのようだ。

「すごい！　この鯨すごすぎる！」

アカネは勝利のガッツポーズをする。

「あとは制御を戻すだけだな。どうやるんだ、天宮」

「知りませんよ。緊急時マニュアルなんてもらってないし」

アカネとサチーの意図と関係なく、鯨は暴れ続けていた。〈ミストルティン〉が食べられないとわかると、残骸を吐き出して急加速した。

いままで、順当にエーテルの流れに乗っていたのだが、尾びれを上下させ、エーテルの圧力を利用して、流れの横にぐんぐんと泳いでいく。当然、抵抗は増してガタゴト揺れる。

「この鯨、どこに行くつもりですかね？」

「このまま行けば、銀河中心だ。まっすぐ、〈メエルシュトレエム〉を目指している！」

計器を見ながらアカネが叫んだ。


銀河の中心、〈メエルシュトレエム〉。その名前は、エドガー・アラン・ポーの短篇小説に出てくる海の大渦巻が由来である。メカニズムは風呂の栓を抜いたときにできる渦巻と同じだ。巨大な重力源により銀河中の物体が渦巻状に落ちていき、どんどんと加速され摩擦力でエネルギーへと変換されている。銀河中心付近は、万有引力の法則が成立している領域であり、〈メエルシュトレエム〉を回る物体から見ると、円盤中心方向――つまり、円盤の横方向――にかかる力はゼロである。重力と遠心力がたがいを打ち消しあっているためだ。しかし、回転するガスそのものの重力により、〈メエルシュトレエム〉のまわりのガスは円盤状となる。これを降着円盤という。円盤の縦方向には赤道面に向かって重力がかかることが知られている。

〈白鯨〉が暴走してから半年が経った。乱流界に飛びこんだ鯨は、しだいに増える仲間たちと合流して、エーテルの流れをコントロールした。宇宙鯨の群れは渡り鳥のように銀河中心へと飛んでいく。

食料と水は宇宙鯨の肉を内部から食うことによりまかなえたが、問題はとてつもない退屈であった。エーテルの流れが不安定である乱流界では、エーテルネットは通じない。アカネとサチーは肉片でトランプを作ることにより、押し寄せる無為な時間に対処した。

食べるか、眠るか、トランプをするか、おそろしく無意義な半年の時間。そのなかで、アカネは『声』を聞き続けた。銀河中心に近づくにつれて、エーテルを響かせるときに聞こえていた『声』は大きく執拗になり、ついには一日中耳に届くようになったのだ。

あいかわらず意味ははっきりしなかったが、『声』のむこう側には、それを発している『誰か』がいるような気がしはじめていた。

そんな彼女たちの旅も、そろそろ終わりが近づいているようだ。鯨たちの目的地は〈メエルシュトレエム〉の降着円盤であった。サケが川を登るように、鯨たちは危険な乱流界を渡ってここへとやってきたのだ。

はるか彼方に、光の塔が見える。〈メエルシュトレエム〉へと落ちていったガスが熱され、その勢いでジェットが放出されている。宇宙ジェットだ。銀河規模の光の噴水を背景に、鯨の群れが飛んでいる。V字型をした隊列がいくつも並んでいる。互いの後流に乗り、エーテルの抵抗を減らしているのだ。

鯨たちは、降着円盤に着陸していった。

　ガスだけでできていると思われていた降着円盤には陸地があったのだ。まだそれほど回転が速くない外側では、固体が蒸発するほどの熱は生じていない。そこで物質が重力で集まり、平たいドーナツ状の天体を形作ったのだろう。一見、苛酷な環境に見えるが、エーテルも含めてすべてが一緒に回転しているため、なかにいる者からすると平穏な地だ。

　集結している鯨たちは、もはや鯨といえないような形に変態していた。体の側面には、カゲロウのような透明な翅が生えていた。その翅を使って、滑空し、陸地へと降り立つ。腹からはゲジゲジとイモムシの中間みたいな柔らかい偽足が何本も出ている。

〈白鯨〉もまた、陸地に近づいていた。ビーコン受信機を見ると、暗黒声優が百キロメートルの近さまで接近していることがわかった。〈白鯨〉が暴走したあの日、アカネは暗黒声優には二度と追いつけないのではないかと覚悟した。その心配とは真逆に、一旦離れた両者の距離は、銀河中心に近づくにつれてふたたび縮んでいた。どうやら、暗黒声優も銀河中心に向かっていたらしい。〈白鯨〉はその本能で、乱流界でもおだやかなルートを通ることができ、一度離れた暗黒声優とは、合流する形となった。

　残念ながら、どうあがいてもこっちから攻撃するのは無理だ。むこうの出方を待つしかないのだ。

　風切り音がやんで、衝撃がきた。〈白鯨〉が着陸したのだ。アカネとサチーは宇宙服を着て外に出ようとする。しかし、それは不可能であった。直腸を刺激すればハッチ代わりの肛門はすぐに開くはずだが、体の構造が変化したのか乗船時のように動かない。

試行錯誤して直腸にいろいろな刺激を与えているとき、船体全体ががたがたと激しく動いた。スタジオに戻り周囲を確認する。幸い、外部カメラは壊れていないようだ。

その光景を見て、アカネは思わず口笛を吹いてしまった。

〈白鯨〉がセックスしていたのだ。

相手の宇宙鯨が伸ばした交接器を体内に挿しこみ、いくつもの脚を蠢(うごめ)かして相手の体の上に乗る。柔らかな偽足が絡まりあい、粘液を分泌しながら上下に運動する。他の宇宙鯨もそこらじゅうで交接している。どうやら、ここは宇宙鯨たちの繁殖地らしい。

激しい動きは、一時間ほど続いたあと唐突にとまった。さっきまでの生命力は忘れ去られ、死んだように動かない。

カメラの映像が見えなくなった。画面外から忍び寄る白い糸のようなものにいつのまにかすっかり覆われたのだ。どうやら、〈白鯨〉の肉体は繭(まゆ)に包まれているらしい。

内部の肉にも変化の色が見える。急速に腐るようにぐずぐずと柔らかくなっていく。

エーテル通信機が映像通信をキャッチしたことを知らせる。映像を開くと、暗黒声優の顔が見えた。乱流界であるが、この領域では通信ができるほどエーテルの流れは静かであるらしい。

「四方蔵アカネ、久しぶりね」

「オマエッ！　今度こそ殺してやる！」

半年という月日がアカネから憎しみを消すことはなかった。むしろ、蒸留された純粋な殺意が爆発する。

「貴女は『声』を聞いたかしら？」

アカネの宣告を無視して、暗黒声優は質問を投げかける。

「ああ、ここ半年だんだん強く聞こえる。意味はわからんがな。だが、それがどうしたというんだ！」

「それならば、生き抜く過程で『声』が何か理解しなさい」暗黒声優は、少し失望した声音だ。

「おい、何言ってんだ？」

アカネの詰問は、サチーの悲鳴によって途切れた。

振り向くと、肉壁から、小さな影がわらわらと湧き出てくる。子犬ほどの大きさの生物だ。蜘蛛（くも）のような脚が六本生えている。体は三つのパーツに分かれ、一番下のハート形のパーツから、ハサミのような鋭い口が突き出ている。眼はないが、体の前部を覆う毛が感覚毛なのだろう。肉壁から出た数百の蜘蛛たちは、猛烈な食欲をみせた。自分たちが出てきたばかりの肉に食らいつく。そして、アカネたちにもその食欲を向けた。

「くそう！」

アカネは熱線を発射して蜘蛛の大群を焼いた。簡単に燃えるが、なにしろ数が多い。燃やしても燃やしても肉のなかから現れる。どうやら恐れという本能がインプットされていないようだ。そこにあるのは、ひたすら肉をついばみたいという欲求のみ。超効率的に、肉を回収する機械だ。

「せんぱい、囲まれました！」

いつの間にか、四方八方を黒い蠢きが覆い尽くしていた。アカネは足をついばんでくる蜘蛛をぐじゃぐじゃと踏みつぶした。声優カラテをフルに使い、身にまとった青いプラズマを蜘蛛へと放射する。体の十一か所、発声管が埋めこまれている場所が苦痛で呻いた。体力が搾り取られるように低下していく。

そのとき、『声』が、はっきりと聞こえてきた。耳につまっていた水が抜けたように、くぐもり、歪んでいた『声』の意味がくっきりと姿を見せる。

それは、これまでの人生で最も明瞭な『声』であった。一度理解すれば、なぜその意味がわからなかったのか疑問に思うほどだ。

暗い深い穴へと落下し、食料もなしに冷え冷えとした風に体温を奪われる感触。胸のなかががらんどうになり、そこから体が錆びていき崩壊するのを防ぐことができない空しさ。泥水のなかで溺れ、必死にもがこうとしても下へ下へと沈んでいく恐怖。穴あきバケツから漏れ出す水のように失われていく生命。天空から地の底まで、四方八方を厚く重い灰色で覆い尽くす絶望。しんしんと、絶え間なく降ってくる死。『声』はか細いが、必死に、そんな光景を伝えていた。

アカネはまた、その恐怖と絶望と死を生み出しているのが自分であるということを理解した。自分がエーテルを震わすごとに、ひとつ、またひとつと命が失われていく。いままで、彼女はこれほど直接的に死を感じたことはなかった。これまでたくさんの人間を殺してきたにもかかわらず、死の本性を垣間見ることすらできていなかった。

「わかった！」

アカネは叫んだ。

「『声』がなんであるのか。死にいく者たちの叫びだ！　虐殺される者たちの悲鳴だ！　助けをもとめる声だったんだ！」

その瞬間、すみれ色の光線が〈白鯨〉の肉を切り裂いた。肉が膨らみ、蒸発し、爆発を起こす。白い爆風により、アカネは吹き飛ばされた。宇宙服のヘルメットが割れたが、大気は呼吸可能らしく害はない。隣にはサチーがいた。気絶したようで動かない。幸運にも、突然の爆発に蜘蛛のほうは混乱したのか襲ってはこないようだ。アカネはヘルメットを捨てると、サチーを担いで外に出て〈白鯨〉の残骸と距離をとる。

上空には、真っ黒な二等辺三角形が浮いていた。蜘蛛の群れにレーザービームを放射している。〈ブラックスワン〉だ。

完全に蜘蛛がいなくなると、〈ブラックスワン〉のビームから逃れた少数の蜘蛛は、声優カラテで簡単に駆逐できた。〈ブラックスワン〉は旋回し、着陸した。ハッチが開き、暗黒声優が降りてくる。

少し前のアカネなら、ここで有無を言わせず彼女を殺そうとしただろう。しかし、『声』の意味を知ったことでその態度は変わっていた。

「おめでとう、ついに聞こえたのね」

暗黒声優は、アカネの隣に座り、語りかける。

「ああ、この『声』を発している者たちについて、教えてくれ。はじめから、全部」

「もちろんよ。はじめから話しましょう。百三十八億年前、宇宙が誕生したのよ」

「いくらなんでもはじめからすぎるだろ」

ツッコミを無視して暗黒声優は続ける。

「物質が生まれるずっと前、宇宙誕生直後のインフレーションのとき、エーテルが振動したの。聖書では、世界は神の言葉により誕生したと伝えられているけど、実際に宇宙は声とともに生まれ出でたのね。その声の大部分は光になったけど、一部に声の世界のなかにとどまる道を選んだものがいた。エーテルのなかで、音としての存在を保ったということね。これを、音の素粒子、フォノンというわ。物理学史上最大のミステリーの解決の鍵はここにあるのよ。重力の放射源とは、フォノンなのだから」

「なるほど。だけど、宇宙誕生のときに響いた音であるフォノンの周波数が重力周波数と同じだというのは、すごい偶然がないと成り立たないんじゃないの？」

疑問を呈しながら、アカネは空腹から焼け焦げた蜘蛛を口に運びムシャムシャと咀嚼した。宇宙鯨と似た味がする。

「それはいまから説明しましょう。私たちの住む物の世界と同じように、声の世界でもまた進化がはじまったの。フォノンは相互作用し、結合し、化学反応を起こし次第に高度なシステムを構成していった。そして遂に、自然淘汰が働くレベルに達する。つまり、声でできた生物が誕生したのね。私たちと同じように、フォノン生命体たちは高度なメカニズムを発展させていくというわけ」

声でできた生物の姿を想像しようとしたが、どうやっても思い描けない。

「しかし、ある日、フォノン生命体の楽園に危機が訪れてしまう。個体数が増え過ぎたのが原因。フォノン生命体が増殖しすぎたことにより、エーテルは揺らされ、さまざまな放射や熱や粒子となって消えてしまったの。大事なのは、ここでも進化のメカニズムが働いたことね。エーテルを効率的に獲得できるフォノン生命体は生き残り、できないものは死に絶える。そうして、エーテルを手に入れるための器官が進化していった。その果てに、重力放射があるの。重力とは声による生命体の捕食器官なの」

「それはおかしい。進化で生み出せるものなら、コンピュータでシミュレーションすることも可能だろ」

「声の世界では物の世界よりも効率的な進化が起きるの。粒子には二つの種類があるということは知ってる？　複数が同じ状態になることができるボソンと、なれないフェルミオン」

アカネは養成学校時代に習った物理学概論の知識を思い出してうなずいた。

「原子を形作っている陽子や中性子はフェルミオンだけど、フォノンはボソンなのね。ボソンはより簡単に量子効果が現れることが知られている。それで量子進化がはじまったの。遺伝子上でいくつもの情報状態が同時に存在し、表現型に現れやすい、つまり外界との相互作用が大きい情報が収束しやすくなるという原理ね。複雑極まりないはずの重力周波数は、量子進化の末に計算されたものというわけ」

「フォノン生命体の遺伝子は、一種の量子コンピュータっていうことか」

暗黒声優がうなずき、説明を続ける。

「この進化の結果、フォノン生命体の生息域では重力が発生し、星や銀河などの物質の構造ができたの。表面上、万有引力の法則が成り立っているように見えるけど、あくまでも見かけだけの話で、実際に重力を出しているのはフォノンということね。太陽系や銀河系などといった、現在の宇宙秩序は、フォノン生命体が作ったのよ」

「それじゃあ、地球が太陽に落ちないのもフォノン生命体のおかげだっていうのか？」

「ええ、太陽系は餌場なのよ。散逸構造っていってね。秩序ある構造があるほうが、エントロピーの減少が早いの。これで物理学史上の三大ミステリーは解けたわね。重力の源はフォノン生命体。惑星上に落ちるエーテルが消失しているのは、フォノン生命体が食べているから。太陽系や銀河系を維持しているダークマターの正体はフォノン生命体ということ」

「いまは声優によるエネルギー保存則の破れも合わせて、四大ミステリーらしいけどな」

「たしかにそうね。それも説明しましょう。フォノン生命体は繁栄した。けれど、これからが悲劇のはじまりだった。遅れて、物の世界でも生命が誕生しはじめたの。物の世界での遺伝子はフェルミオンだから、量子進化は起こらなかったけど、神経細胞の微小管という部位ではわずかな量子効果を発揮できた。やがて、神経細胞を最も発達させた生物である人類が、微小管の量子効果を拡大させる器官を進化させるの。それが発声管であり、その遺伝子を持っているのが声優たち。発声管を通して、声優たちは、物の世界と声の世界の二つの世界を結ぶことができた。微小管をフォノン生命体と量子的に絡め合わせて、フォノン生命体の遺伝情報を盗んだの。いわゆる、量子テレポーテーションね。声優がエネルギー保存則を破るメカニズムはここにあるの。四方蔵アカネ、貴女は『マクスウェルの悪魔』を知っている？」

「たしか、思考実験のひとつで、あらゆる粒子の速度と位置がわかる悪魔がいれば、永久機関ができてしまうってやつか？」

「そう。その思考実験により、情報はエネルギーに換算できるということがわかる。声優たちが声の世界の情報を物の世界に運ぶときに、観測上はエネルギー保存が破られているように見えるの。もっとも、天然声優の力は弱いわ。人類以外にも、木星の底のヘリウム生命体や宇宙鯨でさえ、弱い声優能力を持っている」

「ヘリウム生命体？　アタシたちそいつに出会ったぜ」

「そう、会っていたのね。ヘリウム声優は水素金属と超流動体ヘリウムの混合物で、音波を神経にしている生物よ。超流動体には粘性がないから、音波が減衰することなくいつまでも流れるというわけ。ヘリウム中のフォノンとエーテル中のフォノンを量子的絡み合い状態にして声優能力を発揮しているわ。人類の歴史よりもずっと寿命が長く、声の世界の遺伝情報をひたすら溜めこんでいる」

　あのときアカネがヘリウム声優から奪い取った『力』とは、声の世界の遺伝情報だったのか。

「天然声優だけならば、ここまでの被害はなかったでしょう。けれど、人類はパンドラの箱を開けてしまった。遺伝子工学で、人工声優を誕生させてしまったの！　大声優時代に大量に出現した人工声優たちは、強力な量子テレポーテーション能力で、フォノン生命体の遺伝情報を根こそぎ奪っていったのよ！」

　暗黒声優は、だんだんと涙声になっていった。

「もしかして、それが原因で、フォノン生命体の虐殺がはじまったのか？」

　アカネにも、なんとなく、この世界で何が起こっているのかが理解できてきた。

「そうよ。量子テレポーテーションでは、送信側の情報状態は破壊される。フォノン生命体にとって、それは遺伝情報が破壊されることなの。声優が声を出すだけで死がもたらされるのよ」

「『声』はその死を経験している生命たちの叫びなんだな。オマエはいつから聞こえているんだ？」

「生まれたときから。毎日毎朝毎時間、死の恐怖と苦悶と悲鳴を聞いてきた。助けて、お願いだから誰か助けてという声を聞いてきた。私は、遺伝情報だけではなく、フォノン生命体の精神情報までもを受け取っていたのね。それほど声優の力が強かったの。そして、ある日、声の世界からメッセージが送られてきた。間違いなく、あれは知性ある者からのメッセージよ。フォノン生命体は、人類と同じように知性があり、文明を持っている。四方蔵アカネ、貴女にもわかるでしょう？」

　アカネにははっきりとわかった。『声』を発している者たちは、明らかに意識があり、感情があった。自分たちと同じように、人格であった。

「私は声の世界の文明と契約を結んだの。苦しみの共感を担保にした祝福、原罪を背負った加護を。私には、それまで以上に強力な声優の力を与えられ、『暗黒声優』となった。ダークマターたる声の世界からの使者にして、声優と相反する声優になった。そして、同業者を殺してきたのよ。なるべく声優を少なくするために、殺して殺して殺しまくった。声の世界の死を感じながら、物の世界で死をもたらした。だけど、私のやってきたことにはなんの意味もなかったの！　ある日、声の世界から新しいメッセージが届いたわ。増えすぎた声優から逃れるために、いっせいに地球から離散（ディアスポラ）すると。それは、地球重力の消滅を意味していた」

　暗黒声優は、フードを取って目元を拭った。まだ幼さの残る少女の顔だ。深く澄んだ瞳からは涙がとめどなく流れる。

「私はもう限界なの、この苦しみ、この矛盾、この不条理に耐えられない。よくやったほうだと思わない？　けなげにも状況が良くなると信じて、声優たちを殺してまわった末にこのざま。こんな思いをするくらいなら、草や木に生まれたかった。疲れた。もう嫌。だけど、私は臆病なのよ。すべてを投げ出す勇気はなかった。自分のやってきたことの意味を確保するために、後継者を探したの。離散（ディアスポラ）が起きる前に、私がやってきたことを受け継ぐ者を……。そのためには、『声』が聞こえる者を見つけ出さなければならない。唯一、可能性があったのが四方蔵アカネ、貴女よ。そして貴女は、崩壊する地球から脱出することで、声優としての高い潜在能力を示した。それを知った私は貴女を木星や銀河中心へと誘導したの。重力が集中する地帯はフォノン生命体の密度が高くなり、『声』が聞こえやすくなるから。貴女はこれまでの旅を通じて、『声』を聞けるようになったのよ。立派に成長したわ。もう私が教えることは何もないわね」

暗黒声優は涙を拭い、アカネを見すえる。

「四方蔵アカネ！　臆病な私を許して！　そして、貴女に問います。私の後継者になるかと。暗黒声優の名を継ぎ、世界を救う者にならんとするかと」

アカネは思い出した。自分が最強の声優を目指していた理由を。たったひとつの願望を、世界を救いたいという思いを。

「――わかった。オマエがこれまで背負ってきた『暗黒声優』、そのすべてをアタシが受け継ごう」

「誓うことができる？」

「ああ、誓うさ――ただし、オマエのように声優を皆殺しにはしない。本当の意味での救いをこの世界にもたらす」

その言葉を聞き、暗黒声優は目を見開いた。疑いと希望が入り混じったような眼差し。

「本気？　そんなこと……できるわけないじゃない！」

「できるさ。むこうの世界からこちらにメッセージが送られているんだ。それなら、アタシたちからも語りかけられるはずさ」

　アカネは暗黒声優の手をぎゅっと握った。

「コミュニケーションをとって、共生の方法を追求してみせる。二つの世界を声でつなぐ
――アタシたち声優はそういう存在になるんだ」

　暗黒声優はしばらく黙ったのち、頬を緩ませた。それは、アカネが初めて目にする彼女の笑顔だった。

「なにそれ、馬鹿みたい……考えたこともなかった」

　頬の緩みが拡大し、ついには大きな笑い声をあげる。張り詰めていた緊張の糸がほぐれたのか、笑いながらも涙がとめどなくあふれる。

　その体を、アカネは優しく抱いた。

「大丈夫だ。最強の声優になったアタシにできないことはない」

「そう言い切れるならば――安心ね。安心してこの悪夢から逃れられるわ」

　暗黒声優はナイフをアカネに渡し、刃先を自分の発声管に向けた。

「私の発声管は貴女にあげる。私は貴女の一部となり、貴女をサポートするの。帰りは私の船を使って。貴女なら乗りこなせるわ。船には冷蔵庫があるから、切除したあとはそこで保存して」

　小さな手が、アカネの肩をそっと叩いた。

「さあ、お願い！　最強の声優になって！」

アカネはナイフを暗黒声優の発声管の根元に刺した。引きながら一気に切り裂く。待ちかまえていたかのように、血が噴き出てくる。心臓の拍動に沿って、流血は一定のリズムに従い強弱を繰り返す。体は不出来な人形のように倒れ、天をかきむしるように数十秒痙攣したのち、動かなくなった。湖のように綺麗で大きな目が、干上がるように白くなっていく。顎は弛緩し、トンネルのような口腔が見える。

アカネは暗黒声優の発声管を手にしていた。蛸の足のように、切り裂かれてもぐねぐねと動いている。アカネはその塊を優しく両手で覆う。

〈ブラックスワン〉のハッチを開け、内部の冷蔵庫に発声管を入れると、アカネは死体のところに戻ってきた。宇宙服を脱ぎ、下着姿になって全身の発声管を振るわせた。

そして、死体を抱きしめた。

「――アタシは暗黒声優になって、世界を救う。安心しろ」

彼女の耳元でぼそりとつぶやくと、死体を光で包んだ。高熱が溢れかえり、死体は燃え、炭に還(かえ)る。

しばらくして、サチーが眼を覚ました。キョロキョロと頭を動かし、やがて、〈ブラックスワン〉の上に座るアカネを見つける。

「うわはー、おはようございまーす。すごい船ですね！　わたしが気絶している間に、何かあったんですか？」

「ああ、アタシが最強の声優兼救世主になった」

「なんだかよくわかりませんが、すごいですね！　じゃあ、わたしは従者ですね。英雄には従者がつきものです！」

サチーの手を引っ張り、〈ブラックスワン〉の船内に入れた。一人乗り用だが、サチーが小柄なため、二人でも十分乗れそうだ。食料自動生成装置までついており、至れり尽くせりだ。この機体さえあれば怖いものはない。

コックピットに座り、サチーの小さな体を膝の上に乗せる。サチーはふざけるように頭をアカネの首に擦りつけてきた。あいかわらずスキンシップが過激なやつだ。出会った当初は面食らったが、今ではこの温かさは、それほど悪いものではない。

「さてと、こうなったら落ちついてはいられない。まずは、スズカのばあさんのところに戻って、発声管を移植してもらおう。あの人ならそれくらいできるだろう」

「さんせーです！　スズカさんとは、まだぜんぜんお話できてないんですから」

ハッチが閉まり、〈ブラックスワン〉は空へと吸いこまれていった。

しばしの静寂ののち、六本脚の黒い生物たちがカサカサと音をたてながら現れ、鋭い口でかつて人体であった消し炭をついばみはじめた。〈白鯨〉の死骸にも群がり、たちまちのうちに、筋肉に穴を開ける。穴は大きくなり骨が露出した。固い骨すらも嚙み千切られ、髄液が吸われる。死骸がすべて消え、血の汚れしか残っていなくなっても、生物たちの集合は収まらない。目標とする肉がなくなったことで、今度は共食いをはじめる。二つ組み、三つ組み、四つ組みになって、生きながら互いの体を食べあう。

やがては、このなかの勝利者が、変態を繰り返して、宇宙鯨となるのである。そして降着円盤の遠心力そのものを使って銀河の外側へと渡りをする。そこで、栄養を蓄え、ふたたび繁殖地へと戻ってくるのだ。

大いなる生命のサイクルは、数億年前と変わりなく、今日もまた回り続けていた。

げんげん♥ＳＦ道

ライトノベル＆ＳＦライター
前島賢

草野原々は新人ＳＦ作家だ。伊藤計劃以後と呼ばれる現代においては、新人ＳＦ作家はそれほど珍しい存在ではない（かもしれない）。復活したハヤカワＳＦコンテストとともに、ＳＦの書き手も限りなく増大していく（といいなぁ）。しかし草野原々のデビューは、普通のＳＦ作家のそれとは一線を画していた……。

草野原々が本書所収の短篇「最後にして最初のアイドル」で第四回ハヤカワＳＦコンテスト特別賞を受賞したのは二〇一六年のことだった。だが、いくら新人賞とはいえ普通の作家は『戦闘妖精・雪風』の神林長平に「正直、本作が最終選考の場にあるのはなにかの間違いではないかとぼくは思った」とか〈ＳＦマガジン〉編集長の塩澤快浩に「前半三分の一は文芸作品として最低レベル」などと言われたりはしない。何より、どんなに才能ある新人でも普通、受賞の事実だけでＴｗｉｔｔｅｒを騒がせたりはしない。にもかかわらず、本作の特別賞受賞は、それ自体が大きなニュースとなって一部界隈を騒然とさせた。

なぜなら本作は……


前回のラブライブ‼

　高校二年になった私を待っていたのは学校が廃校になるというお知らせ。

「私の輝かしい、高校生活が⁉」

　廃校を阻止するためには入学してくる生徒を増やすしかない。そこで私は、今大流行のスクールアイドルをやって、学校をアピールすることにしたの。でも……

「アイドルはなしです！」「自分のために何をするべきか、よく考えるべきよ」

　それでも私は学校のために何かしたい。諦めきれない！　私、やっぱりやる！

『ラブライブ！』二話「アイドルをはじめよう！」より

　本作は、そんなあらすじで有名な人気アイドルアニメ『ラブライブ！』の二次創作をリライトした「コンテスト史上最大の問題作」だったからだ。元のタイトルは「最後にして最初の矢澤」。初出は二〇一五年三月十五日開催の『ラブライブ！』オンリーイベント「僕らのラブライブ！7」にてサークル「国立音ノ木坂学院SF研究部」から発行された同人誌『School idol Fictionally』。「アイドルアニメの二次創作が発端の作品が、歴史と伝統あるハヤカワSFコンテストで特別賞を受賞！」というニュースは一瞬でネットを駆け巡った。受賞作が二〇一六年十一月二十二日に電子書籍として刊行されると、その反響はさらに大きくなった。何しろその内容は「アイドルアニメの二次創作」なんて字面からはまったく想像もつかないものだったからだ。

不慮の死を遂げたアイドル志望の少女が、その親友である女医の卵により異形の怪物の姿で蘇生、おりしも勃発した地球環境の激変に適応すべく少女はみずからを改造・進化させ、やがて宇宙に進出する……。草野原々自身は「オラフ・ステープルドンの『最後にして最初の人類』『スターメイカー』をモチーフにして、宇宙と意識とアイドルの謎を解き明かす作品」「実存主義的ワイドスクリーン百合バロックプロレタリアートアイドルハードSF」と語るが、一見すると意味不明なその文字列が、けれどもまったく間違いでなかったことを読者は知ったのだ（なおオリジナル版の冒頭はイラスト投稿サイト「ｐｉｘｉｖ」で公開されている。https://www.pixiv.net/novel/show.php?id=4992326。改稿版とほぼ同様の物語が『ラブライブ！』のキャラクター・矢澤にこと西木野真姫――専門用語で「にこまき」――によって展開され、真姫ちゃんがトラックに轢かれたにこにーの死体から頭蓋骨を削り開いて脳と脊髄を引きずり出したりする）。

この衝撃の内容にもかかわらず、というべきか、だからこそ、というべきか、ともかくも本作はａｍａｚｏｎの電子書籍ランキングで一位を獲得。それどころか、日本ＳＦ大会に参加したＳＦファンの投票にて決定される星雲賞において、見事、第四十八回の日本短編部門を受賞。二〇一六年発表の国内ＳＦ短篇の頂点に立ったのである。新人デビュー作での星雲賞獲得は、山田正紀『神狩り』以来、実に四十二年ぶりの快挙だった。

ＳＦコンテストの審査の場においては実に辛辣な言葉も飛び出した本作だというのに、なぜここまで支持されたのか？

……少しだけ、話は脱線する。

二十一世紀に入ってオタク文化は、急速に一般化した。高校生、大学生、社会人になってもアニメを観ていることは、ごく普通のこととなった。そんな「浸透と拡散」を果たした現在のオタク文化の担い手のなかに、「悪いオタク」と呼ばれる人たちがいる。彼ら（彼女ら）はもちろんかわいい女の子が大好きで、二次元キャラや声優やアイドルをこよなく愛しているのだが、しかし彼らはそれと同じぐらいにSFやミステリ、あるいはホラーといった別のジャンルにも愛を注いでおり、そして、また歴史・軍事や情報技術・自然科学などの専門教育を受けている者も珍しくない。それ自体は普通のことかもしれない。人は多様な側面と多様な趣味をもつものだ。だが、彼ら「悪いオタク」の悪いところは、本来、各ジャンルごとに受容すればいいそれを、隙あらば融合させようと企んでいる点にある。たとえば、かわいい女の子で満載のアニメの中に、何かしらつっこみどころを見つけた瞬間彼らのスイッチは入る。だって可能性感じたんだ、そうだすすめと、彼らは嬉々としてそれを自身の専門に引き寄せて理屈づけようとし、決まって悪趣味でグロテスクな方向に拡大していく。たとえば「あのアニメに男子が出てこないのは核戦争で人類は全部滅んでいるからで、学園は核シェルターに再現された人工のユートピアで……」とか「戦闘美少女を率いる男性指揮官が姿を現さないのは、実は彼はすでに死んでおり、それを認めたくない少女たちは空虚な戦争を……」とか「○○は本当は存在せず現実と虚構の境目は曖昧であって立ち食い蕎麦と犬」とかそういうアレだ。今日もSNSのそこかしこで「悪いオタク」たちがそんな「大喜利」

を繰り広げている。

かわいい女の子たちが歌ったり踊ったり夢に向かってがんばったりするともっとかわいい……そんなアイドルアニメと、人類の異形の進化を描いたハードSFを融合させる。草野原々のそうした行為に、「なぜそれを混ぜた！」と嬉々としてつっこんだ読者は、一方で、強烈な同類臭を感じたはずだ。おそらく彼の創作は悪いオタクの「大喜利」の延長線上にある。だが草野原々の「悪さ」は、ちょっと常軌を逸していた。普通の悪いオタクなら百四十字の大喜利、ほんの冗談、いたずらで終わらせてしまうそれを、本気で「実行」してしまう極悪人であったのだ……。

原因不明の太陽フレアによって滅亡に瀕した地球と、そこに生まれた人工生物による新たな生態系、そしてそれに適応して進化を続ける異形のアイドルが織りなす世界は、けれどもガチな科学考証のもとに描かれ、異常ではあっても何でもありではない。しかも一見、野放図な進化を描いているようでいて、意識とはどこからくるのかという問いにおいて一貫しており、やがてそれは地球に宿る意識、宇宙に宿る意識という極大のマクロから、本を読んでいるあなた＝私の意識というミクロへと急転直下、すべての発端である〈モノポール・スーパーフレア〉の同時発生の謎もきっちり説明づけつつ、ダイナミックにエンドマークを打つ。「ただの冗談」と現実のあいだに、精緻な論理と考証でもって橋を架けたとき、その作品はSFとなる。その論理と考証を支点に、「ただの冗談」を、宇宙の彼方まで飛躍させたとき、その作品は傑作となる。冗談を激しく追求。ありったけの情熱を捧げてたどりついた地平。「最後にして最初のアイドル」は、まさにそれを成し遂げた作品だ。

アイドル文化、オタク文化にどっぷりとつかり、かつSFも愛好するという悪いオタクなら、「アイドルとハードSFとの融合」は、一度は思い浮かべる、いわば「完全犯罪」の夢だろう。それを草野原々は完遂した。九〇年生まれの彼は未だ二十代の描き手だが、彼と同世代のなかには「これは俺が書くべきだった」と歯噛みしている者も多いはずである。もしも評者が同世代であったのなら、間違いなく、そのひとりになっていた自信がある。

SFコンテストにおける評価もけっして酷評ばかりではない。批評家・東浩紀は「個人的には最高点」「いわゆるバカSFだが、文章のテンポがよく楽しませる。宇宙論やニューラルネットなどの設定も魅力的」、作家・小川一水は「まぎれもなく今回のどの作品よりもSF」「ネット上で爛熟しきったアイドル文化の土壌から、SFの蔓で栄養を吸い取って咲いた徒花であるが、そういう乱暴なことをやるのもまたこのジャンルの特質」と評価している。おそらく星雲賞の投票において本作に票を投じたSFファンなら、ふたりの評にきっと深く頷くだろう。

さて、本書『最後にして最初のアイドル』は、草野原々のはじめての単著となる短篇集だ。表題作「最後にして最初のアイドル」に加え、二本の短篇が収められているが、オタク文化とハードSFの融合というコンセプトはいずれにおいても継承されている。

二作目「エヴォリューションがーるず」、通称「エヴォがる」の廃課金プレイヤーである社会人女性・笹島洋子がトラックに轢かれてゲームの世界に転生してしまう、というもの。「最後にして最初のアイドル」に続いて二〇一七年七月に電子書籍オリジナル版として刊行された（なお「エヴォがる」の設定は二〇一七年に大ヒットしたアニメ『けものフレンズ』を彷彿とさせる。草野は同作について「『けものフレンズ』はなぜSFとして「すっごーい！」のか」というエッセイを発表している。https://cakes.mu/posts/15376）。

ところが洋子の転生先は本家「エヴォがる」とは似てもにつかない世界。〈がーるず〉たちがガチャを回して手に入れた「微小管」「ミトコンドリア」等々の器官で自身の肉体を進化させながら、互いに捕食し合う弱肉強食のそこで、洋子は「寿命・生命・意思・存在」を対価にガチャを繰り返し、異形の怪物へと進化を遂げていく。内容は「最後にして最初のアイドル」の変奏とも言えるが、ソシャゲが題材になったことで他の〈がーるず〉との対戦、共闘という要素が生まれている。草野原々は、受賞直後〈SFマガジン〉掲載のインタビュウで、ワイドスクリーン・百合・バロックなるジャンルを提唱し、そこに最も接近した作品として『魔法少女まどか☆マギカ』をあげていた。前作に比べ百合要素がより濃厚になった本作は、作者なりの実践と言えるだろう。もちろん百合であると同時にワイドスクリーン・バロックでもある本作は前作同様にスケールがでかく、最後は、ソシャゲと自由意志と宇宙の関係にまでたどりつく。件（くだん）のアニメの台詞をもじるなら「全てのソシャゲを、生まれる前に消し去りたい。全ての宇宙、過去と未来の全てのソシャゲを、この手で」みたいな話であり、ガチャで大爆死を繰り返し、それでもソシャゲをやめられない者たち（含む評者）には、まさに福音を約束する宗教書のように心に染みる物語だ。草野原々は、本当に「同類」のツボをつくのが上手い。

続く三作目、本書書き下ろしの「暗黒声優」は、アイドル、ソシャゲ（とフレンズ）ときたら、トリはこれでしょう、と言わんばかりに、タイトルどおりに声優がテーマ。宇宙にエーテルが充満し、重力が局所的にしか存在しないという世界で、エーテルから無限のエネルギーを取り出す存在として声優が見いだされた。彼女たちは遺伝子操作によって体外に発声管なる異形の器官を備え付けられ、まるで家畜か宇宙船の部品のように扱われていた……。あいかわらず業の深さを感じさせる設定だが、物語は最強になるべく他の声優を殺しその発声管を奪い取ってきた声優アカネと、その前に立ち塞がる謎の存在・暗黒声優を軸に展開する。見せ場のひとつは、ふたりの戦いの直後にいきなり地球の重力が全て消失する、という急転直下の大展開だろう。重力が突然になくなると地球はどうなるかをシミュレーションし、発生した秒速五百メートルの風が人類文明の何もかもを消滅させる様は大変なスペクタクル。脳みそが嬉しい悲鳴を上げてくれる。

その後、間一髪で地球を脱出したアカネは後輩声優のサチーをお供に、暗黒声優を追い（賞金稼ぎに追われながら）大宇宙へとこぎだしていくのだが、声優核融合爆弾とかエーテル宇宙に生まれた宇宙魚とか、次から次に妙なガジェットが出てきて、驚異の存在に満ちあふれたスペースオペラ的世界観が実に楽しい。

それでいて最後は暗黒声優の由来がダークマターにあることを明らかにし、重力の由来をはじめとする作中の物理法則の謎を、声優と絡めて明らかにして風呂敷をたたむのだから、その才気はたいした物である。

アイドル、ソシャゲ、フレンズ、声優……。

本書には、ここ数年、オタク文化界隈に話題となったトピックが実に鮮やかに取り込まれている。おそらく十年後には、この時代の証言として読むことも可能だろう。

草野原々には速度がある。何より、彼は、目眩がするように膨大なコンテンツが生まれては消えていく現代のオタク文化の中で、見事に一消費者としてその奔流を楽しんでいる。しかもそれだけにとどまらず、彼は自分というフィルターを通じ、取り込んだそれをすみやかに自分流の物語として出力していく。膨大なオタク文化の洪水を存分に浴する者、あるいは、みずからの内の深く深遠な世界を追求する者は数多くいるだろうが、両者を併せ持つ才能は希有だろう。

この先、草野原々はどこにいくのか。評者は、人類の異形の進化を描いた草野原々自身が、今後どんな異形の進化を遂げるのかが見てみたい。〈ＳＦマガジン〉の受賞インタビュウによれば「ジャイナ教とシンギュラリティを組み合わせた」長篇の計画もあるそうだが、それを通じて、この若き才能が、どんな想像を超えた進化に至るのか、楽しみにしている。

二〇一八年一月

初出一覧

「最後にして最初のアイドル」電子書籍（二〇一六年十一月刊）
「エヴォリューションがーるず」電子書籍（二〇一七年七月刊）
「暗黒声優」書き下ろし

著者略歴　1990年広島県生，北海道大学大学院理学院所属，作家　「最後にして最初のアイドル」で第4回ハヤカワＳＦコンテスト特別賞，第48回星雲賞（日本短編部門）受賞

HM=Hayakawa Mystery
SF=Science Fiction
JA=Japanese Author
NV=Novel
NF=Nonfiction
FT=Fantasy

最後にして最初のアイドル

〈JA1314〉

二〇一八年一月二十五日　発行
二〇一九年三月　十五日　三刷

（定価はカバーに表示してあります）

著者　草野原々
発行者　早川浩
印刷者　入澤誠一郎
発行所　株式会社　早川書房

郵便番号　一〇一 - 〇〇四六
東京都千代田区神田多町二ノ二
電話　〇三 - 三二五二 - 三一一一（大代表）
振替　〇〇一六〇 - 三 - 四七七九九
http://www.hayakawa-online.co.jp

印刷・星野精版印刷株式会社　製本・株式会社フォーネット社

ISBN978-4-15-031314-2 C0193

本書は活字が大きく読みやすい〈トールサイズ〉です。